中公文庫

呉　漢（下）

宮城谷昌光

中央公論新社

呉漢（下）　目次

幽州
遼西郡
遼東郡
右北平郡
上谷郡
漁陽郡
無終県
高柳
薊
安楽県
雁門郡
代郡
広陽国
范陽
涿郡
中山国
冀州
太原
真定国
常山郡
太原郡
河水
平原郡
鉅鹿郡
元氏県
済南郡
北海郡
邯鄲
趙国
上党郡
東平国
泰山郡
琅邪郡
魏郡
鄴
魯国
城陽国
東郡
済陰郡
兗州
黄海
河内郡
東海郡
洛陽
陳留郡
河南郡
梁国
楚国
昆陽
睢陽
沛郡
臨淮郡
潁川郡
淮陽国
豫州
汝南郡
宛
南陽郡
広陵国
淮水
九江郡
江水
会稽郡
蔡陽
春陵
荊州
江夏郡
盧江郡
揚州
南郡
豫章郡

呉漢関連地図

河水
五原郡
雲中郡
朔方郡
定襄郡
西河郡
武威郡
上郡
涼州
金城郡
安定郡
北地郡
隴西郡
天水郡
河東郡
西県
長安
弘農郡
武都郡
漢中郡
江水
広漢郡
益州
涪水
潜水
夷陵
江水
成都
蜀郡
広都
武陽
南安
湔水
巴郡
江州
犍為郡
越巂郡

挿画　原田維夫

呉漢（下）

幻術

呉漢《ごかん》は、角斗《かくと》と樊回《はんかい》を先駆《せんく》させた。

ふたりを使者に立て、城外で会見したい、と苗曽《びょうそう》に申し入れた。

「わが従騎は二十ですが、その二十騎を後方に置いて、われ独《ひと》りで会見に臨《のぞ》んでもかまわない。また、あなたさまが百人、二百人の衛士を従えて会見場におられても、いっこうにさしつかえありません」

この呉漢のことばをつたえられた苗曽は、慍《むっ》として、

「われが臆病《おくびょう》ではないことを示してやろう。従騎を後方に置いてくるにはおよばない」

と、ふたりの使者にいった。呉漢ひとりを百人でとりかこんで会見したとあっては、笑い種《ぐさ》になり、今後幽《ゆう》州に威令を布《し》くことができなくなる。

さっそく苗曽は幽州の無終《むしゅう》県の城外に会見場を設けさせ、五十人ほどを従えて、呉漢を待った。ただしこれは、いかにも不用心な構えであった。呉漢の名が天下に知られていないこの時期に、かれに対して用心を怠《おこた》ったとしてもむりはないといえないことはないが、苗曽はおのれの都合《つごう》のよい想念のなかで空転《くうてん》したにすぎないといったほうが正しいであろう。呉漢は苗曽に降伏するとも、同盟したいとも、ひとこともいっていないのである。

会見場の幔幕《まんまく》を遠くからながめた呉漢は、

「なかに壇《だん》が築かれ、その上に苗曽がいるはずだ。われはゆるゆると近づいてゆくが、みなはわれから離れてすすみ、われの右手が挙《あ》がったら突進して、苗曽を討て」

と、従騎に指図を与えた。直後に二十騎が停止した。呉漢の馬だけがゆっくりとすすんだ。この大胆さが、殺気を消したといってよい。

「なに、呉子顔《ごしがん》は、独りでくるのか」

報《しら》せをきいた苗曽は、相好《そうごう》をくずし、壇をおりて幔幕の外にでた。なるほど視界の中心には単騎しかいない。そのはるか後方で動きはじめた二十騎を気にかけることなく、

「はは、あれは空威張《からいば》りよ。猫《ねこ》が虎の皮をかぶっても、しょせん猫にすぎぬ」

と、高らかに笑い、幔幕の内にもどろうとした。このとき、呉漢の右手が挙がった。

二十騎が疾走しはじめた。

「やっ、あれは――」

衛士が気づいて躁《さわ》ぎはじめた。しかしかれらは応戦の構えをするまもなく、ただ狼《ろう》狽《ばい》していたにすぎない。意表を衝《つ》かれるというのは、こういうことであろう。

それゆえここは小さな戦場にもならなかった。

会見場はまたたくまに突入してきた騎兵に蹂躙《じゅうりん》され、苗曽の首が獲《と》られると、衛士たちは呆然《ぼうぜん》と剣を棄《す》てた。

呉漢は騎兵のひとりに苗曽の首を掲《かか》げさせると、

「城門をあけさせよ」

と、居竦《いすく》まっている衛士を起《た》たせ、城門にむかって前進させた。城壁の上からこの顚末《てんまつ》をみとどけた県の兵は、恐れおののいて、城門を開いた。それはまるで呉漢の威によっておのずと城門が開いたようであった。

「よし、苗曽の宿舎に踏み込め」

と、呉漢は角斗などに命じた。苗曽に近侍している者たちが宿舎に残っているとみた、左頭《さとう》には、

「県の兵をつかって、城壁の旗の色を変えさせよ」

と、いいつけた。じつは更始帝《こうし》も劉秀《りゅうしゅう》とおなじように赤を尊ぶので、無終県の城壁にも赤い旗が林立している。が、旗の色を変えなければ遠くで待機している騎兵隊への合図にならない。それゆえ左頭は白い旗に変えさせた。

その間に、角斗らは苗曽の宿舎に突入した。異変にはじめて気づいた苗曽の臣下が武器をつかみ、侵入者たちを撃殺しようとした。ここでの闘撃《とうげき》はぞんがい烈しく、角斗も軽傷を負った。が、半時後には闘撃の音は熄《や》んだ。室《へや》のすみに、逃げおくれた僮《どう》僕《ぼく》がかたまって坐っていた。かれらに近づいた角斗は、

「なんじらを捕らえたり斬ったりはせぬ。どこへでもゆくがよい」

と、あえておだやかに声をかけた。そのとき、

——もしや。

と、角斗のまなざしが動かなくなった。ひとりの僮僕を凝視した角斗は、さらに歩をすすめて、しゃがみ、

「あなたは角南《かくなん》といわないか。わたしは角斗です。兄さんではないのか」

と、いった。この声におびえたように首を横にふった男は、しばらく無言であったが、すこし目をあげて、

「昔、わたしに似ている男が、南《なん》、と呼ばれていました。この県の豪族の家でともに働いていましたが、病気で死にました。もう十年もまえのことです」

と、細い声でいった。

「それが、兄か……」

肩を落とした角斗は、うつむき、嘆息した。次兄は売られ売られて、幽州の無終県まで徙《うつ》り、病死した。なんという一生であろうか。それを想《おも》うと、胸に虚しさが盈《み》ちた。いつのまにか角斗は涙をながしていた。兄は極貧の犠牲になった。兄を売った親を責めるわけにはいかないところに、さらに大きな虚しさがある。

うつむいたまま動かなくなった角斗に、

「あの……」

と、男がおびえがちに声をかけた。角斗は黙ったままである。

「あの、わたしをお連れくださいませんか。ゆくあてがないのです」

これは妄《うそ》ではあるまい。奴隷《どれい》の身分を脱して、かえって生きてゆくのに困窮する者は多い。

「わかった。が、われは馬で移動するので、なんじを連れてはゆけぬ。邯鄲《かんたん》へゆけ。呉子顔将軍の舎《いえ》があるので、そこでわれを待て。銭をつかわそう」

そういいつつ起った角斗は、男の名を問うた。

「獫《けん》といいます」

獫は、猟犬の一種である。本名ではないかもしれない。奴隷にされたあと、そう呼ばれたと考えられる。あるいはこの者は、長城の外に住んでいた異民族のひとりであるかもしれない。

銭をうけとろうとした獫は、急に手をひっこめた。

「どうした」

「あの、呉子顔将軍は、ここで徴兵なさるのでしょう」

「ふむ、おそらくな」

「それでしたら、わたしを兵にしてください。馬に乗るのは得意です。どうか、ためしてください」

にわかに活《い》き活きとしはじめた獫は、廏舎《きゅうしゃ》に角斗をみちびき、馬を牽《ひ》きだすと、軽々と乗った。

「矢も放てます」

角斗から弓矢を借りた獫は、馬を走らせ、左右を射《い》た。それをながめていた角斗は、ひそかにおどろき、

——こやつは、もともと騎馬民族だ。

と、心のなかで断定した。兵としてつかえるとわかったかぎり、ためらいなく猿を連れて呉漢のもとにもどった角斗は、

「この者は、わが兄とともに働いていた者で、苗曽の僮僕となっていましたが、われの従者としました。どうかお許しを——」

と、述べた。

「ほう、なんじの兄の消息がわかったのか」

呉漢はからだをかたむけた。角斗の表情から愁嘆は感じなかったものの、暗雲が去ったというはれやかさをみつけられなかったので、

——事情は複雑だな。

と、おもった。

「兄は、病死したようです」

この角斗の声に、あきらめがあった。

「そうであったか……」

嘆息した呉漢は、ふたりをみつめた。このふたりがなんとなく似ていると気づき、角斗がわずかになぐさめを得たにちがいないと察した。

「なんじはわれの左右にいて、隊の長として、百人、いや千人の兵を指麾《しき》するようになろう。従者は、いくら増やしてもかまわぬ」

「かたじけない仰《おお》せです」

角斗はたのもしい従者を得た。

やがて、千騎の入城をみとどけた呉漢は、すぐさま州内の各郡へ徴兵を命ずる使者を遣《や》った。呉漢がわずか二十騎を従えただけで苗曽の首を刎《は》ねたという事実は、たちまちうわさとなって四方へ伝えられ、郡県の長を震驚《しんきょう》させた。

呉漢の大胆不敵というべき行為を知った耿弇《こうえん》は、おくれをとったというおもいで、上谷郡《じょうこく》に居坐っている韋順《いじゅん》と蔡充《さいじゅう》に兵をむけて、討ち取った。

ふたりの行為は、更始帝の威令を力ずくで抖去《とうきょ》したことになり、当然のことながら、ふたりをつかって幽州全体に徴兵命令をくだした劉秀は、更始帝に叛逆したことになる。

「蕭《しょう》王が更始帝から離れるのは必至であり、いまが、それです。あえていえば、蕭王が天下の主《あるじ》になるのも必至です」

徴兵を終えた呉漢に、祇登《きとう》は平然といった。

「蕭王が天子になる……。臥龍《がりょう》が天に昇るとき、われはその尾につかまっていれば、

雲上の人となる。雲に梯子《はしご》をかけるまでもない」

呉漢は昔をなつかしむような目つきをした。

「雲の上から梯子を垂《た》らしてもらって、それを登るのは、われらです。まもなく、そういうときがきます。それにしても――」

祇登は、おのれの胸に去来するものが急にふえたのか、ことばにつまった。その容態から湿気を感じた呉漢は、

「われはこの人に救われたが、この人を救ったことになるのだろうか」

と、胸中でつぶやいた。かつて彭《ほう》氏の農場で働いていたとき、潘臨《はんりん》という人物に、念力は小石を黄金に変える、と教えられた。それ以後の自分にそれほど強い念力があったとはおもわれないが、祇登が路傍《ろぼう》で拾った小石が呉漢であり、祇登の強烈な念力によって小石である呉漢が黄金に変わったといったほうが正しいであろう。

さて、幽州には十郡がある。

呉漢と耿弇の使者を迎えた太守は、もれなく徴兵命令に従って、兵をだした。呉漢の威に屈したといってよい。このとき各郡がどれほどの兵をだしたのか、正確にはわからないが、かりにそれぞれ五千の兵をだしたとすれば合計で五万になり、一万の兵をだしたとすれば十万が総数となる。とにかく呉漢と耿弇は大将軍として任務を完遂《かんすい》

し、大軍を率いて南下した。

そのころ劉秀は邯鄲をでて北伐を敢行していた。

冀《き》州と幽州の官民を誑惑《きょうわく》させていた王郎《おうろう》が死んだのであるから、かれらはこぞって劉秀に従い、河北《かほく》に平穏がもどったと想いがちになるが、実態はそのようになまやさしいものではなかった。

郡県に属さない、賊、という集団がある。かれらは武力によって治外法権域《ちがいほうけんいき》を形成し、しかも本拠を微妙に移動させている。そういう賊が十数もあり、それらを尽殲《じんせん》しないかぎり、平定が成ったとはいえない。劉秀の戦いは、それらをひとつひとつ潰《つぶ》してゆくというものであった。

まず劉秀は銅馬《どうば》という賊の大軍と戦った。呉漢と耿弇が、冀州東部の清河《せいが》郡の中心に位置する清陽《せいよう》に到着したとき、銅馬との戦いはつづいていた。

劉秀麾下《きか》の諸将は、にわかに出現した兵馬の多さにおどろき、

「あの兵馬を将たちに公平に分け与えてもらいたいが、とてもそうはなるまいよ」

と、語りあった。

復命した呉漢と耿弇が幽州兵の名籍《めいせき》を献上すると、諸将は、われに、われに、と殺到した。あきれぎみに苦笑した劉秀は、

「さきに諸君は、公平に分け与えてもらいたいといっておきながら、いまは他人より多く求めようとしているのは、どうしたことか」

と、いった。

この叱咄《しっとつ》には諧謔《かいぎゃく》がふくまれている。劉秀の知性が冷えたものではない証左といってよい。懐《ふところ》が深い、といいかえてもよいであろう。

「諸将はおのれの浅はかを恥じながら、蕭王のあいうところに惹《ひ》かれるのです」

と、祇登はいった。

「われも大いに惹かれたよ」

呉漢はしだいに劉秀の巨《おお》きさがわかってきた。劉秀という人格には、厳しさと優しさが同居している。その根底には、人へのいたわりがある、とみた。できるかぎり多くの人を活かしたいがゆえに、王郎のような世と人をあざむくような者を誅《ころ》さなければならない。おそらく劉秀はまともな悪よりも、偽善《ぎぜん》を憎んでいるのであろう。また、劉秀は配下の失敗には寛容である。失敗が人を育てるとみているのかもしれない。

おびただしい幽州兵が劉秀軍にくわわったことで、さらに活気を増したこの軍は、銅馬軍を圧倒しはじめ、ついに大破した。しかしながら銅馬の残党を援《たす》けるべくほかの賊軍が集合したため、劉秀軍は休む間もなく戦闘と移動をくりかえした。

諸賊の連合軍との決戦は、冀州北部の蒲陽山《ほよう》でおこなわれた。そこで大勝した劉秀は、まれにみる寛容と大度《たいど》を示した。なんと降伏した賊の首領たちを赦《ゆる》したばかりか、かれらを残らず列侯《れっこう》に封《ほう》じたのである。劉秀のまごころにふれたおもいのかれらはそろって身ぶるいするほど感激し、

「蕭王のためならいのちを惜《お》しもうか」

と、熱く語りあった。

殺すべき相手を赦して活かすなどという芸当ができるのは、天下でただひとりであろう。ゆえに蕭王こそ天子にふさわしい、と麾下の諸将が強く意《おも》ったとしても、ふしぎではない。

——劉秀を天子の位に即《つ》ける。

そういう機運が急速に熟しつつあった。

だが、ひとつ障害があった。

謝躬《しゃきゅう》の存在である。

この人物は、更始帝の尚書令《しょうしょれい》であり、六人の将軍を率いて王郎の攻略にあたり、攻めあぐねて頓挫《とんざ》しかけたときに、劉秀軍が南下してきたので、連合して勝ちを得た。しかしその後は劉秀に協力することをせず、恣志《しし》をあからさまにして、邯鄲にとどま

り、やがて駐屯地を南にさげて鄴県《ぎょう》へ移したあとも、配下の将軍たちの略奪行為を黙認した。そういう乱暴がまるで劉秀のゆるしを得ておこなわれているように世間がみるにちがいない。

——世評は恐ろしい力をもつ。

そう考えている劉秀は、更始帝との訣別《けつべつ》を天下に示すためにも、謝躬を討たねばならないと決断し、呉漢と岑彭《しんほう》に内命をくだした。

すばやく軍を動かした呉漢は、邯鄲に立ち寄って家族のぶじをたしかめ、魏祥《ぎしょう》と況巴《きょうは》を軍にもどした。しかし兄の呉尉《ごい》がおさまらなかった。

「われは乗馬の練習をした。なんじに迷惑をかけぬ。軍旅にくわえてくれ」

ひごろは我利私欲のいやみをみせない兄が、呉漢と呉翕《ごきゅう》というふたりの弟に強い羨望《せんぼう》の目をむけた。いまや激動のさなかであり、そこにいれば、平凡な農作業を放擲《ほうてき》して、武器を執《と》りたくなるであろう。まして弟の呉漢は、昇龍の勢いをもつ劉秀を佐《たす》ける大将軍である。じっとしていられようか。その煮《に》え滾《たぎ》る兄の心情を汲まざるをえなくなった呉漢は、

「いいでしょう」

と、うなずいてみせた。かれは邯鄲を発《た》つまえに、呉尉の子の呉彤《ごとう》と自分の長男の

呉成《ごせい》を呼び、

「よいか、蕭王の威勢によって冀州はしずまりつつあるが、いまだに千変万化のときであると想え。なにが起こるかわからぬ。なんじらはその心構えで、われらの家族を守りぬくのだ」

と、いいきかせた。すでに呉彤は成年に達しているが、どこかのんびりしたところがあり、呉漢のきびしい語気にふれても魯《にぶ》く反応しただけであった。ちなみに呉成は未成年である。それでも父のことばを全身できこうとする鋭気をみせていた。

「若くても、呉成さまのほうが、たよりになる」

くすりと魏祥は笑った。

邯鄲をでた呉漢はまっすぐ鄴県へむかったものの、いそがなかった。敵将について知るまえに、自軍の佐将というべき岑彭について知らなければならない。

「どういう人か」

呉漢の左右にいる情報通といえば郵解《ゆうかい》である。

「変転の人です。ただし生まれは南陽《なんよう》郡の棘陽《きょくよう》県なので、宛《えん》県からさほど遠くなく、しかも王莽《おうもう》の時代に、その県の長を代行したことがあるので、主《しゅ》と経歴が似ています」

と、郵解は答えた。

呉漢は宛県の亭長《ていちょう》であったが、王莽軍にくわわって漢軍と戦ったことはない。しかし岑彭は棘陽県が漢軍に攻められると、その城をあっさり捐《す》てて、宛県に逃げ込み、そこを死守しようとした。しかし食料が尽きて漢軍に降《くだ》り、斬首《ざんしゅ》されるところを劉秀の兄の劉縯《りゅうえん》に救われた。その後、劉秀に仕えるまで紆余《うよ》曲折《きょくせつ》があった人物である。

とにかく岑彭は新参の臣といってよく、その発言はひかえめで、この征途《せいと》では、

「すべてを大将軍におまかせします」

という態度でいる。

――ただし魯鈍《ろどん》な人ではない。

それどころか賢すぎる人かもしれない、と呉漢はうすうす感じていた。おなじ南陽郡出身ということもあって、つきあいにくい将ではない。あえていえば、これも劉秀のひそかな配慮なのであろう。

鄴県に近づいたとき、呉漢は左右をみて、

「さて、どう攻めるか」

と、問うた。じつはいま謝躬は鄴県にいない。劉秀軍と戦って敗れた賊が逃走したため、

「われがかれらを捕獲する」

と、豪語して、諸将を率いて北へ征《い》った。鄴の城を守っているのは、劉慶《りゅうけい》という将軍と魏《ぎ》郡太守の陳康《ちんこう》である。

「鄴の城を取れ」

と、呉漢は劉秀に命じられたが、そのみじかいことばのなかに、

——謝躬を誅殺《ちゅうさつ》せよ。

という厳命がふくまれている、と感じた。城を陥落させないうちに謝躬が帰ってくるのが最悪の状態である。また城を陥落させたとしても、外にいる謝躬がそれに気づいて逃げてしまえば、呉漢は与えられた任務を完遂したことにならない。

「ここは幻術《げんじゅつ》をつかいたい。どこかに眩人《げんじん》はいないか」

と、呉漢は左右をからかうようにいった。ここでの攻略は、さきに苗曽を殪《たお》したような度胸ひとつでは押し切れない。智慧《ちえ》が要《い》る。

すると況巴が、

「わたしに考えがあります。陳康を説《と》いてみせますので、軍を城に近寄らせないようにしてもらえますか」

と、いった。かれの策の内容をきいた呉漢は、大きく膝《ひざ》を打ち、

「その策が実《みの》れば、われは一兵も損することなく、使命をはたせよう」

と、声を明るくして、況巴を送りだした。

この選択が大きな成果をもたらした。

況巴の策は敵の急所を衝いた。すなわち、陳康だけが謝躬に直属しておらず、更始帝によって魏郡太守に任命されたとはいえ、自分の判断で別途《べっと》を選ぶことができる立場にいる。

——陳康は、現状を不安視しているであろう。

謝躬とともに倒れになりたくない、と恐れているにちがいない、とみて、況巴はひそかに城内にはいり、呉漢の密使であると告げて陳康に会った。

すかさず況巴は説いた。

「上智《じょうち》は、危険に身を置いても僥倖《ぎょうこう》を求めず、中智は、危険を逆手《さかて》にとって功を為《な》し、下愚《かぐ》は、危険に身を置いたまますみずから滅ぶ、というではありませんか。危亡《きぼう》がやってくるのは、人それぞれであり、それを察知しなければなりません。首都が敗乱し、四方が雲のごとく擾《みだ》れているのは、ご存じでしょう。蕭王に関していえば、その兵は強く、多くの士がなつき、すでに河北はその威令に従っています。ところが謝躬はどうでしょうか。内は蕭王に背き、外は衆心《しゅうしん》を失っています。それもご存じでしょう。いまあなたさまは、危険な城をたよりにして、滅亡の禍《わざわ》いを待っておられます。あなたさまの義は立つところがなく、節《せつ》も成るところがありません。すぐさま門を開いて、蕭王の軍を入れるのがよろしい。禍いを転じて福と為し、下愚の敗《はい》をまぬかれ、中智の功を収めるのは、計略を知る者のやりかたです」

どこか弱々しさのあった況巴も、戦場をはしりぬけてくると、胆力がやしなわれるらしく、口先だけの弁舌に終始しなくなった。そのことばは、相手の胸や肚《はら》にとどくほどの強さと深みをもっていた。

迷妄《めいもう》のなかにあった陳康は、況巴の説述《せつじゅつ》をきいて、目が醒《さ》めたような表情をして、

「貴殿の説かれたことに従うであろう」

と、いい、すばやく属吏《ぞくり》を集めると、劉慶とその妻子を捕らえさせた。さらに、ひそかに門を開いて呉漢と配下の兵を城内に入れた。

これほどのことがおこなわれても、帰還した謝躬は気づかず、数百騎とともにかるがるしく入城した。

「射よ――」

呉漢は伏兵を起たせて、いっせい射撃を命じた。あっ、とのけぞって落馬した謝躬は絶命した。それをみた麾下の騎兵は抗戦をあきらめてことごとく降伏した。たしか

に呉漢は一兵も損せず、鄴城を取り、謝躬を誅殺したのである。放れわざといってよい。

捷報《しょうほう》をうけた劉秀は、ゆくてをふさぐ巨岩をとりのぞいたおもいで、

「呉将軍は、剛と柔を兼備している」

と、絶賛した。

――鄴《ぎょう》県といえば……。

呉漢《ごかん》は憶《おも》いだした。洛陽《らくよう》から移り住んだ田汶《でんぶん》の家族がいる。

「どのように暮らしているか」

不安をおぼえた呉漢は、十数騎を従えて、田氏邸へ行った。道はわかっている。

みおぼえのある里門にさしかかった呉漢は、

「これは、ひどい」

と、眉《まゆ》をひそめた。里門はおのずと崩壊したのではなく、あきらかに人の手によって破壊されていた。里中の家の多くは焼け落ち、人影はなかった。

「謝躬《しゃきゅう》の属将が、配下の兵にやらせたのですね」

と、樊回《はんかい》が憤悱《ふんぴ》をかくさずにいったが、それにちがいなかった。かれらは冀《き》州の諸

県を鎮撫《ちんぶ》するはずであったのに、食料や軍資が不足すれば民家を襲って寇掠《こうりゃく》した。さからう者たちには、

「天子の玉詔《ぎょくしょう》に従えぬとあらば、誅殺《ちゅうさつ》するしかない」

と、兵たちは吼《ほ》え、県民を容赦なく殺害した。盗賊より質《たち》が悪かった。

田氏邸はなかば崩れていた。むろん門扉《もんぴ》はなく、門内の樹は火を浴びたらしく枯れたまま立っていた。さきに数人が邸内にはいった。ほどなく遠くから呉漢を呼ぶ声がながれてきた。左頭《さとう》の声である。

離れの軒先にうずくまっている男に、左頭が話しかけていた。呉漢が近づくのを待って、

「将軍、田汶どのです」

と、左頭はあえて大きな声でいった。左頭はもと田汶に目をかけられていた僕人《ぼくじん》であった。ところがいまや呉漢の下で百人の兵を率いる隊長である。多数の兵に襲われて家財をことごとく奪われ、祖父の田殷《でんいん》を斬られたという惨状から、かろうじて脱出した田汶は、数日、近隣の県をさすらっていたが、飢《う》えもあって、自宅にもどってきたのである。

——すべてを失った。

一目瞭然であった。腑抜《ふぬ》けとなった田汶は、そのまま地中に沈みそうであった。左頭から声をかけられても、

——ああ、左頭か……。

と、うつろに視《み》ただけで、いかなる感情も生じなかった。心身が涸《か》れはてていた。

「田汶どの」

そういいつつ呉漢は落魄《らくはく》そのものの田汶の肩を抱いた。急に、田汶は哭《な》きはじめた。呉漢の体温がつたわったのであろう。かれの心身によみがえったものがある。

「恢《かい》から、なにか、きいていませんか」

と、呉漢は田汶の耳もとでいった。恢は、田氏における忠実な下僕《げぼく》であった。洛陽から鄴へ徙《うつ》る際に、呉漢は恢にひとつの忠告を与えておいた。

「恢は、われらをかばって、斬り死にしました」

かすれた声ではあるが、田汶が徐々にむなしさを払拭《ふっしょく》しはじめたきざしをふくんでいた。

「そうでしたか」

一考した呉漢は樊回を呼び、

「工作兵を二十人ほどここに連れてくるように。耒耨《らいどう》を忘れぬように」

と、いいつけ、兵舎へ急行させた。耒は、すき、であり、耨は、くわ、である。樊回がもどってくるまであたりを見廻っていた角斗《かくと》は、

「数日まえに、この里は、全滅させられたというのに、屍体《したい》はどこにもありません」

と、ふしぎがった。戦場では、戦死者の骸《むくろ》が、ひと月以上野晒《のざら》しになる。戦死者用のひつぎを、

「椲《せい》」

と、いい、それに屍体を斂《おさ》めて故郷に送りかえす。が、敗軍は退却にいそがしく、それをおこなっているゆとりがない。

「ふむ、屍体をかたづけさせたのは、おそらく岑君然《しんくんぜん》どのであろう」

君然は、呉漢の佐将である岑彭《しんほう》のあざなである。岑彭はこのたびの鄴県攻略において、表《おもて》に立たぬように気をくばり、上からの命令があったとはおもわれぬのに、ひそかに事後処理をおこなった、と呉漢はみた。

「陰《かげ》で、蕭《しょう》王の評判を高めたのですか」

「陰でおこなった善行でも、蕭王の慧眼《けいがん》はみぬくであろうよ。すなわち、これから岑君然どのは擢用《てきよう》され、驥足《きそく》をのばして、名将になるであろう」

呉漢はそう予断した。

半時も経《た》たぬうちに樊回にみちびかれた工作兵が到着した。

「なにをなさるのですか」

首をかしげた角斗に、

「門内の焦《こ》げた樹をみたであろう。あの樹は、かつてなかった。われらが漁陽《ぎょよう》へ去ったあと、田氏が植えたものだ。恢はわれの忠告を、田殿どのにだけつたえたとみえる」

と、呉漢は微笑を哺《ふく》みながらいい、工作兵に指示を与えた。かれらはいっせいに樹の根もとを掘りはじめた。この騒ぎをいぶかった田汶が這《は》ってきて、その作業を見守った。

一時《いっとき》後に、地中から大きな箱があらわれた。その箱を地表に上げさせた呉漢は、田汶の背を押して、

「さて、なにがでてきますか。ご自身で、あけてみられよ」

と、笑いながらいった。

土を払って蓋《ふた》に手をかけたものの、もちあげることのできない田汶を、左頭が手助けをした。

「おう……」

なかをのぞきこんだ田汶は、生き返ったような表情をした。中身は、黄金と奇物それに帛《きぬ》であった。

「この遺産をおさめるのは、あなたしかいない。二、三年のうちに洛陽は平穏をとりもどしましょう。あなたは洛陽で家を再興なさるとよい」

呉漢にそうさとされた田汶は、帛をつかみとったまま、地に坐って泣いた。ほどなく首を揚《あ》げて、

「またしても、あなたに助けられました。四散した家僕《かぼく》を集め、洛陽にもどります」

と、せいいっぱい声を張っていった。直後に気絶して地にころがった。空腹のせいであろう。田汶の介抱を左頭にまかせた呉漢は、

「恢は、死ぬまで忠実であった……」

と、いいながら、馬に乗った。

「あそこに財産をかくせ、と恢におっしゃったのですか」

角斗の疑問はそれである。

「いや、そこまではいっていない。かくし場所に目印を樹《た》てておけ、とは、いった。地を掘ってあやしまれないためには、樹を植えるしかない。その秘密の作業を、田汶にはうちあけなかったところが、腑《ふ》に落ちない」

「そういえば、田家の食客《しょっかく》に、剣士の狄師《てきし》がいたではありませんか。かれは賓客《ひんかく》として優遇されていたはずなのに、田氏をかばって戦うことをしなかったのでしょうか」

角斗は以前から狄師には批判の目をむけている。

「食客は、狄師だけではあるまい。かれらはどうしたのかな。たぶん、食客を優待していたのは田汶で、かれの近くにはつねに食客がいたので、恢は秘密を食客にかぎつけられることを恐れて、財を田殷とふたりだけでかくす工夫をしたのかもしれぬ」

田家の惨状をまのあたりにして心を暗くした呉漢は、田家復興の財をみつけたことで、多少救われた気分になった。

「さて、王のもとへ復《かえ》る」

鄴県の守備を陳康《ちんこう》にまかせた呉漢は、岑彭とともに帰途につき、数日後、劉秀《りゅうしゅう》に復命した。

「みごとに為《な》したな」

劉秀から褒詞《ほうし》をくだされた呉漢は、突騎《とっき》五千をさずけられ、軍の先鋒をまかされるようになった。さらに、

「なんじには兄がいるときいた。その者を、とりたてて、将とするであろう」

と、劉秀にいわれた呉漢は、ひそかに苦笑した。これは劉秀の厚意にはちがいない

が、兄の呉尉《ごい》に旗鼓《きこ》の才《さい》はないので、ありがた迷惑である。しかしながら当の兄は、それを知らされて、躍《おど》り上《あ》がるほど喜んだ。

「われは将軍ぞ。よくみよ」

呉尉は子の呉彤《ごとう》の両肩をつかんで烈《はげ》しくゆすぶった。それほど喜んだ兄をはじめてみた呉漢は、

——兄のおだやかさのなかに、これほどの顕揚欲《けんようよく》がひそんでいたのか。

と、おどろいた。ただし、劉秀がいった将とは、将軍ということではなく、呉漢につきそう佐将ということであろう。戦場を踏んだこともない者に、いきなり数千の兵をさずけるような軽佻《けいちょう》さは、劉秀にない。

この年の十二月に、赤眉《せきび》の大軍が西進して、関中《かんちゅう》に侵入した。長安《ちょうあん》を首都としている更始《こうし》帝の王朝は、風前《ふうぜん》の灯《ともしび》となった。

劉秀は鄧禹《とうう》に兵をさずけて関中にむかわせたが、これは更始帝を助けるためではなく、擾《みだ》れに乱れるであろう関中を鎮定《ちんてい》させるためである。それとはべつに、劉秀は馮《ふう》異《い》と寇恂《こうじゅん》に命じて、洛陽攻略にあたらせた。

かつて呉漢とともに上谷郡《じょうこくぐん》を発した寇恂は、人材をみぬく目をもつ鄧禹の推挙によって、洛陽に近い河内《かだい》郡の太守に任ぜられ、人望を集めている馮異とともに、洛陽

を守る朱鮪《しゅい》と戦っている。

西方と南方にそういう手を打った劉秀は、賊を掃蕩《そうとう》するために北伐を続行し、あらたな年を迎えた。

この年は、後漢王朝の初年にあたるので、修史上重要といわざるをえない。

正月に、常山《じょうざん》郡の元氏《げんし》県にいた劉秀は、賊の連合軍を撃破すると、猛烈な追撃を敢行し、なんと冀州の北端まですすみ、賊軍をたたいた。連勝の勢いを保持したまま、幽《ゆう》州にはいったところで、反撃をくらった。

劉秀が乱戦のなかで消えたのである。

敗退した漢の将士は、范陽《はんよう》の城を確保したものの、いつまで待っても劉秀がもどってこないので、

「蕭王はすでに亡《な》くなられたのではないか」

と、ささやきあった。この不安と恐れに満ちた光景をながめていた呉漢は、すっくと起《た》って、

「諸君、恐れるにはおよばない。蕭王の兄の子は、南陽《なんよう》でご健在である。われらの主《しゅ》がいなくなったわけではない」

と、いい放ち、かれらの動揺を鎮《しず》めた。

蕭王の兄の子、とは、劉縯《りゅうえん》のふたりの男子を指す。長男が劉章《りゅうしょう》、次男が劉興《りゅうきょう》である。劉縯が、更始帝に智慧《ちえ》をつけている李軼《りいつ》と朱鮪によって殺害されたあと、凶《きょう》刃《じん》はふたりの子におよばなかった。かれらが生きているかぎり、残存している将士の精神的支柱は失われない、と呉漢はいい切った。劉秀は昨年、真定《しんてい》国の郭《かく》氏を娶《めと》ったばかりで、まだ嗣子《しし》を得ていない現状では、そういうしかなかったが、祇登《きとう》は、

「きわどいことを、大胆にもいいましたな」

と、呉漢に苦笑をむけた。この発言が、誤解を招くことを祇登は恐れたが、諸将の多くは同意したようであり、さらに、いのちびろいをして帰還した劉秀も、不問《ふもん》に付《ふ》した。もともと劉秀は、兄の子に憐憫《れんびん》をおぼえており、この篤情《とくじょう》をもってのちに劉章に国をさずけて王とした。弟の劉興にも国を与えて、弘農《こうのう》郡太守の職に就《つ》かせた。劉興が善政をおこなって官民に称《たた》えられたことを想《おも》うと、この兄弟には人をそこなうような悪癖はなく、驕慢《きょうまん》さをださない自制心をもち、しかも民をいたわる行政能力があったといえるであろう。父の不幸な死が、怨恨《えんこん》の種《たね》にならなかったことだけでも奇特《きとく》である。

とにかく、劉秀の生還がこの軍をふたたび活気づかせた。

漁陽郡まで北上した劉秀は、追撃を呉漢に命じた。このとき、呉漢の下に十二人の

将軍がいた。劉秀不在の范陽で諸将を攬《まと》めた呉漢の威と徳を、劉秀が高く評価したあかしが、これであろう。

呉漢は将のなかの将になりつつあった。

ついに呉漢は、漁陽郡の南部にある潞《ろ》県で賊軍を破り、東北へ奔《はし》った敗兵を平谷《へいこく》県に追い込んで殲滅《せんめつ》した。

漢の兵が漁陽郡にはいったというのに、あいかわらず太守の彭寵《ほうちょう》は、傍観者をきめこんで、協力するという姿勢をみせなかった。それについて呉漢は、

「哀しいことだ」

と、いっただけで、あえて批判を避け、馬首を返した。高級官吏を経て、郡の太守まで昇った男が、頑冥《がんめい》ということはあるまいが、劉秀に対抗する意地をつらぬこうとしている。そう想わなければ、彭寵の孤独な傲岸《ごうがん》さは、解《と》けない。

「滅びゆく者の容《かたち》とは、あれだよ」

彭寵と謝躬は、相似形である、と祇登はいいたいらしい。

とにかく、これで冀州と幽州から賊の大集団の影は消えた。ほぼ河北の平定は成ったといってよい。

天下が注目する主戦場は、洛陽の付近と西の関中ということになった。

更始帝の大司馬《だいしば》として洛陽を守っている朱鮪は、劉秀と主力軍が北上をかさねて、かなりの遠方にいるときき、

「馮異と寇恂を討ち取る好機である」

と、断言した。すぐさま蘇茂《そぼ》と賈彊《かきょう》という二将に三万余の兵を属《つ》けて、河内郡の温《おん》県を攻めさせ、自身も数万の兵を率いて西にむかい、平陰《へいいん》県を攻めようとした。これが急襲であったとすれば、河内郡をあずかっている寇恂の応戦も早かった。電光のごとく温県に到って迎撃《げいげき》し、敵軍を大破すると、追撃して賈彊を斬った。一方の馮異も虚《きょ》を衝《つ》かれることなく、まず寇恂を助けて勝利を得ると、兵を渡河させて、朱鮪の主力軍を急襲した。

敗走した蘇茂の兵のなかで、逃げ場を失って河水に身を投げて死んだ者が三千、捕虜になった者が一万もいた。また、馮異の急襲をうけた朱鮪も敗走し、洛陽城に閉じ籠《こ》もってしまった。

この結果が劉秀につたえられると、諸将は沸き立ち、おのずと、

——蕭王を皇帝に。

という気運が生じた。それゆえ、呉漢の下にいた馬武《ばぶ》という将軍が、諸将を代表して、劉秀に践阼《せんそ》を勧《すす》めた。おどろいた劉秀は、馬武を叱《しか》り、しりぞけた。が、諸将は

あきらめず、再度、上奏《じょうそう》をおこなった。

「そのようなこと、われは聞かぬ」

軍を南にさげつづけている劉秀は、あえて不機嫌さを表《おもて》にだして、二度と皇帝の位に即《つ》けとはいわせぬ、といわんばかりの空気をつくった。

しかし諸将はひるまなかった。

夏になり、冀州の中央部に位置する平棘《へいきょく》県に到ったとき、諸将はまた訴えた。

「やめよ」

と、怒るようにいった劉秀を説《と》いたのは、耿純《こうじゅん》である。かれは王莽《おうもう》の王朝では、納言《のうげん》の士であり、いわば上下のとりつぎをおこなっていたのであるから、言辞に関しては怜悧《れいり》である。巧みに劉秀を説いた。

「もしも王が即位なさらなければ、天下の士大夫《したいふ》は失望して、ことごとく去ってゆくでしょう」

これが説諭《せつゆ》の主旨《しゅし》である。

正義に殉《じゅん》ずるために劉秀に従った者は多い。かれらはおのれの利害などをふりかえらずに邁進《まいしん》してきた。だが、幽州と冀州が平定され、洛陽の落城も必至であるとなれば、おのれの利益を考えぬ将士はほとんどいない。こういうときに、たれが考えても天下の主にふさわしい劉秀が、皇帝になりたくないといいつづければ、失望感が軍ばかりでなく天下にもひろがる。それにともない衆《おお》くの人の心が劉秀から離れてしまう。そうなったあとにあわてて、皇帝に即位するので離れた人々にもどってほしいと呼びかけても、時を失った者に、気運の盛りあがりはない。

大衆、ひとたび散せば、またあわすべきこと難《かた》し。時は留《とど》むべからず。衆はさからうべからず。(『後漢書』)

この耿純のことばは常識的であっても、語気に力があり、劉秀の胸の奥にとどくほどの浸潤《しんじゅん》性があった。さすがの劉秀も、

「即位のことは、考えてみる」

と、いわざるをえなかった。

平棘県の南の鄗《こう》県に到ったとき、劉秀の学友である彊華《きょうか》という者が、予言の書というべき『赤伏符《せきふくふ》』をたずさえて訪ねてきた。それを一読した劉秀は、おのれが天下の主となることが書かれていたので、深く驚き、

——これこそ天からくだされた符瑞《ふずい》であろう。

と、痛感し、逡巡《しゅんじゅん》をやめた。理知的な劉秀であるが、多少のいかがわしさをもった予言の書でも、好んだ。その癖《へき》は死ぬまで消えなかった。

ついに、六月己未《きび》の日に、劉秀は皇帝の位に即いた。まだ宮殿をもたない劉秀は、鄗県の南にある千秋《せんしゅう》亭の五《ご》成陌《せいはく》の地に壇を築かせた。柴《しば》が燔《や》かれた。炎が立ち、煙が天に昇ってゆく。皇帝に即位することを天に告げる儀式である。

劉秀がとなえる祭文《さいぶん》には、自身のことだけではなく臣下のこともふくまれる。呉漢は身ぶるいをした。天神に照覧《しょうらん》されている、と感じたからである。

賤家《せんか》に生まれた自分がこれほど天子に近いところにいる現実が、信じがたかった。懐中にある小石は、いま黄金の光を放っているであろう。

祇登は目をつむっていた。仇討《あだう》ちのためにおのれの命運の力をつかいはたしたと感じた祇登は、呉漢にめぐりあったころ、ぬけがら同然であった。が、かれは呉漢を助けることで、よみがえった。

——呉漢には、天与の力がある。

それをみぬいた眼力があったということは、命運が燃え尽きていたわけではなく、余炎《よえん》があったのであろう。かれには、官途について栄進したいという望みはいっさいなく、ただただ、呉漢という路傍の石がどのように変幻《へんげん》するか、それをみとどけるために、ここまできた。が、眼前にあるのは、あらたな天子の誕生である。それに立ち会える幸福は、千万無量《むりょう》の財にまさるであろう。

即位の儀を終えた劉秀は、群臣に、元号を告げた。

「建武《けんぶ》」

これが歴史的に、後漢王朝の最初の元号となる。ちなみに劉秀は死後に、

「光武帝《こうぶてい》」

という謚号《しごう》を贈られる。なお劉秀が天子として立ったこの時期に、更始帝が長安に

いて、西方では公孫述《こうそんじゅつ》という者が天子を自称した。歴史に無視される自称の天子はほかにもいたが、劉秀の台頭《たいとう》によって、かれらは衰頽《すいたい》してゆくことになる。
王朝の整備にとりかかった劉秀は、翌月、あらたな叙位《じょい》を発表した。王朝における最高の大臣は、三公と呼ばれ、それは大司徒《だいしと》、大司空《だいしくう》、大司馬のことであるが、
大司徒に鄧禹
大司空に王梁《おうりょう》
大司馬に呉漢
という叙任があきらかになったとき、呉漢の下にいる者たちは、声が嗄《か》れるほど歓声を揚げた。おどろいたことは、まだある。王梁の抜擢《ばってき》である。かれは漁陽郡の出身で、狐奴《こど》県の令であり、太守の彭寵に命じられて劉秀援助にむかったとき、呉漢と蓋延《こうえん》の下にいた小隊長にすぎなかった。かれは諸将をしのぐほどの大功を樹《た》てたわけではなかったのに、劉秀が読んだ予言の書に、王梁、という氏名があったため、三公の位に昇らされたのである。ただし、行政と軍事の能力が高いとはいえない王梁は、やがて軍事に失敗し、行政にも失敗して、歴史から消えてゆくことになる。
劉秀は動いた。
冀州に首都を置くつもりはなく、洛陽のほうにむかった。

大司馬となった呉漢は、いわば元帥《げんすい》であり、洛陽包囲の指麾《しき》をおこなった。

「洛陽を守っている朱鮪は、帝の兄君を殺した仇敵ですね。帝はその者をどうなさるのでしょうか」

と、況巴《きょうは》は大いに関心を示した。するど、横にいた祇登が、ちょっとこい、と況巴の袖《そで》を引いた。ふたりだけになると、

「これほどの大軍で城を包囲しているのだ。主が総攻撃を命じ、連日連夜、猛攻をつづければ、五日で落とせる。落とせば、朱鮪を殺さなければならぬ。が、天子と王朝の今後にとって、それが最善なのか」

と、祇登は況巴の目を直視して問い質《ただ》した。すぐに況巴は瞠目《どうもく》した。

「主は、天子の感情を鎮め、熟考をうながすために、苛烈な攻撃をおこなわない。そういうことですね」

「ここが肝心だ。天子が復讎《ふくしゅう》せず、仇敵を赦《ゆる》せば、この王朝は傾いても百年の余命がさずけられよう。のちのことを想えば、赦さぬ者は負け、赦す者が勝つ。呉漢という男は、学がないくせに、ふしぎにそういうことがわかっている。ならば、中途半端な学問は、学がかえって害だ」

祇登は況巴をみつめたまま、目で笑った。

包囲はながびいた。河水の対岸から戦況を見守っていた劉秀は、考えを改め、昔、朱鮪の下にいた岑彭を遣《や》って降伏を勧告させた。

「劉文叔《りゅうぶんしゅく》が、われを赦す……」

はじめは信じなかった朱鮪も、岑彭の真摯《しんし》さに打たれ、ついに城を挙《あ》げて劉秀に降《くだ》った。すぐさま劉秀は、朱鮪をいたわり、

「なんじを平狄《へいてき》将軍とする」

と、宣《の》べ、扶溝《ふこう》侯に封《ほう》じたのであるから、その大度《たいど》に天下が驚嘆した。のちに朱鮪は少府《しょうふ》まで昇ったのであるから、劉秀の容赦はみせかけではなかった。

また祇登は況巴の袖を引き、

「これで、いま天子に敵対している者たちの半数が、鋭気を失い、天子に降伏してもよいと考えはじめたであろう」

と、ささやいた。

「古代、帝舜《しゅん》は、五弦《げん》の琴を弾《だん》じ、南風《なんぷう》の詩を歌って、天下を治めたようですが、いまその深意を知りました。わが主は馬上の人でありながら、地に足をつけて生きておられる」

況巴ははじめて呉漢の非凡さに驚倒《きょうとう》した。

平定図

劉秀《りゅうしゅう》が洛陽《らくよう》城にはいったのは、建武《けんぶ》元年の十月である。

当然のことながら、洛陽が首都となった。

さて、この時点で、劉秀に敵対する勢力はどのようなものがあるのか。

赤眉《せきび》のように、定住地をもたず、移動しつつ掠奪《りゃくだつ》をくりかえしてゆく大集団の賊は、十数もある。さらに赤眉についていえば、六月に劉盆子《りゅうぼんし》（城陽景王《じょうようけいおう》・劉章《りゅうしょう》の裔孫《えいそん》）を天子として立てた。かれらは十二月に更始《こうし》帝を殺す。賊とはいえ、かろうじて王朝の体裁《ていさい》は保っている。

それらの賊とちがって、ほぼ定住している大勢力の中心人物についても、詳述《しょうじゅつ》しているゆとりがないので、とにかく羅列《られつ》してみる。

劉永《りゅうえい》

張歩《ちょうほ》
董憲《とうけん》
李憲《りけん》
秦豊《しんほう》
田戎《でんじゅう》
延岑《えんしん》
隗囂《かいごう》
公孫述《こうそんじゅつ》

天下に散在しているかれらは、天子や王を自称していると想《おも》っても、あながちまちがいではない。いわば群雄割拠《ぐんゆうかっきょ》であり、正統な天子がいないという現状では、劉秀さえ天子を自称した群雄のなかのひとりにすぎない。

将軍のなかの最高位に就《つ》いた呉漢《ごかん》は、つねづね、

「戦いのないときには、武器の手入れをおこたるな」

と、配下の兵にいった。この訓戒《くんかい》を遵守《じゅんしゅ》している兵は、出師《すいし》の命令がくだった際の起動が、どの軍の兵よりも速かった。そのため、

「われが朝に詔《しょう》をくだせば、呉公の軍は夕方には出発している」

と、劉秀を驚嘆させた。呉漢の軍だけは、つねに出動の準備ができているということであった。

劉秀が立ち退いたあとの冀《き》州では、悪臭を放つ草がはびこるように、賊が勢いをもりかえした。それを知った劉秀は、呉漢を招き、

「九人の将軍を率いて、檀郷《だんきょう》の賊を討つべし」

と、命じた。

檀郷の賊も巨《おお》きい。赤眉のように兵力百万と豪語しているわけではないが、二、三十万という大勢力である。ただし賊は父母妻子など家族をともなって移動しているため、まともな戦闘兵は、きこえてくる数の五分の一であると想えばよい。

「さあ、でるぞ」

いつものように呉漢の軍の出動は迅速《じんそく》である。

冀州にはいるまえに、年があらたまった。

たてつづけに報告があった。

「賊は鄴《ぎょう》県の近くに蟠踞《ばんきょ》しております」

檀郷の賊が、大蛇のようにとぐろを巻いて動かないということは、鄴県を攻めあぐねているということであろう。かつて呉漢の説諭《せつゆ》を容《い》れて降《くだ》った魏《ぎ》郡太守の陳康《ちんこう》は、

賊の大軍にひるまず、よく防いでいるということでもあろう。

やがて賊は東へ移動し、漳水《しょうすい》の北岸に陣を布《し》いた。呉漢の軍が近づいてきたことを知り、川を渡って、迎撃《げいげき》する構えを示した。

鄴県のあたりの地形に暗いわけではない呉漢は、諸将に浅瀬の位置を示し、あらかじめ五将に渡渉《としょう》を命じ、自身はほかの四将を率いて、敵陣からよくみえる南岸まで進出した。

そこで筏《いかだ》を組ませて渡渉の準備にはいった。賊軍の目をひきつけておく狙いもある。

「敵に偵探《ていたん》の能力があれば、いきなり襲いかかってくるでしょうに」

兵術の妙がわかってきた樊回《はんかい》は、対岸をながめながらそういったが、たしかに呉漢の主力軍の兵力は二万ほどであり、それを賊にみすかされると、急襲され、苦戦におちいる。呉漢の軍はすべてで十万と兵力を誇示してはいるが、じつはその半分比《ちか》くが工作兵などの非戦闘員であり、しかも五将の兵がここにはいない。こういう陣の内情をすばやく正確に知ることが勝利に直結すると樊回は学習してきたが、賊には学習能力も不足している。ひとまず戦ってみて、勝てそうならすすみ、負けそうならしりぞく。負けつづけて窮《きゅう》すれば降伏して、しばらくおとなしくしているうちに、叛逆する機宜《きぎ》をさがす。そういうことをくりかえしてきた。銅馬《どうば》の賊のように、劉秀に心服したのは、めずらしいといえる。

——みな殺しにしなければ、賊は消滅しない。

それは呉漢にもわかってはいるが、

「降伏した者を、殺してはならぬ」

と、あえて配下に命じた。賊兵とよばれている者たちに帯同《たいどう》されている女、老人、子どもまで殺す必要はあるまい。

「かれらは戦いかたを学習しない。なぜならかれらは流浪《るろう》の民がたまたま武器を執《と》ったにすぎないからだ。自衛するだけの大集団が、かれらにとってはひとつの国家で、外からの支配をこばみつづけている。しかしその移動する国家には生産力が不足しているので、ゆくさきざきで掠奪をおこなって、その不足をおぎなってゆくしかない。他者が生産し、保存している物を、暴力で奪うことは、どこからみても悪行《あっこう》だ。たしかに多くの流人《りゅうじん》を産みだしたのは、秕政《ひせい》をおこなった王朝の罪ではあるが、それが匡《ただ》されつつあるいま、惰偸《だとう》のかたまりであるかれらを解散させ、正業に就《つ》かせなければならない。そのための戦いよ」

皇帝となるまでの劉秀の戦いかたをみてきた呉漢は、戦いかたの緩急《かんきゅう》を学んだつもりでいる。

たしかに賊の集団は人民にとって害にはなるが、思想集団でも宗教集団でもないので、解体すればふつうの民にもどりやすい。劉秀はそうみて、かれらと戦ってきたのではないか。劉秀が憎悪をむけたのは、冀州と幽《ゆう》州の官民を誑《たぶら》かした王郎《おうろう》のような詐《さ》欺師《ぎし》、更始帝の威権を笠に着て盗賊とかわらぬ強奪をおこなった謝躬《しゃきゅう》のような驕侈《きょうし》者である。

単純な悪は、善になおしやすいが、偽善《ぎぜん》はどうにもならず、赦《ゆる》しがたい。劉秀の思想の根幹には、それがある、と呉漢はおもっている。

「まもなく敵陣が動く。いつでも渡渉できるように、心もそなえておけ」

と、呉漢は左右にいった。いつでも、ということは、夜間でも、ということである。

はたして夜が明けないうちに、対岸に火がみえた。夜ののろしを烽《ほう》といい、昼ののろしを燧《すい》という。その烽を確認した呉漢は、配下に渡渉開始を告げ、

「すでに賊は頽敗《たいはい》している。追いつづけよ」

と、号令した。さきに対岸へ渡った五将が急襲をおこない、敵陣を崩したと呉漢はみた。それゆえ呉漢の主力軍はとどめを刺しにゆくことになる。

川は、万をこえる炬火《きょか》で、燦然《さんぜん》となった。

この渡渉の兵を川辺で迎撃する賊兵はまったくおらず、かれらは北へ移動しつつあ

った。が、呉漢の主力軍の速さを予想しておらず、檀郷の賊は漳水から遠くないところで、挟撃《きょうげき》されて、潰滅《かいめつ》した。

「捕虜、十万余」

という呉漢軍の大勝である。

この捷報《しょうほう》をうけた劉秀は、大いに喜んだ。斬首十万余でなかったことが、かれをさらに喜ばせたにちがいない。

すぐさま劉秀は使者に璽書《じしょ》をもたせて呉漢のもとに急行させ、呉漢を広平《こうへい》侯に封《ほう》じて、四県を食邑《しょくゆう》としてさずけた。これによって、呉漢は名実ともに侯国の主《あるじ》となった。

ちなみに、この時点で、群臣のなかでは食邑四県というのが最大の封地である。

「人とは、ふしぎなものだ。龍が天に昇るとき、その尾につかまっていれば、やすやすと雲の上にゆける。呉漢をみよ。僅々《きんきん》、三年まえに洛陽にかくれ住んでいた平民が、いまや朝廷では三公の位に就き、外にでれば諸侯のひとりとなり、戦いとなれば諸将を率いる大司馬《だいしば》だ。これ以上のふしぎさがあろうか」

めずらしく祇登《きとう》が角斗《かくと》や魏祥《ぎしょう》を相手におどけてみせた。

「では、われらは、龍の尾につかまった人の衣《い》や帯につかまってここまできたことになりますか」

角斗は自分のうなじを拳《こぶし》で軽くたたきながら哄笑《こうしょう》した。が、魏祥は笑わず、祇登に目をむけて、

「先生は、こうなることを、宛《えん》にいるころにすでに予想なさっていた。ちがいますか」

と、するどくいった。

「ふむ……」

まなざしをさげた祇登は、

「予想したわけではなかった。ただし、呉漢には常人にはないなにかがあった。あえていえば、呉漢は暗すぎた。影そのものだった。ほかの者をみれば、呉漢はみえなくなり、呉漢をみようとすれば、ほかの者はみえなくなった。そういうめずらしい存在の正体を知りたくて、ここまで付いてきたといえる。魏祥は占いにくわしいのでわかるであろう、陽《よう》に変わる陰《いん》があることを。呉漢はそれよ」

と、ゆっくり説《と》いた。軽く手を拍《う》った魏祥は、

「大盈《たいえい》は冲《むな》しきがごとく、その用《よう》、窮《きわ》まらず。それは、主のことをいうのでしょう」

と、老子《ろうし》のことばを引いて、呉漢をたたえた。巨大に充実しているものは、一見、空虚にみえる。それをいくらつかっても、くたびれることもなくなることもない。

実際、呉漢とその軍は、どの戦場にあってもはつらつとしており、疲労の色をみせたことがない。それは呉漢がむりな戦法をとらず、合理にそって軍を進退させているということにつきるが、従っている兵にはそれがわからない。ただし戦えばかならず勝つという事実のつみかさねの上に立ち、いかなる敵も恐れない心気をもつようになっている。この軍の特長は、まえに述べたように、起きてすすむ速さが尋常ではないということである。そうさせるためには、引率者である呉漢の決断が早くなければならない。呉漢は、昔、祇登から、

「突然、その日はやってくるものだ。そのときにそなえて、うろたえずにすむような生きかたをしてみよ」

と、いわれた。

――戦いも、おなじだ。

あらゆることを想定して、そのときにそなえる。呉漢は大司馬となり、祇登の主君となっても、心情においては師のことばを遵奉《じゅんぽう》しつづける弟子にすぎない。

檀郷の賊を完全に潰《つぶ》した呉漢は、鄴県から遠くないところに巣居《そうきょ》している黎伯卿《れいはくけい》という賊の討伐にむかった。この賊は河内《かだい》郡へ逃げたので、追撃をかさねて、ついに修武《しゅうぶ》県までゆき、大破した。

「大司馬の働きのみごとなことよ」

河内郡は洛陽からみれば、河水《かすい》の対岸の郡なので、そこまで呉漢がきているのであれば、と腰をあげた劉秀は、みずから河内郡へ渡って呉漢を招き、慰労《いろう》した。

移動している賊を消去してゆくと、定住している大勢力がみえてくる。

南に目をむけてみると、この視界には、劉秀や呉漢の出身郡である荊州《けいしゅう》の南陽郡《なんようぐん》がある。この地の肥沃《ひよく》さはほかの郡の人々がうらやむほどで、農業における生産量はけたちがいである。ところが、劉秀がこの郡をでて、河北《かほく》の平定に専念しているあいだに、諸豪族が自立し、南陽郡は擾《みだ》れに乱れた。こういう不安定さを好機とみて、南陽郡の南に位置する南郡《なん》にあって黎丘《れいきゅう》を本拠とし、みずからを、

「楚黎《それい》王」

と、称して立ったのが、秦豊である。かれの勢力が荊州では最大となった。

――南陽郡と南郡を平定しなければならぬ。

そう考えていた劉秀は、洛陽に入城するとすぐに、岑彭《しんほう》を呼び、

「荊州を平らげよ」

と、命じた。岑彭は、呉漢とともに鄴県の謝躬を討滅《とうめつ》した良将である。呉漢が河水の北の賊を征伐しているあいだに、岑彭は河水の南の地に兵をいれ、南陽郡の北部の

諸城を攻略した。春と夏のあいだに十城あまりを落としたものの、かれの軍は北部にとどまったままで、中部にさえ達していない。南部まで貫通しなければ、秦豊に手がとどかない。

「埒《らち》があかぬ」

少々苛立《いらだ》った劉秀は、呉漢の軍を南陽郡に投入することに決め、秋に、命令をくだした。

「ああ、南陽……」

郡境を越えて南陽郡にはいるや、呉漢はなつかしさに染まった。初秋の光のなかにある道は、みおぼえがあるもので、その道をいそぎ足で北へむかった往時の自分がみえる。みすぼらしい姿であったにちがいない。

「母上――」

突然、胸裡《きょうり》が湿《しめ》った。

親戚の集会のなかにはいって餞別《せんべつ》をかきあつめてきた母の声と微笑があざやかによみがえった。その一瞬の美しさは、呉漢にとっては、至上であり永遠でもあった。

「さあ、黎丘まで突き進むぞ」

岑彭が入り口をあけておいてくれたせいで、呉漢軍は北部を難《なん》なく通過し、宛に到り、速攻でくだした。ついで、西南の涅陽《でつよう》を落とし、穣《じょう》を屠《ほふ》ると、新野《しんや》にはいった。一気呵成《いっきかせい》、といってよい。

ひと月で、呉漢軍は南陽郡の中部に達したのである。勢いは増すばかりなので、晩秋にはこの軍は南部を平定し、初冬には南郡に攻め込めるであろう。

だが、ここでおもいがけない事件が起こった。

北進してきた秦豊の軍を新野の近くで破った呉漢軍が、正体不明の兵にうしろから急襲された。

——新野の県内の敵は、駆除《くじょ》したはずだが。

さすがの呉漢も不意を衝《つ》かれた。やむなく北へ退却する呉漢に、郵解《ゆうかい》が第一報をもたらした。あいかわらず情報の蒐集《しゅうしゅう》は早い。

「破虜《はりょ》将軍の叛逆です」

「ありえぬ」

呉漢は天を仰いで叫んだ。

このたびの遠征に従った将軍のなかに、たしかに破虜将軍はいた。破虜将軍とは、「鄧奉《とうほう》」

のことで、かれの郷里は新野県である。しかしここにきてなぜ鄧奉が叛逆する気になったのか、まったくわからぬまま呉漢は北へ奔《はし》って、ようやく陣を立て直した。

やがて、実情がわかった。

「漢兵が鄧奉の郷里で掠奪をおこなったため、鄧奉が激怒したのです」

「そういうことか」

呉漢の胸にさびしさが通った。配下の兵に掠奪など倫理に悖《もと》る荒々しい行為をしてはならぬ、とくりかえしいましめてきた。それを遵守してくれた兵が、このたびだけは、どうして荒肆《こうし》してしまったのか。

呉漢の顔色をうかがっていた角斗は、

「漢兵といっても、主の配下の兵とはかぎらぬでしょう。ほかの将軍の兵がおこなった乱暴かもしれません」

と、いい、口をとがらせた。

「謝躬もそうであった。それでも謝躬は討たれたのだ。遠征に従った兵は、すべてわが兵である。況巴《きょうは》はいるか。帝は破虜将軍が叛《そむ》いたわけを知りたがっておられよう。なんじは潤色《じゅんしょく》を加えず、正直に事情を申し上げよ」

呉漢は況巴を使者として発《た》たせた。

——召還《しょうかん》されて、処罰されてもしかたがない。

鄧奉に輜重《しちょう》を奪われた呉漢軍が北へ退いたため、鄧奉は新野から北上して駐屯地を定め、反漢勢力と連絡をとり、兵を増やした。よけいな敵をつくったといえる。その責任を感じた呉漢は、劉秀がくだす裁定を待った。

鄧奉は帝室につらなる人である。かれは鄧晨《とうしん》の兄の子である、といっても、わかりにくいであろう。劉秀には劉元《りゅうげん》という姉がいて、この人が鄧晨に嫁《とつ》いだ。鄧晨は劉秀の義兄になるので、その家はとくに親しい婚家なのである。

「鄧奉を怒らせたのか」

昔からかれを知っている劉秀は、やりきれぬといわんばかりの目をしたが、使者の況巴には、厳色《げんしょく》をみせず、

「追って、大司馬には命じることがある」

とだけいって、さがらせた。呉漢は貪欲《どんよく》な性質ではない。それどころか、廉白《れんぱく》といってよい。それを知っている劉秀は、ここで呉漢を召還して問責しても、ほかの将軍に動揺を与えるだけで、なんの益もない、と判断した。呉漢自身、配下の兵の違失《いしつ》をかくすどころか、かばいもしなかった。すべてはおのれの不徳のせいであり、いかなる処罰もうけます、という態度で南陽郡にとどまっている。

「かれをほかの地へ移し、ほかの将軍と行動をともにさせれば、事件の真相はおのずとわかる」

そう考えた劉秀は、呉漢のもとへ使者を遣《や》った。

「河北へ移れば、よろしいのですな」

「さよう、冀州にいる五楼《ごろう》の賊を討て、と主上は仰《おお》せです」

「うけたまわりました」

呉漢は使者にむかって拝礼した。召還されることも、処罰されることもなかった。すばやく南陽郡をあとにした呉漢は、冀州の中部で兵を展開している馮異《ふうい》将軍と合流した。馮異は呉漢にまさるともおとらぬ名将である。これほど兵に慕《した》われる将軍はほかにはいない。兵略にすぐれ、多くの功を樹《た》てながら、いちどもそれを誇示したことがない。この謙虚さが衆多の兵に好かれた。

「かれの戦いかたには、そつがない」

馮異の軍と連携して動くことに、一種の爽快感をおぼえた呉漢は、ここでは、遠慮がちの馮異をまえにだして主導させた。

その軍はやすやすと五樓の賊軍を大破した。

——やはり、呉漢と馮異は、戦いの巧者である。

と、再認識した劉秀は、ここまで将軍として下位に置いてきた馮異に大任をさずけることにした。関中《かんちゅう》の平定をおこなうはずであった鄧禹《とうう》が赤眉の軍と戦って敗退したのである。

「西征《せいせい》を、馮異にやらせよう」

十月に、劉秀は鄧禹を召還して馮異を遣ることにした。それにともない呉漢も軍を率いて西へ移動した。馮異軍を後援するかたちである。

「こんどわが軍から掠奪をおこなう兵がでたら、われは大司馬の席からおろされるであろうよ」

呉漢の懸念《けねん》はそれであったが、さいわい放漫《ほうまん》な兵はでなかった。

呉漢軍は十一月から十二月にかけて、洛陽の西に位置する新安《しんあん》のあたりで、銅馬の残党と五幡の賊を撃破した。この新安という県は、洛陽から長安へむかう道の上にあるといってよく、そこに呉漢軍を置いたということは、関中をでて東へむかおうとする赤眉軍の帰路をふさいでおくという劉秀の意図による。

この年の冬に、関中は食料がまったくないというひどい状態であり、生産せずに掠奪するしか生きるすべをもたない赤眉は、里《さと》ごころがついたというべきで、東方へ帰ろうとした。

かれらの帰路を閉ざすように、新安よりさらに西の華陰《かいん》まで進出していたのが、馮異の軍である。この軍に赤眉軍が襲いかかった。が、馮異の軍は強靭《きょうじん》である。数十回もぶつかるうちに、赤眉の将兵を五千人も降伏させた。この激闘は、六十余日つづいたため、翌年の正月になっても決着がつかなかった。

そこに鄧禹が諸将を率いて引き揚げてきた。かれは屈辱まみれになった敗将であるが、馮異の健闘ぶりをまのあたりにすると、急にくやしさがこみあげてきたのか、ひごろの冷静さをかなぐりすて、馮異の意見をあえて無視して、赤眉に猪突猛進《ちょとつもうしん》した。が、ここでも大敗し、死傷者を三千人もだした。この敗退の煽《あお》りをくって、馮異の陣も崩れた。鄧禹は宜陽《ぎよう》まで逃げ、馮異はそこまで退かず、宜陽の西北の回谿阪《かいけいはん》にのぼって陣を立て直した。ちなみに、回谿阪は呉漢軍の駐屯地から遠くない。

——鄧禹は馮異に迷惑をかけるだけだ。

と、さとった劉秀は、鄧禹を罷免《ひめん》し、馮異を征西大将軍として忌憚《きたん》なく戦わせることとした。同時に、呉漢には、

「宜陽へ移るように」

と、命じた。すぐさま呉漢は軍を南下させた。この間に、馮異は奇策をもちいて赤眉の軍を翻弄《ほんろう》し、ついに崤底《こうてい》というところで、大破した。男女八万人を降伏させるという大勝利であった。それでもまだ十万余もいる赤眉軍は、苦しまぎれに宜陽へ奔った。そうなることがわかっていたかのように、劉秀はみずから六軍を率いて迅速に宜陽へ征《ゆ》き、赤眉軍を威圧した。このときこの親征軍の前軍をうけもったのが、呉漢である。

親征軍の突然の出現に息を呑《の》んだであろう赤眉軍の衰態《すいたい》をながめた祇登は、

「あの軍には食料がなく、戦う気力も残っていないでしょう。一戦もせずに、降伏しますよ」

と、断言した。はたして精根が尽きた赤眉の君臣は、劉秀に処刑されないことを条件に降伏した。ここで赤眉は消滅したのである。東方に起こって天下の中心を旋回したこの大集団は、人々の幸福に寄与したとはいえないが、革命を欲する人々の期待に

応《こた》えたという部分的な意義を有したことがあり、歴史に特筆される存在となった。

親征を終えた劉秀は、引き揚げる途中で、呉漢を招き、

「あわてなくてもよいが、なんじは東行《とうこう》し、劉永を討て」

と、命じた。劉永はかつて梁《りょう》王と称して、中原《ちゅうげん》に威勢を張ったが、いまや天子と称し、属将を王に封建して、帝国を形成し、その勢力を東方に拡大している。劉秀の王朝としては、その方面の攻略には、蓋延《こうえん》があたっている。大いに成果をあげてはいるが、まだ劉永の息の根をとめてはいない。劉秀が呉漢に命じたことは、

「蓋延は、漁陽《ぎょよう》郡のなじみであろう。かれを助けてやれ」

と、いうことであった。

更始帝を殺して独自の王朝を樹てた赤眉を完全に消去した劉秀が、呉漢を東へ征かせようとしたことは、東方で覇《は》をとなえている劉永を本気になって潰しにかかったということにほかならない。べつのみかたをすれば、劉秀の天下平定のための攻略図の中心にはつねに呉漢がいる。軍事における呉漢の存在は、それほど重みがあった。

劉永の帝国

いま蓋延《こうえん》は、

「虎牙《こが》大将軍」

と、呼ばれ、東方で帝国を形成した劉永《りゅうえい》を討伐するために、馬成《ばせい》、王覇《おうは》など四、五人の将軍を率いている。

そこに呉漢《ごかん》が乗り込んでゆくことは、たとえ皇帝の劉秀《りゅうしゅう》の命令があったとはいえ、

——蓋延としては、おもしろくあるまい。

と、呉漢は考えた。そこで佐将の耿弇《こうえん》に問うた。この年に二十五歳となった耿弇は、かつて呉漢とともに幽州《ゆう》に徴兵へゆき、成功をおさめた。いま、建威《けんい》大将軍と呼ばれ、好時《こうじ》と美陽《びよう》の二県を食邑《しょくゆう》としている。兵略における血のめぐりもよいが、諜報《ちょうほう》における能力もなみなみならぬものがある。

「蓋延は、劉永攻略に失敗したわけではない。それどころか、着々と成果をあげている。われらが援《たす》けにゆかなくても、独力で劉永を降《くだ》せよう。それくらいのことがおわかりにならぬ天子ではないとすれば、天子のかくれた意図《いと》とは、どのようなものであろうか」

気がねなく耿弇には訊《き》くことができる。

すずやかに笑った耿弇は、

「延岑《えんしん》が武関《ぶかん》からでて南陽《なんよう》郡にはいったことを、ご存じですか」

と、いった。

「知らぬ」

呉漢はその名をきいただけでも不快をおぼえる。

赤眉《せきび》が大型の大風《たいふう》であったとすれば、延岑配下の掠奪《りゃくだつ》集団は小型の旋風《せんぷう》である。

延岑は南陽郡の筑陽《ちくよう》県に生まれた。筑陽県は郡の西南部に位置しており、そこから西へすすめば、郡境を越えて益《えき》州の漢中《かんちゅう》郡に比較的たやすくはいることができる。

劉秀が河北《かほく》で皇帝となり、赤眉が更始《こうし》帝の兵と戦うころ、漢中郡に本拠を定めていた延岑は、みずから、

「武安《ぶあん》王」

と、称し、配下を率いて北上した。漢中郡の北には、長安《ちょうあん》を保護するための三郡、すなわち三輔《さんぽ》がある。延岑は、更始帝の軍と赤眉軍の戦いを尻目《しりめ》に、三輔を荒らしまわった。いわば、漁父《ぎょふ》の利《り》、を狙ったのであろうが、三輔が草木もみあたらぬほど疲《ひ》弊《へい》したため、そこにとどまってもなんの利益もない、とみきわめ、東へ移動した。さきに赤眉は華陰《かいん》を通る北路を選んで東行したが、延岑は武関を通る南路を選んで南陽郡にはいった。

ここまでの延岑の歩みをみると、かれはつねに人のすきを衝《つ》き、疲れに乗じて、甘い汁を吸ってきた。

——狡猾《こうかつ》な男だ。

死ぬまで好きにはならぬ、と呉漢はおもっている。

「赤眉が潰《つい》えて擾乱《じょうらん》の火勢《かせい》が弱まったいま、延岑が単独ではやっていけないと考えれば、東の劉永か、南の秦豊《しんほう》に付くしかないのです。もしも東進すれば、かれは劉永を援け、蓋延軍の背後を衝くでしょう。南進すれば、またまた南陽郡の擾乱はひどくなります。いずれにせよ延岑を止めなければなりません」

「それは、わかった。だが、たれが延岑を止める。荊《けい》州の平定をまかされている岑彭《しんほう》は、延岑を止めるほどの余力をもっていない」

昨年、岑彭を援助した呉漢が、配下の兵の掠奪事件でほかの地へ移されてしまったので、荊州平定は頓挫《とんざ》したかたちになっている。

「わたしがやりますよ」

耿弇はさらりといった。

「なんじが、単独で――」

呉漢はおどろいた。延岑の兵力は大きいわけではないが、それでも五万はいるであろう。また延岑は、去年、杜陵《とりょう》県で赤眉軍を破ったほどであるから、戦いの巧者である。一万の兵を率いて耿弇がかれに勝てるであろうか。

「まあ、まかせてください」

自信があるというより、そうしなければならないという表情の耿弇をみつめた呉漢は、

――ははあ、皇帝の内示《ないじ》があったな。

と、推量した。順調に東方平定をつづけている蓋延軍に、多くの援軍は要《い》らないということである。東方にゆくとみせて、その援軍の一部を引き返させて、延岑を討たせようとするのは、劉秀の策であろう。

「よし、延岑は、なんじにまかせた」

戦略的見通しを立てた呉漢は軍をすすめた。この軍は、劉秀の指示で、いちど河水《かすい》を渡って河内郡《かだい》西部の軹《し》県のあたりで青犢《せいとく》の賊を撃破してから、南下した。軹県は、洛陽《らくよう》の対岸域にあり、そのあたりに賊が滞留《たいりゅう》している現状があるかぎり、劉秀の王朝は、各地に屹立《きつりつ》した王朝のひとつにすぎないということであった。劉秀の威令に従わない賊はまだまだいる。

呉漢の軍が河水を渡ったことはまちがいないので、おもわず南下したと書いたが、このとき劉秀が河内郡中部の懐《かい》県まで行幸《ぎょうこう》しているので、劉秀を護《まも》るように呉漢の軍も軹県から懐県までゆき、懐県から河水を渡ったと想《おも》えば、東行したことになる。河水のながれは、懐県のあたりでは東北にむかっている。

呉漢の軍はほぼまっすぐ東へすすんだ。

「睢陽《すいよう》をめざせ」

と、呉漢は指示した。さした指にあたる風が、晩春のなまぬるさになった。

睢水《すいすい》の陽《きた》にあるので、睢陽と呼ばれたその県は、旧梁《りょう》国の首都である。呉漢の当面の敵である劉永は、その梁国の王の子として生まれた。前漢王朝が健在であれば、国王になるはずの人である。王莽《おうもう》によってその国は廃されたのである。

陳留《ちんりゅう》郡を通過すれば、旧梁国の領内にはいることになる。

天空はまもなく初夏という輝きをもっている。その天空をまぶしげに仰いだ呉漢は、いちど大きく両腕をまわした。それから左右にいる祇登《きとう》と況巴《きょうは》に、

「先年、琅邪《ろうや》で張歩《ちょうほ》が立ち、東海《とうかい》で董憲《とうけん》が立った。ふたりはそれぞれ威を張り、かってに王と称してもよいほど力をたくわえたのに、独立をつづけることなく、いつのまにか劉永に従い、いまや張歩は斉《せい》王と呼ばれ、董憲は海西《かいせい》王と呼ばれている。ふたりをなつかせた劉永にはそれほど高い徳があるのだろうか」

と、問うた。微笑した祇登は、

「血胤《けついん》の幻想というものです」

と、答えた。

「――というと」

呉漢は祇登にではなく況巴に目をむけた。況巴は唇に力をこめて、

「劉永の遠祖は、梁の孝《こう》王です。中原《ちゅうげん》と東方の人々は、劉永を介して、その孝王をみているのです」

と、博識の一端を示した。

「梁の孝王ねえ……」

呉漢は、そんな名ははじめてきいたという顔をして、説明をふたりに求めた。

梁の孝王は、名を武《ぶ》といい、前漢皇帝の文《ぶん》帝と竇《とう》皇后のあいだに生まれた。かれの兄が文帝のあとの皇帝すなわち景《けい》帝となったことから、皇族にあっては最上位の人である。ちなみに文帝は、初代皇帝の劉邦《りゅうほう》の子であるから、梁の孝王は、劉邦の孫ということになる。しかも孝王は竇皇后にたいそう愛された。景帝に万一のことがあれば、帝位に即《つ》ける人、それが孝王であった。

「なるほど、それが劉永の先祖か。しかし、われらの天子の先祖は景帝の子ではないか。尊貴さに、さほどのちがいはなかろう」

祇登は笑いを嚙《か》み殺し、

「そう考える人は、血胤の幻想にまどわされない人です。だが、洛陽の天子の先祖は景帝の子のなかでも、尊重されなかったことを知っている者は、その子孫をも軽視しつづけているのです」

と、教えた。

――ばかばかしい。

いま天子と称している劉永がどれほどの善政をおこなったか、呉漢はいちどもきいたことがない。赤眉の賊さえ赦《ゆる》して、なるべく人を活《い》かそうと苦心している劉秀の足もとにもおよばない人物であろう。それでも血胤が尊貴であるから、と劉永に慕《した》い寄る豪族たちの見識のなさにも、あきれる。かれらは上ばかりを瞻《み》て、下を瞰《み》ない。下には、踏みつけられて喘《あえ》ぐ民がいるのである。

——やはり劉永と属将どもは、天下の民の害となる。

呉漢はそういう意識を固めた。

陳留郡を通過して睢陽に近づきつつある呉漢を、蓋延が迎えた。呉漢は眉《まゆ》をひそめた。

——なぜ、こんなところに蓋延がいるのか。

蓋延は劉永を攻めているはずではないのか、という疑念をかかえたまま、呉漢は蓋延に会った。

「よくきてくださった」

昔、漁陽《ぎょよう》郡にあって、吏人《りじん》としては蓋延が上であった。が、いまでは呉漢の指図を仰ぐ立場にいる。ただし、それについて不満があるという表情を、蓋延はしない。呉漢にそなわっている武徳は天与《てんよ》のもので、それにおよぶ将軍は自分をふくめてひとりもいない。呉漢が大司馬《だいしば》に任命された時点で、蓋延はそういう認識をもった。

——蓋延は豪快な人だ。

と、昔からおもっている呉漢は、かれにたいして悪感情をもったことはないが、さすがにこのときだけは、かれにけわしいまなざしをむけた。

「劉永は、どこにいるのか」

声もけわしかった。

「湖陵《こりょう》に籠《こ》もっています」

湖陵とは、どこにある県か。呉漢の頭のなかにある地図にそのような県はなかった。このいやな当惑を察して、うしろにいる況巴が、

「沛《はい》県の北です」

と、ささやいた。沛県といえば高祖《こうそ》劉邦にゆかりのある県で、その位置は、睢陽のはるか東である。

呉漢は慍《むっ》とした。

劉永を追って湖陵を包囲していなければならない蓋延がここにいる。

「あなたはいままで、なにをしていたのか」

怒声とともにそう問いつめたくなった呉漢は、口からあふれでそうになった声を呑《の》み込んだ。ここで蓋延を萎縮《いしゅく》させても、心を傷つけても、今後の軍の進展には益にならない、ととっさに判断したからである。あとでわかったことであるが、蓋延は劉永が湖陵からでないとみて、沛郡、楚《そ》郡（楚国）、臨淮《りんわい》郡という三郡の平定をおこな

っていた。それは大木の根と幹を伐《き》らずに、枝葉を翦《き》っていたようなものである。戦略的に大いに働いているようにみせてはいるが、ものごとの本質を見通す眼力のある劉秀は、蓋延からとどけられる戦勝報告に不満をおぼえ、呉漢を遣《や》る気になったにちがいない。

――根を枯らせば、枝葉などはおのずと枯れる。

そういう道理が、わからない人とわからないふりをする人がいる。おそらく蓋延は後者であろう。蓋延は劉永を追いつめたあと、包囲陣がながびくのを恐れ、つねに功を樹《た》てているけなげさを劉秀にみせて、叱責《しっせき》をまぬかれようとしたとも考えられる。呉漢に従えば、どれほど滞陣がながくなっても、咎《とが》められることはない。それを想う安心が、顔にでていた。

「では、湖陵を攻めよう」

呉漢の戦略はつねに明快である。

だが、蓋延はわずかに口をゆがめて、

「広楽《こうらく》に、蘇茂《そぼ》がいます」

と、幽《くら》い声でいった。

――また、わからぬことをいう。

呉漢は内心舌打ちをした。

蘇茂という人物は、かつて更始帝に信用され、朱鮪《しゅい》とともに洛陽を守っていた。そのころ討難《とうなん》将軍とよばれていた。劉秀の軍に迫られて朱鮪が降伏したことにともない、蘇茂も劉秀の属将となった。劉永討伐が開始されたのは、建武二年の夏であり、そのとき蘇茂は蓋延に従って東行した将軍のひとりであった。ところがかれは、蓋延と反《そ》りが合わず、ついに兵を率いて独行すると、淮陽《わいよう》太守の潘蹇《はんけん》を殺害し、劉永に誼《よしみ》を通じた。

「そういうことです」

頭を垂《た》れた蓋延をひと睨《にら》みした呉漢は、なかばあきれて、叱声《しっせい》を発する気にもなれなかった。降将でも朱鮪のように劉秀に心服する者は多い。蘇茂も劉秀の下ではけなげに働いていた。ところが蓋延に属《つ》けられると、離叛するほどおもしろくなくなった。蓋延の度量の狭さがそうさせたのであろう。

――人とは、みかけによらぬものだ。

蓋延はこまかなことにこだわらぬ豪気の人だ、と呉漢はおもってきたが、多くの将軍を率いるとなると、そういう個人的美点が有効にはたらかず、べつの欠点が露出するのであろう。

「ゆえに、あなたさまが大司馬となり、蓋延どのは虎牙大将軍にすぎないということです。天子のご慧眼《けいがん》には、神知《しんち》が宿っています」

と、あとで況巴がいったことを、呉漢は深くうけとめた。劉秀が不世出《ふせいしゅつ》の英雄であることを呉漢は全身で感じてはいるが、各地でみずからを天子と称して立った剛邁《ごうまい》な者たちに圧迫され、敗退をくりかえせば、劉秀も自称の天子にすぎなくなり、呉漢は賊将のひとりに貶《お》ちてしまう。劉秀の王朝を、天下王朝、にするためには反抗勢力を撃破しつづけなければならないのである。諸将は、劉秀の英知にたよりすぎているきらいがあるが、ここでも、劉永を劉秀の敵とみるだけでなく、おのれの敵とみなす肚《はら》のすえかたが要る。蓋延の戦いかたは、劉秀につかわれている将軍そのもので、自立性が弱い。もっとも蓋延は、剛毅《ごうき》な表《おもて》をみせつつ、漁陽郡の官吏世界をたくみに遊泳したともいえるので、つかわれることに馴《な》れ、それ以上の意望をおさえる癖がついたのであろう。

とにかく当面の敵は、二か所にいる。

劉永は湖陵にいて、蘇茂は広楽にいる。広楽の位置は睢陽の東北で、

――ここから遠くない。

と、おもった呉漢は、

「それではあなたに劉永を攻めてもらう。蘇茂はわれが討つ」

と、いった。全軍の三分の二を蓋延に率いさせて劉永討伐にむかわせる呉漢の配慮を察しないほど、蓋延は魯《にぶ》くない。

――あなたが大功を樹てればよい。

呉漢にそういわれたと感じた蓋延は、

「かたじけない」

と、頭をさげ、さっそく湖陵にむかった。その軍の兵馬と旗の影が消えるころ、祇登は小さく笑い、

「大司馬は、どれほど大功を樹てても、大司馬以上にはなれませんからな。これでよいのです」

と、呉漢にきこえるようにいった。

その声を、呉漢はききながした。たしかに自分は大司馬という高位にいるが、ほかの王朝にも大司馬はおり、かれらに負ければ、のちの歴史書に、

「賊将の呉漢」

と、みじかく記されるだけである。そうならないために、呉漢は直面する敵に勝つことだけを考え、最善の方法をとることに徹《てっ》するしかない。多くの将士を属けた蓋延

を湖陵にむかわせたのは、よけいな配慮をしたわけではない。

呉漢は軍を動かして、広楽へむかった。

睢陽の北を通り、蒙《もう》県の南を通って、広楽に近づいた。予想通り、広楽は大きな城ではない。城を遠望した呉漢は、

――この兵力で、充分に包囲できる。

と、判断し、驃騎《ひょうき》大将軍の杜茂《とぼ》と彊弩《きょうど》大将軍の陳俊《ちんしゅん》らに、包囲陣を形成するように指示した。

劉秀に従った者たちのなかで、南陽郡出身の者が多いのは、当然であろう。杜茂も、南陽郡の生まれで、より正確にいえば郡の中部にある冠軍《かんぐん》県からでた。劉秀に従ったのは、河北平定時であるから、比較的早くに臣従したひとりである。めきめき頭角《とうかく》をあらわしたのは去年で、軍を河水の南北に展開し、五校《ごこう》の賊を撃破し、魏《ぎ》郡、清河《せいが》郡、東《とう》郡という三郡を平定した。その大功によって、驃騎大将軍に昇ったのである。

陳俊も南陽郡の人で、西鄂《せいがく》県の出身である。この県は、呉漢の故郷である宛《えん》県のすぐ北にあるので、呉漢にとっては親しい地名である。陳俊は王莽の時代に郡吏であったので、宛県にいたことになる。当時、亭長《ていちょう》であった呉漢と顔を合わす機会があったかもしれないが、それについて史書には暗示すらない。劉秀が兄とともに挙兵した

とき、陳俊は曲陽《きょくよう》という県の長に任命されて守りに就《つ》いた。『東観漢記《とうかんかんき》』にはそうあるが、その曲陽とは、棘陽《きょくよう》、であろう。劉秀の使いをうけた陳俊は、あっさりと印綬《いんじゅ》を解《と》いて劉秀に降った。すると陳俊はかなり早くに劉秀に従ったことになるが、かれの志向《しこう》はすぐには通らず、更始帝が建てた王朝にくみこまれて、太常《たいじょう》将軍の劉嘉《りゅうか》の長史《ちょうし》となった。劉嘉は、舂陵《しょうりょう》劉氏一門のなかで、本家に比《ちか》い有力者で、劉秀に好意をもっていた人物である。劉秀が河北平定をはじめると、劉嘉は、

「陳俊がお役に立つであろう」

と、推薦状とともに陳俊を劉秀のもとに遣った。かれは陳俊の志望を察していたのであろう。以後、陳俊は劉秀に属いて征途《せいと》をすすみ、武勇を発揮しつづけた。劉秀に信頼されているわりに昇進が遅く、彊弩大将軍となったのは去年の秋である。陳俊の働きぶりをみて、陰《かげ》で推挙をおこなったのは、呉漢であろう。

――このふたりの戦いかたは、はつらつとし、しかも堅実である。

と、呉漢はみた。

しかしながら、呉漢がくるまで劉永攻めの主将であった蓋延には、軽佻《けいちょう》さがあるらしく、敵の動静についての偵探《ていたん》をおこたっていた。このとき十万余の大軍が、蘇茂を援助すべく、広楽に近づきつつあった。それほどの大軍が東から西へ移動していた

というのに、東へむかった蓋延がそれに気づかず、呉漢になんの報告もしなかった。はっきりいってこれは蓋延の怠慢《たいまん》である。

——大司馬がきたのであれば、すべてを大司馬にまかせておけばよい。

これが蓋延の考えかたであり、湖陵攻めをまかされたかぎり、その攻略に関係のない事象には関心をむけない。

広楽にあって包囲陣をつくったばかりの呉漢は、おもいがけぬ大軍の接近に、

「蓋延の視界の狭さよ」

と、ののしり、跳ね起きた。

呉漢軍の特色は敏捷《びんしょう》性にある。戦場だけではなく日常生活においても、呉漢の下の兵は異変にそなえる心構えを植えつけられていた。ここでは、それが活きた。すばやく迎撃《げいげき》の陣を形成した。その速さをみならった二将も陣のむきをかえた。

直後に、東の天が蒙々《もうもう》と翳《かげ》った。敵が大軍であるあかしである。

「賊帥《ぞくすい》は、周建《しゅうけん》です」

ようやく敵の援軍の正体がつかめた。

周建は劉永の属将にはちがいないが、盟友に比い。劉永が更始帝の政治の紊乱《びんらん》ぶりをきいて、弟とともに挙兵したあと、最初に連携したのが、沛国の人である周建であ

る。劉永は周建という傑人を得たことで、平定の規模を拡大し、ともに遠征して、済《せい》陰《いん》、山陽《さんよう》、沛、楚、汝南《じょなん》といった郡国を降した。攻め取った城が二十八もあったとなれば、同時期に河北を平定していた劉秀にまさる勢力を築いたと想っても、さしつかえあるまい。さらにかれは東海郡の董憲と斉国の張歩という小覇王をもとりこんで、ついに巨大な帝国をつくりあげた。劉永王朝の支配圏は、劉秀のそれとくらべて、まさるともおとらない。

劉永王朝と劉秀王朝の差は、支配地の広狭《こうきょう》ではなく、人材の多寡《たか》につきる。臣下を育成することにおいて、劉秀には手作りの味があるが、劉永にはそれがない。もしも呉漢が劉永に仕えたら、どのようになったか、想像してみるとよい。おそらく呉漢は偏将軍にもなれなかったであろう。名門意識が強く、血胤の尊貴さを誇る人に、真に人を活かす力はない。

さて、戦いである。

急襲されたかたちの呉漢軍は、重装備をほどこすまもなく、軽騎をまえにだして、寄せてきた大軍を押し返そうとした。これは匕首《ひしゅ》で虎を刺殺しようとしたにひとしく、相手の牙爪《がそう》をかわすのがむずかしかった。

「幽州の兵は、天下一だぞ。ひるむな」

に、落馬した。
騎兵に励声《れいせい》をかけつづけていた呉漢は、飛矢に頬《ほお》をかすられ、身をよじったはずみに、落馬した。

「やあ、元帥《げんすい》が落ちた」

喜笑の声とともに敵兵が殺到《さっとう》した。

「主《しゅ》よ——」

この危機に気づいた角斗《かくと》が配下の兵をつかって防禦《ぼうぎょ》の陣をつくった。ここでめざましい活躍をしたのが、角斗の従者の猻《けん》である。かれは右に左に馬首をめぐらせて、つぎつぎに矢を放ち、またたくまに五、六人の敵兵を斃《たお》した。この矢に恐れをなした敵兵の足がとまった。その間に、呉漢を自分の馬に乗せた角斗は、おもむろに自陣へ退いた。退却をいそぐと軍が総崩れになってしまう。

したたかに膝《ひざ》を打った呉漢は、顔をゆがめて苦痛に耐えた。水で膝を冷やすうちに、痛みはやわらいだ。ようやく顔をあげた呉漢は、

「周建はどうした」

と、左右に問うた。すかさず郵解《ゆうかい》が、

「城にはいりました」

と、答えた。今日の戦いで勝った周建は、呉漢軍の兵力を正確に知り、蘇茂と謀《はか》っ

て、明朝ふたたび出撃するであろう。その大軍をもって呉漢軍を包囲すれば、全滅させることができる。

呉漢軍の諸将は憂色《ゆうしょく》をかくさず、呉漢のもとに集まった。

劉永の首

「賊の大軍が目前にいるのに、公は負傷して横になっておられる。すべての兵士はひそかに恐懼《きょうく》しております」

敗退後、諸将は呉漢《ごかん》の容態をうかがいつつ、夕《よる》を迎えて全軍が萎縮《いしゅく》している現状を嘆き訴えた。

しばらく諸将の愁痛《しゅうつう》の声をきいていた呉漢は、慍然《うんぜん》とし、膝《ひざ》をおさえて起《た》ちあがった。

「将たちよ、ただちに牛を打ち殺して、兵士にふるまえ」

平民の口にめったにはいらない牛肉を食べさせることは、最高の饗応《きょうおう》である。わっと兵士が沸《わ》けば、それだけで戦意は回復する。戦場でも食べ物の力は大きい。

やがて、軍全体の気分がうわむいたと感じた呉漢は、軍令をくだした。

「賊軍がどれほど衆多《しゅうた》であっても、もとは人の物を掠《かす》める群盗にすぎない。戦いに勝っても功をゆずりあうことをせず、敗れても救いあうことをしない。まして節《せつ》に仗《よ》り、義に死すような者は、ひとりもいない。そういう相手に負けるはずがないとおもえば、諸君は大功を樹《た》てて侯に封《ほう》ぜられる絶好のときに遭遇しているのである。みな、励め」

この軍令は、効《き》いた。発憤しない兵はいなかった。

たしかにこの軍は息をふきかえしたが、

「それだけで、勝てますか」

と、祇登《きとう》はなかば呉漢をからかうように問うた。

「勝てる。ただし明朝はしばらく居竦《いすく》まってみせ、敵軍に包囲させる」

「ほう、包囲されれば、全滅しますよ」

「いや、塊《かたまり》であった敵軍が、伸びれば、厚みを失う。それを切断する。わが軍の勝ちだ」

これはおどろいた、と祇登は呉漢の発想の大胆さにとまどった。あえて自軍を包囲させて勝機をみいだそうとする策など、名軍師であった張良《ちょうりょう》や韓信《かんしん》でもおもいつかぬであろう。

――さて、どうなるか。

大いなる関心をもって、祇登は夜明けを迎えた。危地にいることを忘れたのは、呉漢の自信が染《し》みてきたせいであろう。

「賊軍が城をでました」

郵解《ゆうかい》の報告によると、大軍を展開させはじめたのは周建《しゅうけん》だけではなく、蘇茂《そぼ》も城兵を出撃させたらしい。傷ついているとはいえ、劉秀《りゅうしゅう》の下では最強といわれる呉漢軍を、包囲するには兵の数を増したほうがよい、とその二将は考えたのであろう。

――すると、広楽《こうらく》城は空《から》同然か。

これは、おもしろくなった、と呉漢はひそかにほくそえんだが、こういう心事を推察した者はいない。この軍には正規兵のほかに、烏桓《うがん》族の突騎《とっき》が三千余人いる。烏桓は塞外《さいがい》の異民族であるが、幽《ゆう》州のなかに住む族もいるので、徴兵の際に、かれらの精鋭もとりこんだ。強烈な騎射《きしゃ》集団であるといってよい。

――これをつかえば、敵陣に大穴があく。

これはむりな想像ではない。この勁強《けいきょう》な騎兵集団はすくなくとも五倍の敵を倒して疾走するであろう。

「賊軍が、包囲をはじめました」

そう報《しら》された呉漢は、

「まだ、動いてはならぬ。太鼓が鳴ったら、城にむかって突進せよ」

と、全軍に命じた。小首をかしげた況巴《きょうは》は、

「賊帥《ぞくすい》の位置をおたしかめにならなくて、よいのですか。城とは反対の位置にいるかもしれません」

と、問うた。

「はは、況巴よ、なんじは蘇茂の戦歴を知らぬのか。かつては洛陽《らくよう》を守りつつも大敗をくりかえし、降将となって漢兵を指麾《しき》しても、これといった功を樹てられなかった。そのように旗鼓《きこ》の才《さい》のとぼしい者が、城からでても、長駆《ちょうく》するほど大勇《たいゆう》を示そうか。かならず城に逃げかえりやすいところに本営をすえているはずだ。ゆえにわが軍はひたすらまっすぐ城へむかってすすめばよい」

「あっ。恐れいりました」

況巴は呉漢に心眼があることを察した。たとえ周建と蘇茂が漢軍をあざむくための本営を別のところに設置しても、呉漢はまどわされない。

やがて敵軍の包囲が終わりそうだという報告をきいた呉漢は、膝をさすって馬に乗り、

「魏祥《ぎしょう》よ、太鼓を雷《かみなり》のように打ち鳴らせ。けっして枹《ばち》をやすめてはならぬ」

と、高らかにいい、

「前進せよ」

と、号令をくだし、旒《りゅう》を樹てさせた。

呉漢軍は一方向しかめざさなかった。先鋒の突騎三千余から放たれた矢は、速さと勁《つよ》さをもって敵兵を殪《たお》しつづけ、敵陣を崩した。そこに精兵が突入し、白刃《はくじん》をきらめかせて敵兵を駆逐《くちく》した。

周建軍は十万余の大軍であったにもかかわらず、包囲のために陣を伸ばし薄《うす》くしたので、戦闘力が落ちた。包囲のむずかしさに周建と蘇茂が気づいたときには、回復がむずかしい劣勢に立っていた。漢軍のうしろにまわった兵は、いきなり漢兵が背をむけて遠ざかってゆくことに、あっけにとられて追うことをせず、ほぼ傍観していた。敗れても救いあうことをしない軍の欠点がはっきり露呈した。

日が西にかたむくまえに勝敗は決し、周建軍は総崩れとなり、兵の大半が四散した。

周建と蘇茂は背走《はいそう》した。

「城には入れさせるな」

呉漢はみずから長駆し、周建の背に矢がとどくところまで迫ったが、そこが城門であった。

もみあいつつ、いちどは城内にはいった呉漢であるが、城兵に押しかえされた。

——やむなし。

馬首をめぐらせて城外にでた呉漢は、引き揚げを命じた。日没である。大勝にはちがいないが、あとすこしで城さえも落とせたとおもうと、くやしさのほうが強い。

「炬火《きょか》を増やせ」

火の多さは、兵勢がさかんであることを表し、城内の将卒の戦意をくじく。

さあ、焚《た》け、焚け、と祇登はしきりに手を拍《う》ったが、この拍手は呉漢の大胆な智勇にむけられていたと想《おも》うべきであろう。

諸将が集まってきたので、いちいちかれらの報告をきいていた呉漢のもとに、沢巳が趨《はし》ってきた。

「天子の使者がご到着です」

「はて――」

急使ではないらしい。凶《わる》い予感はおぼえなかったが、劉秀の指図が変わった、と考えられるので、緊張をもってその使者を迎えた。

使者の表情には、けわしさはなく、むしろ淡いほがらかさがあった。かれは呉漢をみると、

「やあ、慶事はかさなるものですな。ここでも漢軍は大勝ですか。さっそく天子にお報せします」

と、明るくいった。

「すると、どこかでも、漢軍が大勝したということですか」

「さよう。天子は親征なさって、南陽《なんよう》郡の小長安《しょうちょうあん》において、鄧奉《とうほう》を討滅《とうめつ》なさった。それを大司馬《だいしば》どのにお報せにきたのです」

「天子がみずから――」

呉漢は地にひたいをつけて泣きたくなるほど嬉《うれ》しかった。鄧奉といえば、去年、呉

漢配下の掠奪《りゃくだつ》を怒って、叛乱を起こした人物である。その者の討伐を、呉漢やほかの臣下にやらせず、劉秀がみずからおこなったということは、

「なんじは気にすることはない。なんじに罪はないのだ」

と、暗にいってくれたことになる。一瞬、陶然《とうぜん》となった。

――なんというやさしさ。

そのやさしさは無限の深さをもっているようであり、呉漢はそこに吸い込まれてゆく自身を感じた。同時に、劉秀のためなら、水火《すいか》も辞《じ》せず、という覚悟がさだまった。

使者にむかって拝稽首《はいけいしゅ》した呉漢は、

「天子のご高徳に打たれ、地に伏している臣下がいる、とお伝えください」

と、感動をかくさず、かすれた声でいった。

翌朝、広楽城を包囲するために、布陣を指示している呉漢に、

「城からのがれてきた者どもが、こう申しております」

と、急報をとどけたのは、百人長の左頭《さとう》である。

「やっ、周建と蘇茂は、城におらぬのか」

その両将は、夜のうちに城を脱出して東方へ奔《はし》ったという。

頭を掻《か》いた呉漢は、急遽、陳俊《ちんしゅん》と杜茂《とぼ》を呼び、

「賊帥は夜間に消えた。おそらく東方へのがれ、劉永《りゅうえい》と戮力《りくりょく》するつもりであろう。われは劉永討伐にむかうので、両所はこの城をおさえていてもらいたい」

と、いい、自軍に方向転換を命じた。

この日のうちに呉漢軍は広楽城下を発《た》ち、東進しはじめた。目下、劉永は湖陵《こりょう》にいて、蓋延《こうえん》軍を迎え撃っているであろう。その想像のもとに軍をすすめた呉漢の視界に、蓋延軍の旗と兵馬が出現したではないか。

「なぜ、蓋延がこんなところにいる」

湖陵の城を包囲しなければならない蓋延軍が、豊《ほう》県から遠くないところにいた。豊県は、昔、豊邑《ほうゆう》と呼ばれていた聚落《しゅうらく》であったが、漢の高祖《こうそ》である劉邦《りゅうほう》がそこで生まれたため、漢王朝が成立すると、県に昇格した。豊県は、広楽と湖陵の中間にある。

軍を停止させた呉漢のもとに、蓋延がやってきた。

呉漢は怒声を放ちたくなる不快さを堪《た》えた。蓋延はまた呉漢をあきれさせた。湖陵にいた劉永は、蓋延軍が迫《せま》ってくるのを知って、城を捐《す》て、西へ奔り、睢陽《すいよう》にはいったのではないか、という。

すると、劉永は広楽から東へゆく呉漢軍から遠くないところを西行していたことになる。蓋延に機敏さがあれば、呉漢への連絡もはやく、呉漢軍が迅速に動いて劉永を捕捉《ほそく》できたであろう。蓋延の目くばりと気くばりには、ほかの疎漏《そろう》もある。

呉漢はつい語気を荒らげて、

「睢陽は劉永の本拠地であり、その城を、あなたは苦労して落とした、ときいた。劉永を追跡するにおいて、睢陽に守備兵を残さなかったのか」

と、問うた。ところが蓋延は悪びれることなく、

「むろん城に兵を残しました。ところが住民がいっせいに叛《そむ》き、それらの兵を追いだして、劉永を迎えようとしているのです。劉永の父祖は偉いものですな。かれらの恩恵は、人ばかりか地にも滲《し》みている」

と、過去の梁《りょう》王をたたえた。

そういう称《ほ》めかたは、呉漢は嫌いではないが、いま蓋延の立場では、おのれの不徳を公言していることになる。それがこの男にはわからぬのか。

――この男に説諭《せつゆ》はむだだ。

そう感じた呉漢は、あえて気分をあらためて、

「睢陽の城については、あなたのほうが詳《くわ》しい。ここからはあなたが全軍を嚮導《きょうどう》するとよい」

と、いって蓋延を喜ばせ、かれをまえに立てると、自身はうしろにまわった。

「蓋延は逃げた周建と蘇茂を気にもとめないであろう。ふたりが逆襲にくるかもしれないので、われがうしろに目を光らせることにした」

呉漢は苦笑しつつ左右にいった。

「蓋将軍は、主《しゅ》のおもいやりを、かけらも感じておらぬでしょう。軽佻《けいちょう》な人です」

角斗《かくと》はあからさまに蓋延を侮蔑した。さきにこの軍が周建の大軍に急襲されたのも、蓋延の目くばりの悪さのせいであり、いままたよけいな包囲に時と軍資をついやすのも、蓋延の怠放《たいほう》のせいである。

――蓋延は郡の上級官吏としては、瑕瑾《かきん》がなかったのに……。

大軍をあずかる将となって、その才が伸びず、器《うつわ》が拡《ひろ》がらないのは、もともとの志のありようと無関係ではあるまい。呉漢は、昔、祇登に教えられたことが、どれほど貴重であったかを、蓋延をみて、痛感した。貧困と不遇は忌《い》むべきものであるが、人によっては、その耐えがたい苦しみが莫大《ばくだい》な宝に変わる。蓋延はおそらく空乏《くうぼう》の淵《ふち》に落ちたことはあるまい。つねに、有《あ》る、という範囲にとどまって、起居と進退をつづけていた。つまり蓋延は、無い、ということをほんとうは知らない。無い、ということをほんとうに知っている者は、有る、ということがいかなる変容を遂《と》げても、適応できる。その師表《しひょう》となるべき人が、劉邦であり、劉秀ではないか。

かなたに睢陽の城がみえてきた。

城壁に林立する旗が劉永軍のものであるとわかった時点で、劉永がその城に帰還したことはあきらかであった。

すぐに祇登が、

「劉永は故郷に死にに帰ったのですよ。梁王の子孫として父祖の霊の近くで死にたくなったのでしょう」

と、いったので、呉漢は胸を突かれるおもいできいた。なるほど劉永が生きのびようとするのであれば、東へ東へと退くはずである。ところが周建や蘇茂が去った地に、さほど多くない兵を率いてはいったのは、なにゆえか、と問えば、祇登の感想が答えになるであろう。

「劉文叔《りゅうぶんしゅく》さえ現われなければ、あの人は、東方の天子として、歴史に記されることになった」

呉漢がそういうと、まなざしを動かした祇登は、

「主は歴史の夾雑物《きょうざつぶつ》を消してゆき、洛陽の天子だけを残す人となる。あなたに敵対する者は、ことごとく滅んでゆく。それを想うと、あなたは時代が創《つく》った最高の将軍です」

と、めずらしく絶賛した。

はにかんだ呉漢は、

「時と人にめぐまれただけであろうよ。そうでなければ、路傍の石で終わっていた」

と、きっぱりといった。自分にどれほどの才器があるのか、いまだにわからない。

先着した蓋延が諸将に指図をあたえて包囲陣を築かせた。後軍の位置にさがった呉漢は、東南の方角を監視できる位置に本営を定めた。睢陽は春秋時代に、商丘《しょうきゅう》、と呼ばれ、宋《そう》の国の首都であった。文字通り丘の上に城が建っていて、いまの睢陽の城はそれより規模が大きく、あいかわらず高地にあり、城の南には睢水《すいすい》という比較的大きな川がながれている。それゆえ、城の包囲といっても、南をのぞく三方を閉塞《へいそく》すれば、その陣は完成する。

――われが包囲陣に加わるまでもない。

と、おもって本営をさげた呉漢のもとにやってきた蓋延は、

「このような遠くに本営を設けられたのですか……。もうすこし近づけられても、敵の矢石《しせき》はとどきませんぞ」

と、ぞんがい無礼なことをぬけぬけといった。とたんに角斗が目を瞋《いか》らせた。十万余の周建軍を三分の一の兵力で撃破したのが、たれであるか、知らぬのか、といまに

も怒鳴りそうに頰をふくらませた。ふりかえってみれば、それについて蓋延はひとこともいわなかった。呉漢の比類ない勇気をたたえ、負傷した膝について問い、周建軍の進路を探りそこなったことをあやまるのが、ふつうの神経をもった将のありようである。


だが、ここでの蓋延はまえばかりをみているという目つきで、自信満々に、

「どうか包囲陣のご検分を――」

と、呉漢をいざなった。樊回《はんかい》と顔をみあわせて目語《もくご》をした角斗は、呉漢に従って包囲陣を見廻ったあと、

「この厳重さを、わが主にみせたかっただけだ。あきれてものがいえぬ。これほどきつく締《し》めれば、死ぬ気で帰ってきた劉永を、死ぬ気で戦わせることになる。この包囲は長くなるぞ」

と、魏祥にもいった。

本営にもどった呉漢は浮かない顔で、

「蓋延は肝心なことを見落としている……」

と、いった。城内の兵糧《ひょうろう》のことである。劉永が睢陽の城にもどるまえに、城内の稟《こめぐら》を管理していたのは蓋延の配下であり、また湖陵を脱出して西へ奔った劉永がど

れほどの食料をもっていたか、概算《がいさん》でよいから、ざっと計算して蓋延は呉漢に報告すべきなのである。それをしないのではなく、できない、となれば、蓋延の将としての観察眼は凡下《ぼんげ》そのものであるというしかない。

——見通しの立たない包囲陣となる。

戦況を劉秀へ報せるのは、呉漢なのである。ながながと滞陣するのであれば、兵糧を請求しなければならないが、その見積もりができない。

「しかたがない。われが調べるか」

呉漢は郵解を呼び、劉永軍の実情をさぐらせた。三日後に、郵解が趨りかえってきた。

「主よ、おどろくべきことがわかりました。東方へ逃げた周建と蘇茂が、劉永とともに城内にいます。兵糧に関しては百日分もないとおもわれます」

「吁々《ああ》——」

やはり他人まかせの情報蒐《あつ》めには欠落がある。西へ奔った劉永は途中で周建と蘇茂を拾ったのに、それを報告にきた将軍はひとりもいない。

「魯《にぶ》い」

予知力をもつ耿弇《こうえん》が佐将であれば、全軍が鋭敏となるが、耿弇軍がいまや南陽郡で展開しているとなれば、呉漢軍は鈍重《どんじゅう》となった。魯い、という叫びは諸将にむけられた叱声《しっせい》ではなく、おのれを反省させる声である。

蓋延は城内の兵糧の量を考えずにむやみに攻撃をおこなうかもしれないので、呉漢は使者を遣《や》って、

「城内の涸渇《こかつ》を待つべし。攻撃をおこなってはならぬ」

と、蓋延だけではなく、属将のすべてに厳命した。蓋延にまかせていては、軍によけいな損失が生ずる。すべての兵士が武器をもつ手をやすめていても、この戦いには勝つ。

――とにかく、気をゆるめず、待てばよい。

呉漢の指図は、そういうものであった。つねに戦場で働いていると劉秀に訴えつづけた蓋延は、敵の城を包囲しながらなにもせず、静観しているという戦法は、耐えがたく解《げ》せないことであったにちがいない。だが、呉漢は、

――洛陽の天子には、みせかけは通じない。

と、心の深いところでおもっており、そのことを蓋延にわからせるためにも、いっさい手だしをさせなかった。

すぐに五月となり、この月が過ぎて十日ほど経《た》つと、耿弇の使者が呉漢のもとに捷報《しょうほう》をもってきた。

「やったか」

呉漢は左右をおどろかすほどの声で、耿弇を称揚《しょうよう》した。劉秀を翼《たす》けていた耿弇は、劉秀が帰還したあと南陽郡にとどまり、この郡に西から侵入してきた妖賊《ようぞく》の延岑《えんしん》を、穰《じょう》県で迎撃《げいげき》して大破した。延岑を殺すことはできなかったようであるが、かれの軍をこなごなに破却《はきゃく》したので、延岑の威風は地に墜《お》ちたといえるであろう。劉秀王朝を悩ませる障害がひとつ減ったとみてよい。

「延岑は南へ奔ったようなので、おそらく秦豊《しんほう》を頼ったとおもわれます」

と、使者は述べた。

東方の帝王であった劉永がこういう状態なので、延岑は東へ逃げるのをやめて、南方の覇《は》王のもとに逃げ込んだということである。

「承知した。この睢陽の城は、七月には落ちる。そう建威《けんい》大将軍につたえてもらおう」

呉漢はこの伝言に自信をこめた。わざわざ劉秀に攻城の経過をつたえなくても、耿弇に報せておけば、劉秀につたわる。ただし、諸将がすべて耿弇のように機転がきくわけではないことを、呉漢はこの遠征で確信した。

――人をつかう、とは、むずかしいことだ。

つかうことによって、その人を活《い》かしたいと意《おも》うと、よけいにむずかしい。その点、劉秀もたいした指図もせずに諸将を育てあげた劉邦は、やはり非凡というしかない。劉秀も人の本質と成長度を洞察する目をもちあわせているが、どこか劉邦には及ばない。

たとえば劉秀にとってかけがえのない輔弼《ほひつ》である鄧禹《とうう》は、劉邦を支えつづけた蕭《しょう》何《か》や張良《ちょうりょう》に比肩《ひけん》できるであろうか。また、劉邦の軍事において最高の将であった曹《そう》参《さん》に、呉漢は及ぶであろうか。仁徳の点で、劉邦よりはるかにまさる劉秀が、それでも劉邦に及ばないのは、臣下の質をみればわかる。

――われは曹参に及ばない。

そういう自覚のある呉漢は、しかし恥ずかしいとも、くやしいともおもわない。いまという時代に劉邦も曹参も必要とされない。あえていえば、劉秀の兄の劉縯《りゅうえん》は劉邦に似て豪放であったが、暗殺された。時代に殺されたといってよい。過去は、参考にすることはできても、模倣《もほう》することはできない、ということである。

――劉永も、父祖を模倣して滅んでゆくか……。

晩夏の風のなかで、睢陽の城は儚《はかな》げであった。

呉漢は睢陽の城を遠望しながらも、後方に目をくばっていた。劉永の盟下には、斉《せい》王の張歩《ちょうほ》と海西《かいせい》王の董憲《とうけん》がいる。かれらがいつなんどき援兵を発するかもしれないからである。

が、東天を翳《かげ》らせるほどの砂塵《さじん》は昇らず、七月になった。

ほどなく劉永が動いた。

城内の食料が尽きたため、家族を従え、周建と蘇茂をともない、多くない将士に護《まも》られて、城を脱出した。それを知った呉漢麾下《きか》の諸将が急追した。

「劉永はなんのために睢陽にもどってきたのか」

この進退に、名門に生まれた者のさわやかさがなかったことを、呉漢は惜しんだ。

劉永は睢陽に帰って死ぬつもりであったのに、途中で周建と蘇茂を拾ったため、かれらによけいな智慧《ちえ》をつけられ、決心がにぶったのであろう。

それから三日が経っても、追撃軍を指麾している蓋延からまったく報告がなかった。いったん東へ奔った劉永たちは、追跡されないように睢水を渉《わた》って南下したのである。

――劉永をとりにがしたとなれば、いかにも蓋延らしい。

睢陽の城兵の出撃にそなえなければならない呉漢は、動けない。蓋延が失敗しても咎《とが》める気にならない呉漢は、とにかく追撃の成否をきいてから、つぎの攻略図を画《か》くつもりでいた。

ところが、七日後に、おもいがけなくこの本営に劉永の首がとどけられた。

春陵行幸

劉永《りゅうえい》の首を獲《と》ったのは、追撃した蓋延《こうえん》ではない。

追撃され、逃走する集団のなかに、

「慶吾《けいご》」

という将がいた。かれは梁《りょう》王の血胤《けついん》を誇る劉永に従うことで、将来に栄達をみようとしてきたが、北方に劉秀《りゅうしゅう》が出現し、その王朝の威勢が増すばかりであることを実感し、

——劉永と共倒れになりたくない。

と、おもうようになった。睢陽《すいよう》の籠城戦においても、まったく戦うことなく涸渇《こかつ》を待つだけの苦しさに終始し、最後に、出撃して決死の戦いをおこなうのかとおもいきや、劉永は大半の兵を棄《す》て、城から逃げだしただけである。

――なさけない天子よ。

この憤《いきどお》りが、かれに裏切りを決意させた。

劉永を中心とした逃亡集団が、蓋延軍に追いつかれそうになったとき、分散した。劉永を護《まも》る兵が寡《すく》なくなったのをみすまして、慶吾は配下の兵とともに叛逆した。首尾よく劉永を斬殺した慶吾は、その首をもち、配下の兵とともに蓋延に投降した。

本営にとどいた首をながめた呉漢《ごかん》は、近くにいる祇登《きとう》に、

「昔、あなたから教えられた名が、すぐに浮かんできた。秦《しん》王朝期の末に、大叛乱を起こして天下の半分を制した陳《ちん》王が、秦軍と戦って敗れ、逃亡する際に、御者《ぎょしゃ》に背《そむ》かれて殺害された。その御者は、たしか荘賈《そうか》でした。慶吾は、荘賈のごとき者ですな」

と、にがみをふくんでいった。

小さくうなずいた祇登は、

「主君に叛渙《はんかん》する臣は、憎むべき存在ですが、たとえば劉永を大盗賊団の首領であるとおもえば、その首領の首を斬って、官軍にとどけた者がいれば、賞さぬわけにはいかぬでしょう。洛陽《らくよう》の天子は、そうなさいますよ」

と、いった。

なるほど個人的倫理と社会的正義がそぐわない場合はしばしばある。呉漢自身の進

退もその例にあてはまる。呉漢の旧主は漁陽《ぎょよう》太守の彭寵《ほうちょう》であったが、彭寵がどれほど悖戻《はいれい》であっても、遵奉《じゅんぽう》するのが臣下の美なのであろうか。彭寵から離れて劉秀に従ったことは、どのように評されるのであろうか。

「よし、わかった」

劉永を斬った者が慶吾であり、かれにそうさせるほどの急追をおこなった蓋延にも功があるという内容の上奏文とともに、劉永の首を洛陽へ送ろうとした呉漢に、

「一日、その首をお借りできますか」

と、いったのは樊回《はんかい》である。

「かまわぬが、どうするつもりか」

「首ひとつで、二城を降《くだ》せます」

すぐさま樊回は、配下に命じて劉永の首を長い竹竿《たけざお》のはしに懸《か》けさせると、配下とともども城門に近づき、

「城内のかたがた、梁王は首だけになってもどってきましたぞ。開門、開門――」

と、呼びかけた。

――やあ、そういう手があったか。

呉漢はあらためて樊回の血のめぐりのよさに感心した。とどけられた首を劉秀のも

とへ送ることしか考えなかった自身が、ずいぶん官僚的になっていることに、樊回の一事によって気づかされた。樊回という若い頭脳は、いつのまにかしなやかに成長していたのである。

城内の将卒は、劉永の首をみて、悲嘆の声を揚げ、落胆し、失望し、ついに城門を開いて降伏した。それを知った広楽《こうらく》城の兵も戦意を失って呉漢軍に降った。樊回が高言したように、ひとつの首で二城を降したのである。

このはなやかさにひきかえ、蓋延がおこなった追撃の戦果はいたってじみであった。蘇茂《そぼ》と周建《しゅうけん》を捕獲できず、劉永の子の劉紆《りゅうう》も逃がしたという。蟻《あり》の這《は》いでるすきまもない包囲陣ではなかったのか。呉漢は小腹《こばら》が立ったが、とにかく委細を劉秀に報告して指図を仰ぐことにした。

秋の天空は澄みが増している。

この天空を呉漢とともに仰ぎみた魏祥《ぎしょう》は、

「天子はあなたさまに、蘇茂と周建を追え、とお命じになるのでしょうか」

と、問うた。

「さあ、どうかな」

もともと東方平定の主導者は蓋延であり、呉漢は加勢にすぎない。劉永という首魁《しゅかい》を討ったとなれば、残余の始末は蓋延にまかせられるのではないか、と呉漢は予想している。

「蘇茂と周建は、どこまで逃げたのですか」

「垂恵《すいけい》まで奔《はし》ったときいている」

睢水《すいすい》を越えて南下をつづけたふたりは、豫《よ》州の沛《はい》郡にはいり、その西部にとどまったということである。ちなみに垂恵は県ほど大きくなく、聚《しゅう》と呼ばれる規模の邑《まち》である。

「そこは、陳王が御者に殺された下城父《かじょうほ》に近くありませんか」

急に、魏祥は声を強めた。

「さあて、どうかな」

断定ができないので、あたりをみると、況巴《きょうは》がいたので、

「答えてやってくれ」

と、うながした。目で笑った況巴は、

「近いです。下城父の南に垂恵があります。また垂恵からまっすぐ東へゆくと、項羽《こうう》が漢《かん》の高祖《こうそ》に追いつめられた垓下《がいか》があります。つまり、魏祥がいいたいのは、蘇茂と周建は知らず知らず命運が尽きる方角へ奔っているということです」

と、魏祥の直感を、知識でおぎなった。

「魏祥よ、それをいいたかったのか」

「そうです」

魏祥は顔を赧《あか》めた。

呉漢は劉秀の指令がとどくまで睢陽のあたりを慰撫《いぶ》してまわった。将軍は城だけを落とせばよい、というものではない。蓋延はせっかく落とした睢陽の民に叛かれた。その事実を深刻にうけとめないかぎり、百城を落としても、百城の民に叛かれ、けっきょく一城も得たことにならない。

「官吏の哀しさです」

と、祇登は蓋延が上にも下にも立てず、つねに中間にいて、上にも下にも良い顔をむけようとするが、そこには飾りがあるだけで実《じつ》がないといった。

「皇帝もあなたも、あの将軍を育てようとなさっているが、どうにもなりますまい。げんに、あの将軍は大司馬《だいしば》であるあなたさまのもとに復命のために帰ってこなくてはならぬのに、かってに追撃をつづけている。戦場の礼も、なっていない」

めずらしく祇登は腹を立てた。すかさず況巴が、

「蓋延どのは、主に甘えておられるのでしょう。同僚のよしみ、といったところで

す」

と、とりなした。

「なにを、いうか。蓋延はあいかわらず官吏かもしれないが、主はまぎれもなく大司馬だ。天地ほどのひらきがある。おのれを主体として、ほんとうの現状をみつめる目をもたぬ蓋延は、これからも軍事においてむだなことをやりつづけるだろう」

この日、祇登はずいぶん機嫌が悪かった。

――かれは蓋延の行儀の悪さを怒っているのか。

おそらくそうであろう、と呉漢はおもった。寒家《かんか》に生まれ育った呉漢は、儒教的学問にふれる機会をもたなかったので、儒者がいうところの行儀はわからない。が、祇登が想《おも》っている行儀とは、それではあるまい。自分の主張や都合をうしろにまわして、直面する物、事、人を冷静に正視することによって、おのれとそれらとの関係をはかり、行動と思考を定める。それが行儀なのであろう。おそらく蓋延はおのれの主張と都合をつねにまえにだし、おのれを肥大化しようとするので、他者との比較は不正確となり、他者との調和も不順となって、けっきょく機能としては劣る。すすむことしか知らない将は、その猛勇をたたえられても、大きな益を王朝にもたらさず、むろん天子にかわって六《りく》軍を指麾《しき》することなどできない。人の成長にかかわる根元的なものは、愛情、であり、おもいやり、なのである。蓋延には、それがない。

ひと月半後に、朝廷の使者がきた。

「天子は、劉永を斬った慶吾を、侯におとりたてになりました。また、天子は十月に春陵《しょうりょう》郷に行幸《ぎょうこう》なさいますので、あなたさまはその警備も兼ねて、南陽《なんよう》郡へ移られますように」

春陵郷は、二十八歳の劉秀が兄の劉縯《りゅうえん》とともに挙兵した地で、いまや発祥《はっしょう》の聖地となっている。ただしその位置は南陽郡の南部で、荊《けい》州で威を張っている秦豊《しんほう》の本拠地、黎丘《れいきゅう》から遠くないので、その行幸は危険をともなうとみてよい。

「うけたまわった」

睢陽と近隣の諸県の慰撫を終えた呉漢は、軍頭を西へむけた。この軍が豫州の西端の郡である潁川《えいせん》郡にはいったとき、

「昆陽《こんよう》を通って荊州にはいろう」

と、呉漢がはしゃぐようにいった。

昆陽は、伝説の地である。

挙兵した劉縯と劉秀は、兵を北進させて、ついに郡府のある宛《えん》を包囲した。その間に、劉秀は郡境の内と外にある県を攻略した。ところが、王莽《おうもう》は大司徒《だいしと》の王尋《おうじん》と大司《だいし》

空《くう》の王邑《おうゆう》に百万という大兵を属《つ》けて、叛乱軍を鎮討《ちんとう》しようとした。潁川郡にはいってきたその大軍を、劉秀は昆陽で迎え撃った。城内の兵は八、九千人にすぎなかった。兵の不足を痛感した劉秀は王鳳《おうほう》、王常《おうじょう》などの将に留守《りゅうしゅ》をまかせ、自身は城外にでて寡《か》兵を掻《か》き集《あつ》めて、二、三千の兵とともに敵陣を衝《つ》いた。百万の兵力にくらべてこの寡兵《へい》は、まさに蟷螂《とうろう》の斧《おの》であったが、この斧はいくたび戦っても折れず、ついに将帥《しょうすい》のひとりである王尋を撃殺し、百万の兵を総崩れにさせた。

その敗走する軍のなかに、呉漢の旧主である彭寵がいたのである。あえていえば、昆陽の戦いがなければ、いまの呉漢はいない。そういうめぐりあわせのふしぎさを感じながら、呉漢は昆陽の城をながめた。想像していた城は小さなものであったが、実際にみてみると、小さいとはいえない。それでも、みわたすかぎり王莽軍の旗が樹《た》っているなかで、この城は小さな孤島のようであったろう。

馬からおりて、ながいあいだ感慨にふけっていた呉漢に、近づいた祇登が、

「ここから荊州にはいると、紅陽《こうよう》が近いですよ」

と、なかば笑いながらいった。

紅陽といえば、ふたりにとって苦《にが》いおもいが残る地である。王莽一門の紅陽侯のために開墾をおこなった呉漢は、宛が叛乱軍に攻撃されたときいて、一銭も得ることな

く帰り、祇登といえば、開墾をおこなった者たちの銭をのこらずかっさらったという濡《ぬ》れ衣《ぎぬ》を着せられた。そのころの祇登がずいぶん荒《すさ》んでいたことを憶《おも》いだした呉漢は、

「たがいに小利に目がくらまなかったぶん、あとで福分《ふくぶん》を増してもらえたのだろうか」

と、微笑で応《こた》えた。もともと貧しかった呉漢は、あのむだな往復がよけいにこたえたが、生涯においてもっともつらく暗い深みにさしかかっていた祇登は、やることなすこと、うまくゆかず自暴自棄になりかけていたかもしれない。しかし呉漢には祇登がいて、祇登には呉漢がいた。たがいの存在が、たがいを立ち直らせたといってよい。この邂逅《かいこう》は天意によるのであろうか。

「紅陽は、素通《すどお》りしよう」

馬上の人にもどった呉漢は、紅陽から遠く、葉《しょう》県に近い路を選んで南陽郡にはいった。そのまま宛のほうにむかうと、建威《けんい》大将軍である、耿弇《こうえん》の使者がきた。

「天子はすでに南陽郡におはいりになり、まっすぐ南へすすんでおられます。大司馬には、先行して、道の除払《じょふつ》をおこなっていただきたい」

道にひそむ邪気や呪詛《じゅそ》を覆滅《ふくめつ》するために地を踏んで清めてゆく儀式的なことを古代ではおこなって、他国に踏み込んだものである。それに似た軍事的先払いを呉漢にま

かせた耿弇は、劉秀の近くにいて、護衛をおこなうという。

「なにごとにおいても、耿弇は手際がよい」

人の才覚とは、教えてたやすく育つというものではない。耿弇はまだ二十五歳であるのに、熟成した才徳をもち、適宜《てきぎ》の処置と進退をさりげなくおこなっている。

「すこしいそごう」

と、左右にいい、軍のすすみをはやめた呉漢は、郵解《ゆうかい》にすくなからぬ人数を属けて、道の安全をたしかめさせると同時に、荊州北部の現状をしらべさせた。

宛を過ぎ、棘陽《きょくよう》のあたりで、いちど郵解が報告のためにもどってきた。

「七月に、征南《せいなん》大将軍と秦豊のあいだに激戦があり、征南大将軍が大勝をおさめました。秦豊が黎丘にひきこもっているあいだに、漢軍は南進して宜城《ぎじょう》に達したようです」

郵解がいった征南大将軍とは、棘陽出身で呉漢の下にいたことのある岑彭《しんほう》をいう。

南方の覇《は》王が秦豊で、漢軍の将帥が岑彭では、発音としてはまぎらわしいので、以後、賊とみなされる秦豊を、

「秦王」

と、呼ぶことにしたい。

「そうか……」

呉漢は浮かない顔つきになった。

岑彭の攻略の過程は、蓋延のそれとほとんどかわりがない。攻略団の中心には黎丘を置くべきであるのに、岑彭はその周辺を平定している。

――岑彭も官吏であったな。

王莽時代の末に、棘陽県の長を代行した、ときいた。上からとがめられないような働きをつねにみせておくという意識がぬけないものとみえる。だが、岑彭の上にいるのは、虚《きょ》と実《じつ》を洞察できる劉秀なのである。おそらく劉秀は岑彭の平定のすすめかたに不満をもっているにちがいない。

――まてよ。

劉秀が春陵に行幸するというのは、岑彭を叱咤激励《しったげきれい》する目的もふくんでいるのではないか。劉秀はおのれの楽しみのためにむだなことをするという人ではない。

――それなら……。

呉漢はすこし気をゆるめた。南陽郡の平定が完了したことを天下に示すために、劉秀は行幸する。そういうみかたもできる。

南陽郡の南端に達した呉漢は、そこで軍をとどめ、蔡陽《さいよう》、春陵のほうにはむかわな

かった。呉漢が軍を駐屯させた地は、東西と南北の道路が交わるところで、いわば、

「衢《く》」

である。そこにいれば、どこから敵が出現してもすばやく応戦することができる。

三日後に、劉秀の聖駕《せいが》が駐屯地の北を通ることがわかったので、呉漢は数十の騎兵を従えて馳《は》せ、その聖駕を道傍《どうぼう》で迎えて敬礼した。すると劉秀は駕をとめさせて、身をのりだし、呉漢にむかって手招きをした。

呉漢だけが趨《はし》った。

劉秀の声がふってきた。

「大司馬よ、なんじほどの者が五人いれば、天下は五年以内に鎮《しず》まるであろうに、そうはいかぬ。苅っても苅っても、毒のある草が生えてくる。なんじはしばらく休息し、われが洛陽に還《かえ》る際には、従うべし。春陵には、なんじを招いてやりたいが、あの地へ往けば、われは昔の文叔《ぶんしゅく》にもどるので、わがままは通らぬかもしれぬ。宥《ゆる》せ」

ここで劉秀は、なんじに因縁《いんねん》のある鄧奉《とうほう》を斬った、などと恩着せがましいことは、ひとこともいわなかった。

「かたじけない仰《おお》せです」

呉漢はひたいを地につけ、肩をふるわせた。天子に絶大に信頼されている自身を確

認した。

　このあと、蔡陽を経て春陵に到った劉秀は、昔住んでいた宅《いえ》で酒宴を設け、昔なじみの人や年長者を招いた。この宴席では、劉秀は皇帝ではなく、往時の劉文叔にもどり、老婦人からは、

「文叔ちゃん」

　などと呼ばれて、談笑《だんしょう》のなかでくつろいだ。劉秀は生涯、為政《いせい》においてはゆるむことのない人であったが、春陵における宴会では、休息をかねて放心《ほうしん》したであろう。おおかたの人にとって、故郷には特別なぬくもりがある。しかし、人によっては、そのぬくもりをなまぬるさと感じたり、故郷に温度を感じないがゆえに、二度と故郷に帰らない人もいる。

　宛を故郷とする呉漢には、どこにいても望郷の念は強くなかった。宛が海内《かいだい》において屈指の繁華県であることや若いころの呉漢に友人、知人がすくなかったことなどが、追憶《ついおく》に香りのよい情をそわせない。その点、いなか暮らしをした人はめぐまれている、と呉漢は軽い羨望《せんぼう》をおぼえた。

　おそらく劉秀は春陵の人々だけでなく、野の木や草にも愛着があり、それらが昔ながらの色や形で帰郷した者を迎えてくれたことを喜んでいるのではないか。

そう想えば、呉漢にとってなつかしいのは、わき目もふらずに働いていた彭家の農場であり、さらにいえばその農場の土である。

——その土に天が映《うつ》り、明暗があり、乾湿《かんしつ》があり、においに良否《りょうひ》さえあった。土しかみつめていなかったわれが、いまや天子に随《したが》って天下を俯瞰《ふかん》している。そう土にいったら、土はなんと答えるであろうか。

「兄さん、独《ひと》りで笑っていますよ」

いつのまにか、かたわらに弟の呉翕《ごきゅう》がいた。

「おう。なんじも笑うがよい。この郡は、われらだけではなく、天子をも産んでくれた。地の力に感謝するしかない。天子は、若いころに、農作の名人であったらしい。われはそのころの天子におよばなかったかもしれないが、土のことも農作のことも、よくわかった。それをただひとり認めてくださったのが、彭伯通《ほうはくつう》さまであったのに……」

呉漢の笑貌《しょうぼう》が翳《かげ》った。

彭伯通すなわち彭寵は、属吏にすぎなかった呉漢や蓋延が功臣として大いに賞され、王朝の高位をさずけられたことを怨《うら》み、劉秀に叛逆した。漁陽を本拠としている彭寵は、兵を南下させて上谷郡《じょうこくぐん》の諸県を落とし、ついに薊県《けい》まで取って、

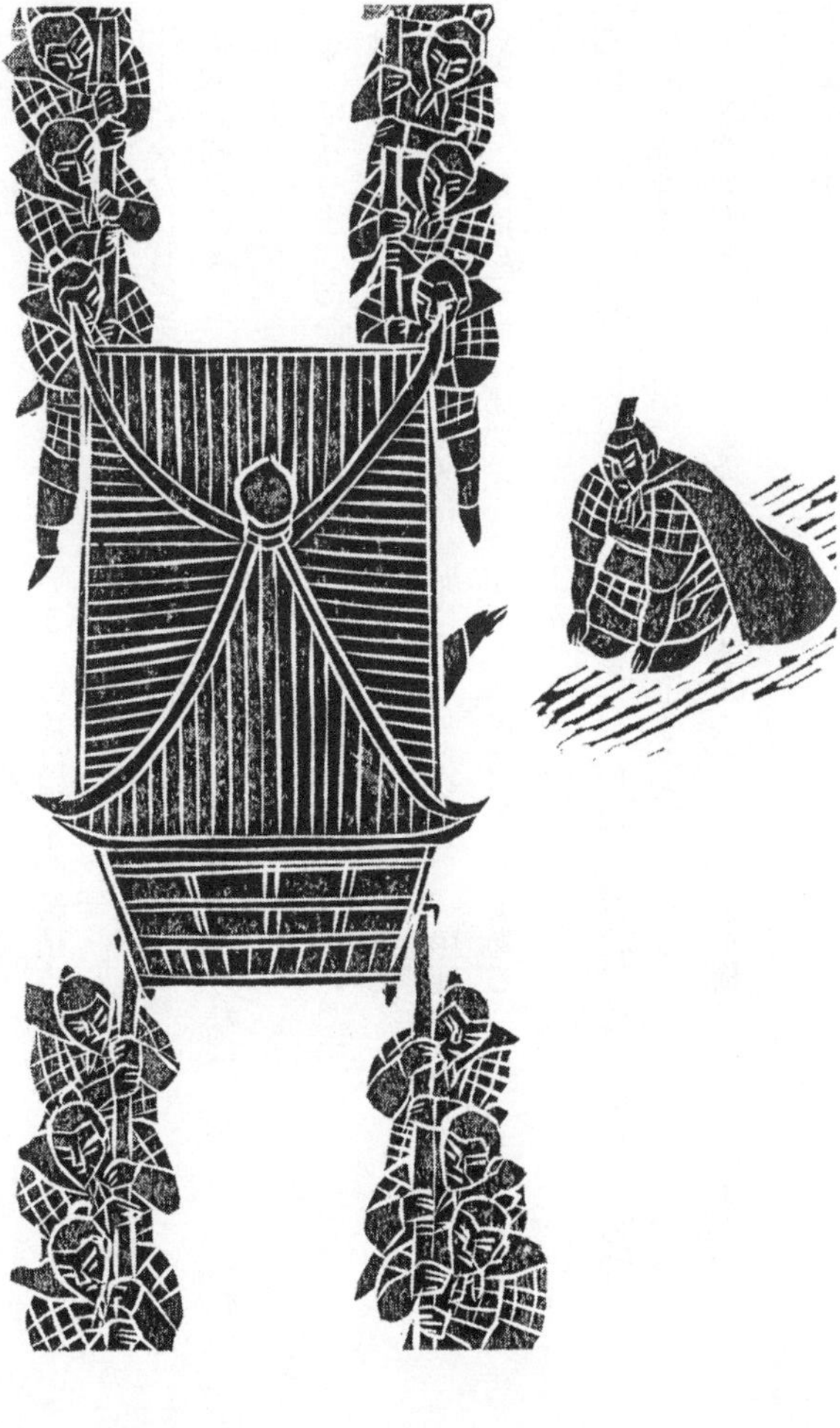

「燕《えん》王」

と、称した、ときいた。おそらくいま、彭寵は得意の絶頂にいるであろう。それでも呉漢にとってそれは寥々《りょうりょう》たる風景にみえる。

——あなたは官民をいたわっているか、喜ばせているか。

我欲を武力によって拡大したところで、官民に支持されなければ、かつての邯鄲《かんたん》の王郎《おうろう》のように頽弊《たいへい》するだけである。

——伯通さま、あの王郎と同類にされるのは、さびしくないですか。

呉漢は心のなかでそう呼びかけた。

四年まえに、北方鎮定のために薊県にはいった劉秀に、彭寵がみずから会いに行っていたら、彭寵の運命はずいぶんちがったものになったであろう。

——ひとつの礼をおこなうだけでよかったのに……。

あのとき彭寵は劉秀に会いにゆく支度《したく》をしていた。呉漢はかれに随従《ずいじゅう》するつもりで出発を待っていた。だが、魔がさした。王郎の挙兵である。

それを憶いだすたびに、呉漢は無言のままつらそうに首を横にふる。いまも、首をふった。

「建威大将軍がご到着です」

この樊回の声が、呉漢の暗い想念を破った。耿弇は劉秀を護衛していたのに、どうしたのか。

せかせかと帷幄《いあく》のなかにはいってきた耿弇は、

「まもなく天子は帰途におつきになる。護衛は大司馬におまかせしたい。わたしは北方へ征《ゆ》きます」

と、せわしく述べた。耿弇の父の耿況《こうきょう》は、上谷太守であり、叛逆する彭寵に誘われたが、その使者を斬った。そのため漁陽の兵の猛攻にさらされ、苦戦を強《し》いられているという。

「わかった。天子のお許しを得たのであれば、ひたすら北へ急行なさるがよい」

「では——」

席をあたためるまもなく耿弇は起《た》ったが、ふりかえって、

「どれほど苦しくても、父は漁陽に与《くみ》することはありません。信じていただけようか」

と、めずらしく不安をみせた。そこまで気をつかうのか、とおどろきつつ、呉漢は、

「信じますよ。天子も疑うことをなさらぬでしょう」

と、強く背を推すようにいった。

「いい忘れましたが、涿《たく》郡太守の張豊《ちょうほう》も叛《そむ》き、彭龍と連合しました」

「はは、伯昭《はくしょう》どの、あわてるといろいろ忘れる。まだ、いい忘れたことは——」

「あっ、あります。天子は岑彭に使者をおつかわしになり、黎丘を包囲するようにお命じになりました」

「まだ、ありますか」

「もうありません」

耿弇はあわただしく去った。

やはり劉秀は岑彭の攻略がまとはずれであるとみて、秦王の本拠地を囲むように命じた。当然の命令である。これで、早晩、秦王の息の根をとめることができる。

劉秀に従って洛陽にむかった呉漢は、北から吹く寒風にさからうように、

「明年、われはどこへ征くか、風に訊《き》いてくれ」

と、魏祥にいった。

五校の賊

呉漢《ごかん》は建武《けんぶ》四年の正月を洛陽《らくよう》で迎えた。

劉秀《りゅうしゅう》への年賀を終えた呉漢に、

「まもなく遠征を命ずるであろう」

という示唆《しさ》がなかったので、首をかしげたものの、これは天子からたまわった慰労の時である、と考え、英気を養うことにした。

慰労といえば、家族と家臣をねぎらったことがないので、中旬にさしかかるまえに、そのための会を催した。兄と弟の家族だけではなく家臣の家族も招いたので、会は盛大でにぎやかなものとなった。

弟の呉翕《ごきゅう》をはじめ、角斗《かくと》、魏祥《ぎしょう》、左頭《さとう》、樊回《はんかい》、況巴《きょうは》、郵解《ゆうかい》はすべて妻帯し、独身のままでいるのは、祇登《きとう》のみである。

食事が終わると、男だけの酒宴となった。ただしこういう席でも、

「いつなんどき天子のご下命《かめい》を承《う》けるかもしれぬ。おのれを失うほど泥酔《でいすい》するな」

と、呉漢はいった。いまや洛陽は戦場ではなく、近畿《きんき》から賊の影は消えたが、それでも東西南北で戦いはつづいている。劉秀は四方を遠望して、ここ、という戦いの急所に呉漢をさしむけるつもりであろう。その際、夕《よる》に命令がくだれば、朝に発《た》つ、という呉漢軍の颯爽《さっそう》さを崩したくない。

「魏祥よ、つぎにわれがどこへ征《ゆ》くか、風に訊《き》いてくれたか」

この呉漢の問いに、とまどいをみせた魏祥にかわって鄅解が答えた。鄅解はすでに五十歳をすぎたが、心身ともに充実しているようで、呉漢が若い目で視《み》たころの卑《いや》しさがすっかり消えている。

「主《しゅ》は、北へ鎮定にむかわれることになりましょう」

「北へ……、ふむ、しかし、北へは耿伯昭《こうはくしょう》どのがむかった。われが征くまでもなかろう」

耿伯昭すなわち建威《けんい》大将軍の耿弇《こうえん》は、まずい戦いをしたことがない。呉漢の援助がなくても、年内に北方を平定するのではないか。

「敵は、彭寵《ほうちょう》だけではないのです。匈奴《きょうど》の王である單于《ぜんう》が彭寵を援《たす》けただけではな

く、旧《もと》の涿《たく》郡太守の張豊《ちょうほう》が連合し、さらに富平《ふへい》や獲索《かくさく》といった賊の渠帥《きょすい》が協力しているのです。すでに天子は、朱浮《しゅふ》、鄧隆《とうりゅう》、王常《おうじょう》といった将に北方を鎮定させているのですが、うまくゆかず、そこに耿伯昭どのがくわわっても、軍事的進展があるとはおもわれません。となれば、天子は主を起用せざるをえないでしょう」

「そうか……」

呉漢はため息をついた。

——旧主にまともに兵をむけたくない。

こういう心情を劉秀という天子はさりげなく汲《く》んでくれる人であるが、埒《らち》があかぬ、とみれば、呉漢を投入するであろう。

「郵解の申した通りになっても、われはためらわず征く」

そういった呉漢は、燕娯《えんご》の空気を冷えさせぬように笑貌《しょうぼう》を保って、会を閉じた。

二月にはいるとすぐに兄の呉尉《ごい》が、呉漢のもとにきて、

「われは右《ゆう》将軍に従って、南陽《なんよう》へゆくことになった」

と、うれしげに告げた。

「そうですか」

眼前にいるのは、武功を樹《た》てたがっている偏《へん》将軍であり、それが兄であることに不

安をいだかざるをえない。しかも将帥《しょうすい》が右将軍すなわち鄧禹《とうう》であることも、不安であった。

はっきりいって、鄧禹は戦いがうまくない。

先年、赤眉《せきび》との戦いで大失敗をしたため、大司徒《だいしと》の位を返上した。が、数か月後に、右将軍を拝命した。

劉秀はどれほど鄧禹が失敗を犯しても、その行政能力と王朝運営の手腕を高く評価して、絶大に信頼した。鄧禹を近くに置くと決めていたためか、この年まで、いちども遠征にださなかった。だが、突然、南陽郡へ征かせることにした。

「南陽郡には、平穏《へいおん》がもどったはずですが……」

秦《しん》王が黎丘《れいきゅう》に籠《こ》もったかぎり、南陽郡に賊の横行はない、と呉漢はおもっていた。

「いや、延岑《えんしん》がまたぞろ暴れはじめた」

「ああ、延岑……」

まさに害虫である。耿弇に駆逐《くちく》された害虫は、秦王の肩にとまったが、その秦王が岑彭《しんほう》軍に包囲されてしまったので、ふたたび単独で蜚《と》ぶしかなくなった。

そのしたたかな賊を相手に、鄧禹が胸のすくような戦いかたができると想《おも》われず、兄は鄧禹より旗鼓《きこ》の才《さい》にめぐまれていないので、

「どうか、むりをなさらないでください」

と、いうしかなかった。

ちなみに、呉漢の心配は、杞憂《きゆう》にすぎなかった。南下した鄧禹軍は、南郡《なん》との郡境に近い鄧《とう》県において延岑軍をあざやかに撃破した。といっても、実態は、延岑軍の兵力はかなり小さく、それより三倍も大きな兵力の鄧禹軍が勝つのは当然であるといえた。

敗れた延岑は、沔水《べんすい》（漢水《かんすい》）にそって西北へ奔《はし》った。

追撃した鄧禹は、武当《ぶとう》県で追いつき、ふたたびその賊軍を破った。しかしながら、延岑の首を獲《と》ることはできず、かれを漢中《かんちゅう》に逃がした鄧禹の不手際を知った呉漢は、

「まだ、蓋延《こうえん》のほうがましか」

と、苦《にが》く笑った。

べつのみかたをすれば、それほど延岑はしぶとい。たやすく劉秀に屈しない梟雄《きょうゆう》としてさからいつづけ、この年から八年あとに斃《たお》れる。延岑の息の根をとめることになるのが呉漢であることを、この時点で、呉漢自身は予想しなかったであろう。

――兄はぶじらしい。

呉漢は胸をなでおろした。本人は功を樹てたいらしいが、弟としては、兄がぶなん

にいてくれるだけでよい。

まもなく四月になるというときに、劉秀の使者がきて、

「天子は鄴《ぎょう》県へ行幸《ぎょうこう》なさいます。大司馬《だいしば》は兵を率いて随従《ずいじゅう》なさいますように」

と、いった。

うなずいた呉漢は、

「天子がみずから北伐《ほくばつ》なさるということだ」

と、左右に教えた。劉秀の行幸はほぼ親征《しんせい》といいかえてよい。むだな行幸をおこなうことはなく、征伐の急所をたしかめるような旅行をする。

――われへの命令は、鄴県でくだされるであろう。

呉漢は劉秀を護衛しつつ軍を動かして北上した。はたして劉秀は鄴県に到ると呉漢を招き、

「なんじに陳俊《ちんしゅん》と王梁《おうりょう》という二将軍を属《つ》ける。彭寵に協力している五校《ごこう》の賊を討て」

と、命じた。なんじが彭寵を討て、といわないところに劉秀の厚意がある。臣下の気持ちをこれほど気づかってくれる天子が、かつていたであろうか。もしも王莽《おうもう》が善政をおこなっていれば、呉漢は宛《えん》の亭長《ていちょう》として一生を終え、劉秀は南陽郡の名士どまりで、ふたりは会うことはなかった。呉漢はいやな時代に生まれたとしばしば嘆い

たが、劉秀に仕えてみれば、よいときに生まれたというしかない。呉漢は心のなかで断言している。

——劉文叔《ぶんしゅく》は千年にひとりの皇帝である。

では、自分はどうか。残念ながら千年にひとりの将軍にはなれそうもない。周王を輔《たす》けた太公望《たいこうぼう》や斉《せい》の桓《かん》公を覇者《はしゃ》にした管仲《かんちゅう》にはとても及ばない。それでも、百年にひとりの将軍にはなれようか。呉漢はそんなことを考えながら、劉秀のまえからしりぞいた。

五校の賊は、いま、臨平《りんぺい》を本拠としている。鄡県が冀《き》州の南端にあると想えば、臨平は州の中央に位置する。呉漢軍が北上を開始すると、劉秀はそれを後援するかたちで移動した。

天空をみあげた呉漢は、

「冀州と幽《ゆう》州は、いまがうるわしい」

と、いい、口をすぼめた。天地は初夏の明るさに盈《み》ちている。しかしたえまない兵馬の往来が地の色彩を消している。

樊回の憂色《ゆうしょく》をみつけた呉漢は、

「どうした。樊蔵《はんぞう》どのになにかあったか」

と、問うた。父おもいの樊回の心配事といえば、それしかない。

「涿郡で叛旗《はんき》をひるがえした張豊に、千頭余の馬を強奪されました」

「あっ、知らなかった。樊蔵どのはごぶじか」

「父は別の牧場にいたのでぶじでしたが、兄が負傷し、牧場で働いていた十数人が死傷しました」

「隹久《すいきゅう》どのは、どうであったか」

「事件を報《しら》せにきたのが、隹久です」

「張豊は今や賊帥《ぞくすい》であるが、旧は涿郡太守ではないか。盗賊にひとしいことをおこなって、人民に支持されようか。まもなく滅ぶにきまっている」

もともと張豊に野心があったといえばそれまでであるが、彭寵が幽州の半分を制圧するのをみて、劉秀に叛《そむ》き、彭寵に同調するというのは、思想に清潔さがない。劉秀は赤眉の賊さえ赦《ゆる》した寛容の人であるが、人の狡《ずる》さは宥《ゆる》さない。譎詐《けっさ》の人というべき張豊はかならず劉秀の属将に討たれるであろう。

「樊回よ、父兄の見舞いに往ってもかまわぬ」

「なにを仰《おお》せになります。私事を優先させていては、大司馬の補翼《ほよく》がつとまりましょうか」

いま樊回は呉漢の私臣として、事務の長をつとめている。呉漢家の家宰《かさい》にもっともふさわしい者は、樊回であるといえた。

「そうか……、われも樊蔵どのとご家族にお会いしたいが、世に平穏がもどってからになろう。それまで、すこやかでいてもらいたい」

東西南北のうち、どこか一方が穏々《おんおん》としずまれば、天下平定のめどがたつのであるが、いまだに四方では騒擾《そうじょう》の音が絶えない。

――蘇茂《そぼ》と周建《しゅうけん》を追っていった蓋延は、どうしたであろうか。

かれが東方を平定したとはきこえてこない。戦うたびに勝っているようであるが、それはいつものことで、幹を伐《き》り、根を枯らすような攻略図を画《か》けない蓋延が東方の賊を完全に駆逐するのは、いつになるであろうか。

「どこよりも、まず北方をかたづけたい」

そういった呉漢は、急速に兵をすすめて、臨平に近づいた。呉漢軍がすすむ速さは尋常ではない。呉漢軍と戦ったことのない賊は、その速さにとまどい、防備がととのわないうちに戦闘にはいることになる。五校の賊もそうなった。

漢軍のなかで最強といわれる呉漢軍がもっている突騎《とっき》の攻撃は、強烈そのもので、五校の兵は短時間で飛散した。

追撃にうつるまえに、呉漢は劉秀の意向をたしかめるべく、報告をかねて使者をつかわした。

さらに北進をつづけてゆくのであれば、東南へ逃げた賊を追ってゆくことはできない。

だが、劉秀の命令は、あっさりしており、

「追撃すべし」

というものであった。

「あれっ、意外でした。北はもうよいのでしょうか」

魏祥はしきりに首をひねった。

祇登は笑った。

「もともと北方の鎮定図は、耿弇どのが画いた。天子はその意図を尊重なさっている。それでも、どうにもならなかったら、大司馬を起用することになるが、それは主にとってこのましいことではない。昔、秦国はむずかしい戦いになると、かならず白起《はくき》という将軍を起用した。白起は戦えばかならず勝った。が、のちに丞相《じょうしょう》と不和になり、自殺させられた。常勝将軍の命運は、輝かしすぎるゆえに、急に暗くなる。故事にくわしい天子は、主を白起にさせたくないということだ」

「へえ――」

魏祥はおどろきの目を呉漢にむけた。小さくうなずいてみせた呉漢は、

「ひとつの命令に、天子はそれほどの愛情をこめてくださったのか」

と、感激した。すぐに祇登にむかって頭をさげた呉漢は、しみじみと、

「この歳になっても、気づかぬことやおもいやれないことが山ほどある。それを誨《おし》えてくれるあなたは、どこまでいってもわれの師だ。われにとっての天祐《てんゆう》は、あなたに会ったことにつきる」

と、真情を吐露《とろ》した。

こういういいかたをされると、つねに照れくささをみせる祇登であるが、このときは、呉漢をまっすぐに視た。

「師は、弟子から誨えられて、真の師となる。人には上下がないのです。いまの天子は万能の人ではあるが、無名の民からも、賤《いや》しい吏人《りじん》からも、学んだにちがいないのです。ひとつ、大きなちがいがあるとすれば、愛情の量です。天子の愛情は、海よりも広く深い。億万の人がいても、その点は、たれも及ばない」

きいている呉漢はしきりにうなずき、涙をながしはじめた。

劉秀に頑《がん》として従わない者たちは、じつはおのれの小ささに苛立《いらだ》ち、劉秀の巨《おお》きさ

に嫉妬《しっと》しているだけなのかもしれない。その感情は、憎悪とは別の物で、けっして反転することなく根深いものでありつづける。

——嫉《そね》む者は、どうにもならないか。

若いころから自尊心とは無縁に生きてきた呉漢には、その種の感情をおさえきれず、哮《たけ》り立《た》つ者を理解するのはむずかしい。これから追撃してゆかねばならぬ五校の賊が叛旗をおろさぬわけも、たぶんわからない。

「さあ、ゆくぞ」

呉漢は郵解に五十騎ほどを属けて先駆させた。賊の逃走路をさぐりながらゆくしかない。

賊は輜重《しちょう》がゆたかではなく、食料も強奪しなければならないとなれば、足跡を消して遠くへ逃げ去ることはできない。どこを通ったか、かならずわかる。

劉秀の許可を得るために追撃をおくらせた呉漢ではあるが、焦《あせ》りをみせず、あえて悠長《ゆうちょう》に、

「しつこく追えばよい。いそぐにはおよばぬ」

と、属将にいい、ひごろの呉漢軍とはちがって、ゆっくりと追跡した。だがこの追跡が正確であったので、五校の賊は、

「まだ追ってくるのか」

と、いやな顔をした。それはそうであろう。臨平から東南へ奔った五校の賊は、ながながと駆けて、まもなく冀州をでるところまできたのに、呉漢軍をふりきっていないのである。

ついにかれらは兗《えん》州の東郡《とう》にはいった。

それでも追跡してくる呉漢軍の影におびえた五校の賊は、箕《き》山の山中にかくれた。だがそれで姿をくらましたことにはならなかった。呉漢軍の偵騎は五校の賊の足跡を見失わなかった。報告をうけた呉漢は、

「山は賊の住処《すみか》になりやすいが、戦場として考えると、逃げ路のない死地になりやすい」

と、即座にいった。つねに呉漢の左右にいる角斗は、祇登を師と仰いで学問をつづけているが、主君である呉漢があいかわらず読書もしないのに、その精神を成長させつづけていることがふしぎであった。

それゆえ、あとで祇登に、

「主は、偵騎の報告をきくや、勝った、と仰せになりました。主は兵書をまったく読んだことがないのに、敵を知り、おのれを知っているかのように的確に兵を進退させ

ます。それをどう解せばよろしいのですか。学問をせずに、学問をしている者を超《こ》えてゆくとは、どういうことなのですか」

と、角斗は問うた。

一笑した祇登は、

「学問をする者は、益《えき》を求めすぎる。たとえば、昨日学んだことを、今日、応用してみようとする。だが、儒教の祖である孔子《こうし》はどうであったか。晩年には多くの弟子をかかえた大先生となったが、そのまえには、長い亡命生活を送った。むだといえばむだ、浪費といえば浪費の時間があった。しかし、それが超絶した人格をつくった。呉漢が宛の亭長になったのは、王莽の時代がはじまってからだ。それまで貧しさの底で喘《あえ》いでいたが、その闇のような時間が、縛られない思想を養い育てた。おのれを助けもせず、まったく益にもならぬ時間をどれほど持つかによって、人の大小は定まるといってよい」

と、逆説的なことを教えた。こういういいかたがわかるところまで角斗の精神は成長している、とみたからである。

「そういうことですか……」

角斗はおのれの過去を省《み》るような目つきをした。貧しさの点では呉漢に劣っているとはおもわれないが、呉漢に救われてからは、時間のすごしかたに甘えがあったように感じられる。そこで呉漢には及ばないことが定まったといえなくはない。

角斗は虚空をみつめて大息《たいそく》した。

翌日、山に近づいた呉漢軍は、じりじりと包囲陣を形成し、五日後にようやく兵を山中にはいらせた。戦うためではない。山中をさぐるためである。

「山中に湧水《ゆうすい》はみあたりません」

この報告にうなずいた呉漢は、

「雨がふらないかぎり、賊は涸渇《こかつ》に耐えかねて、山をおりて突進してくる。こちらがあえて山中に踏み込むまでもない」

と、属将にいい、とくに夜間における急襲にそなえるように厳命した。たとえ山中にかくれた水脈があっても、一万に比《ちか》い兵をうるおす量が保たれるはずがない。水が尽きれば、たまらずかれらは下山して、川にむかって猛進するであろう。

「それは、わかりますが……」

と、声を揚《あ》げたのは、樊回である。

「賊も、わが軍の配置をひそかに調べたでありましょうから、地形がけわしくても、兵のいないところを抜けて、脱出するのではありますまいか」

そう説《と》きながら樊回は地面にかんたんな地図を画き、

「それが、ここでは――」

と、一点に矢を突き立てた。

「ほう、そうみたか」

その地点というのは、川へ奔るには不利な地形で、ほぼ垂直な崖をくだったあとは棘茨《きょくし》が密生しているので、とても人は通れない。ゆえにそのあたりに監視所を設けなかった。むろん柵《さく》も塁《るい》もない。だが樊回は、そここそ賊の脱出路になるという。

「賊は主の実力を充分に知っており、しかも衰弱しているとなれば、戦わずに逃げる道を捜すでしょう」

追う側にいる者は追われる側の心情をつきつめて察することをしないが、樊回はそこまで考えた。

――なるほど。

呉漢は睢陽《すいよう》における包囲陣を憶《おも》いだした。蟻《あり》の這《は》いでるすきまもない、と蓋延は豪語していたが、けっきょく虚《きょ》を衝《つ》かれるかたちで劉永《りゅうえい》の脱出をゆるしてしまった。死にものぐるいの敵を相手にする場合、敵の目を藉《か》りて自陣を観《み》なければならない。

「よし、そこから賊を脱出させよう。逃走路に突騎を伏せることにするが、その配置

がえは山から瞰《み》れば瞭然《りょうぜん》なので、夜間におこなう」

　呉漢は二千の突騎を伏兵とするために、日没後に移動させた。

　樊回の献策が的《まと》はずれでもかまわない。が、的はずれのはずがない、と呉漢は強く意《おも》うようになった。

　はたして二日後の夜中に、

「逃走中の賊と交戦中」

という急報が突騎からもたらされた。跳ね起きた呉漢は、樊回の顔をみるや、

「なんじの策は、的中した」

と、称《ほ》め、全軍の兵を起こした。角斗と左頭にそれぞれ五百の兵をさずけて援けにゆかせた。援兵千、というのは、多くない。

すかさず樊回が、

「さすがは、主です」

と、驚嘆の声を放った。

「ふふ、脱出するとなったら、孔《あな》はひとつということはあるまい。賊の主力は別の口から噴出するはずだ」

呉漢は五校の賊の陽動作戦にひっかからなかった。

ほどなく陳俊の陣から急報がきた。五校の賊に急襲されたという。

「そこが主戦場だ」

と、叫ぶようにいった呉漢は、すぐさま弟の呉翕に突騎二千を属けて援助にゆかせた。戦いは夜明けまでつづいた。そのときまで動かなかった呉漢は、正確な情報をもとに攻撃にくわわり、賊軍を潰滅させた。千数百の賊兵が逃げ散ったようであるが、

「追うまでもない」

と、いい、追撃をはじめていた兵を引き揚げさせた。

すでに仲夏である。

「天子はどこにおられるのか」

呉漢は戦勝報告をおこなうべく使者をだすまえに、東郡の状況を調べさせ、あわせ

て報告をおこなった。このとき劉秀は臨平よりさらに北へすすんで盧奴《ろど》県にいた。耿弇と祭遵《さいじゅん》らに張豊を討たせた。祭遵という将軍は、昆陽《こんよう》の戦いのあとに劉秀に嘱目《しょくもく》された。わずかな不正もみのがさない厳正《げんせい》の人である。

涿郡にはいった漢軍と戦った張豊の軍は、不利をかさねた。自軍の衰容《すいよう》をみた郡の功曹《こうそう》の孟広《もうこう》は、

――ともに滅びてたまるか。

と、心をひるがえし、主君である張豊を捕えるや漢軍につきだした。

すぐに張豊は斬られた。これによって涿郡の平定は成ったといってよい。

――つぎは、東方と南方か。

そう考えて帰途に就《つ》こうとしていた劉秀のもとに、呉漢からの報告がとどけられた。

「五校の賊を討滅《とうめつ》しても、東郡は動揺しつづけているのか。よろしい、呉漢は東郡を平定するように――」

そう使者に命じた劉秀は、六月に洛陽に帰還した。が、席をあたためるまもなく、七月には豫《よ》州の譙《しょう》県に行幸した。劉永が死んでも、その残存勢力を消去できない蓋延の戦いぶりに、苛立《いらだ》ったといえる。

功の軽重

東郡《とう》の鎮撫《ちんぶ》を終えた呉漢《ごかん》は、近隣の郡に賊がいることを知った。

「清河《せいが》に長直《ちょうちょく》の賊がいて、平原《へいげん》に五里《ごり》の賊がいます」

郵解《ゆうかい》の報告にうなずいた呉漢は、

「まず長直を攻める」

と、いい、軍を北上させて冀州《き》にはいった。清河は冀州の東南端にあって、前漢の時代には郡であり、後漢の時代には国となる。呉漢が軍を往来させている時点では、郡であると想《おも》ってよい。

東郡にいた呉漢軍が急に清河郡にはいってきたので、長直の賊はあわてふためき、戦うまもなく逃げた。だが、呉漢軍の速さは尋常ではない。長直の賊は追いつかれて大破された。

「つぎは、五里の賊だ」

呉漢は軍を東行させて、平原郡にむかった。どの郡がどの州に属しているか、いちいち述べるのはわずらわしいが、とにかく平原郡は青州《せい》に属しているといっておく。平原郡は清河郡の東隣にあるので、州はちがっても、呉漢軍は長距離をゆくわけではない。

平原郡にはいった呉漢軍は、すぐに戦闘にはいった。五里の賊は呉漢軍の進路を予想していたらしく、急襲を敢行した。だが、呉漢も五里の賊の位置をかなり正確に知っており、

「いきなり襲ってくるぞ」

と、全軍に注意を喚起《かんき》しておいた。

心構えができている呉漢軍の将士は、急襲をうけてもたじろがず、半日後には、攻勢に転じた。戦いは三日間つづいたが、ついに呉漢軍が賊軍を圧倒した。

四散した賊兵をしばらく追わせた呉漢は、かれらに再起する余力がないとみきわめると、追走をやめさせた。

引き揚げてきた兵をみた魏祥《ぎしょう》は、

「いつまでこういう討伐がつづくのでしょうか」

と、つぶやくようにいい、嘆息した。

賊といえば、昔、緑林《りょくりん》、赤眉《せきび》など大きな賊がいたが、数は多くなかった。ところが王莽《おうもう》軍がかれらの討伐に失敗し、劉縯《りゅうえん》、劉秀《りゅうしゅう》兄弟が挙兵したあと、賊は各地に叢《そう》生《せい》した。王莽側からみれば、劉縯と劉秀は賊軍の将帥《しょうすい》にすぎなかった。

——賊軍を官軍に変えるからくりが時代にはある。

そのからくりを認めない者たちが、劉秀の威令に従わず、さからいつづけている。たしかに武力で劉秀を斃《たお》せば、勝利者は天子となり、天下に号令をくだせる。まだそういうからくりが残っているともいえる。

「人が妄想から脱するには、時がかかるものだ」

呉漢はふたたび東郡にはいるべく、平原郡内の諸県を巡撫《じゅんぶ》しつつ、ゆるやかに軍を南下させた。この南下路は河水《かすい》にそっていて、河水のほとりはすっかり秋景色である。ほとんど丘阜《きゅうふ》がなく平坦なので、風が吹けば、みわたすかぎり草が波うち、夕日のころは、赤色と黄色が輝き乱れて幻想的である。そのかなたに黒ずんでゆく河水がある。

呉漢は軍を河水に近づけなかった。

——秋は、大雨がある。

ここでその大雨に遭《あ》わなくても、上流に豪雨があれば、突如、河水は氾濫《はんらん》する。数万の兵は、一夜で溺死《できし》する。そういう惨状を恐れたためである。

賊軍との戦闘があれば、そのつど、劉秀に報告している。もどってきた使者は、

「どうも蓋延《こうえん》将軍は、天子を怒らせるほどまずい戦いをしているようなので、ほどなく天子のご親征があるかもしれません」

と、呉漢に告げた。

「蓋延は、蘇茂《そぼ》と周建《しゅうけん》を追っていったはずだが、いまどこで、たれと戦っているのか」

「逃亡したふたりは、海西《かいせい》王の董憲《とうけん》のもとに逃げ込んだので、いまは董憲との戦いになっています。董憲の本拠は東海《とうかい》郡の郯《たん》県なので、そのあたりが戦場になっているはずです」

「ふむ、蓋延が天子を恚怒《いど》させるほどまずい戦いをしたというのは、どういうことか」

「蘭陵《らんりょう》城の攻防に関して、ということしかわかりません」

「蘭陵……」

呉漢は近くの祇登《きとう》に目で問うた。うなずいた祇登は、

「蘭陵は、郯県の西にあります」

と、いった。

蘭陵の攻防における蓋延の失敗は、呉漢の軍歴にかかわりがないので、手短《てみじか》に述べておく。

蓋延は破竹の勢いで軍を東方にすすめ、東海郡出身の董憲の勢力圏に侵入した。この漢軍の猛威を恐れ、董憲から心を離した将が賁休《ほんきゅう》であり、かれは蘭陵を挙《あ》げて漢軍に降伏した。それを知った董憲は大いに怒り、郯県から出撃して蘭陵城を包囲した。そこで、

「蘭陵城を救いにゆきます」

と、蓋延は劉秀に報《しら》せた。ところが戦況の全容を知った劉秀は、戦略の急所がわかっており、

「ただちに郯県を攻めよ。そうすれば蘭陵の包囲はおのずと解《と》けるであろう」

と、命じた。これは孫子の兵法のなかでも、孫臏《そんぴん》の兵法といわれるもので、もつれた糸の大本《おおもと》を絶《た》つやりかたである。しかしながら蓋延はこの命令に従わず、まっすぐに蘭陵にむかい、董憲の計略にはめられて敗走することになり、しかも賁休を死なせてしまった。さらにまずいことに、蓋延は属将である龐萌《ほうぼう》に叛《そむ》かれた。また属将に叛かれた、と強調すべきであろう。

くわしく東方の戦況を知らない呉漢でも、

「天子がみずから征伐なさらなければ、東方の平定は成らぬかもしれぬ」

と、いうしかなかった。

このとき、近隣の県をめぐって情報を蒐《あつ》めてきた郵解がもどってきた。

「鬲《かく》県に叛乱がありました」

「あそこは……」

平穏な県であったはずではなかったのか。平原郡で五里の賊を撃破したあと、その郡の北部にある鬲県に騒動はなかった。

「賊が鬲県にはいりこんだのか」

「いえ、賊ではないのです」

叛乱を起こしたのは、その県に住む五人の有力者で、かれらは協力して県長などを放逐《ほうちく》して、自治の旗を樹《た》てたという。叛乱のなかでも特殊な例であるといってよい。

「よし、鬲県へゆくしかあるまい」

呉漢は軍のむきをかえさせ、急速に北上した。鬲県を遠望できるところまで進出したとき、呉漢は軍を停止させた。そのまま軍を動かさない呉漢は、郵解、魏祥、左頭《さとう》などをつかって調査をおこなわせた。これが、三日も四日もかかったので、いぶかっ

た佐将たちが呉漢に詰め寄り、

「大司馬《だいしば》は敵の城を目前にして、なにをためらっておられるのか。早く攻めましょうぞ」

と、声を荒らげた。が、呉漢はひとり静かに、

「われに考えがある。城攻めはゆるさない。あえて兵をすすめた者は、容赦なく斬る」

と、きびしくいった。

調査をしてもどってきた者たちの報告をきいた呉漢は、すぐさま況巴《きょうは》に、

「郡守にやってもらう仕事がある。文を書いてもらおう」

と、趣旨《しゅし》をいい、執筆をうながした。

こういう内容である。

「鬲県に叛乱を起こさせたのは、県長など県を治める者たちが悪く、罪はかれらにある。すみやかにかれらを逮捕し、城中の者たちに謝罪すべし」

この勧告文をうけとった郡守は、あわてて捕吏を出動させて、県長などを逮捕させた。その事実を知った呉漢は、況巴、角斗《かくと》、左頭などを城中に送り込んだ。

城門が開いた。

叛乱を起こした五人が城門のまえにならび、呉漢が到着すると、そろって地に膝《ひざ》をつけ、深々と頭をさげた。それをみた佐将たちは、

「戦うことなく、城をくだす。凡人のおよぶところではありません」

と、感嘆した。

これは呉漢が将軍として成長しつづけているあかしであろう。むしろ劉秀が皇帝に即位すると同時に呉漢をすべての将軍の上に置いたという慧眼《けいがん》に驚嘆すべきなのかもしれない。そういう人を見抜く目は、どこから生じたのであろうか。劉秀はほどほどに学問をした人であり、呉漢はまったくといってよいほど学問をしなかった。ふたりに共通点があるとすれば、農業において作物を育てるのがうまい、ということだけである。天を知り、地を知れば、おのずと人を知ることができる、ということであろうか。

劉秀の使者が到着した。

「天子はすでに譙《しょう》県に行幸《ぎょうこう》なさり、南方を親征なさっています。譙県から南下なさって、寿春《じゅしゅん》へむかうご予定であると拝察しました。天子は、かつて淮南《わいなん》王と称し、いまや天子と称している李憲《りけん》を征伐なさるのです。大司馬は北へむかわれて耿弇《こうえん》と王《おう》常《じょう》の二将軍を督率《とくそつ》なさって、彭寵《ほうちょう》を助けている富平《ふへい》の賊、獲索《かくさく》の賊などを討滅《とうめつ》するように、という天子のご命令です」

「ただちに――」

呉漢は使者にむかって拝《はい》の礼をおこないつつ、なさけない、と心のなかでつぶやいた。そうではないか。王朝にはあまたの将軍がいるのに、北方、東方、南方のどの方面の平定も成らず、皇帝がみずから戎衣《じゅうい》をまとって遠征しなければならない。

ちなみに西方に関しては、事情が微妙である。

西方には、

「隗囂《かいごう》」

「盧芳《ろほう》」

「公孫述《こうそんじゅつ》」

という三雄がいる。三人の出身地についていえば、隗囂は天水《てんすい》郡、盧芳は安定《あんてい》郡、公孫述は右扶風《ゆうふふう》である。なお後漢の時代になると、天水郡は漢陽《かんよう》郡と改称されるが、この時点では天水という郡名は生きている。さらにいえばこの天水郡の東端に、

「隴《ろう》山」

という山があり、この山より西の広域を、

「隴右《ろうゆう》」

と呼ぶので、天水郡全体が隴右ということになる。隗囂と盧芳は出身地が本拠地に

なったといえるが、公孫述だけは、長安《ちょうあん》に近い郡に生まれながら、赴任先の蜀《しょく》郡を本拠とした。

微妙な事情といったのは、隗囂にそれがあてはまる。

隗囂は、王莽の時代に、国師《こくし》として尊崇《そんすう》された劉歆《りゅうきん》に仕えて長安にいた。劉歆の死後に帰郷したが、叔父の隗崔《かいさい》と兄の隗義《かいぎ》が更始《こうし》帝の快進撃に応ずるべく挙兵したため、やむなく賛同し行動をともにした。その後、かれらの盟主となり、軍の将師となった。かれの下には三十一将があるという大勢力をたばねたのである。十万の兵力を率いて西方の諸郡を平定したかれは、更始帝に招かれると速断して、長安に到り、右《ゆう》将軍となった。もともと隗囂は勤皇《きんのう》の心が篤《あつ》いというみかたもできるが、独特な正義観をもっているといったほうがよいであろう。隗囂とともに更始帝に仕えることになった隗崔と隗義は、王朝の内情をのぞいてその怠放《たいほう》にあきれ、更始帝をみかぎって去ろうとしたが、隗囂にそむかれ、密告されたため、そろって誅殺《ちゅうさつ》された。叔父と兄を殺しても更始帝につくそうとした隗囂には、特別に更始帝と通いあうものがあったのであろう。

しかし、赤眉軍が関中《かんちゅう》にはいり、劉秀が河北《かほく》で即位したことを知った隗囂は、

――更始帝を東方へ移すべきだ。

と考える諸将に賛同した。この計画が実行されれば、歴史は別の様相をみせたであろう。だが、更始帝が東方へ移ることをいやがったため、その計画は、謀叛《むほん》とみなされた。当然、隗囂も謀叛人とされ、更始帝から兵をむけられた。このときの隗囂の哀しさは、察するにあまりある。かれは包囲陣を突破し、数十騎とともに平城門《へいじょうもん》をでると、西へ去った。

故地で、かつての威勢をとりもどした隗囂の名声は高まるばかりとなった。

劉秀はいちど隗囂に武力をむけたが、あっけなく払い除《の》けられると、友誼《ゆうぎ》をむすぼうとした。この変化に応《こた》えて、隗囂は洛陽《らくよう》に到った。劉秀はかれを殊礼《しゅれい》をもって迎え、厚遇した。それが建武三年のことである。

すなわち盧芳と公孫述は劉秀の敵であるが、隗囂は盟友として立てられている。

――しかしながら……。

と、呉漢は首をかしげている。史上、最高の友情のかたちを、管鮑《かんぽう》の交わり、というが、管仲《かんちゅう》と鮑叔《ほうしゅく》がそろって政柄《せいへい》をにぎって国を治めたわけではない。管仲をまえに押しだした鮑叔が引いたがゆえに、富国強兵が成ったのである。天下の運営も、そうでなくては成り立たない。となれば、隗囂が引いたかたちで劉秀を陰助《いんじょ》するしかないが、はたしてそれほどの謙譲《けんじょう》を隗囂がするであろうか。

西方の事情が微妙である、といったのは、隗囂の真意がみえないからである。

――天子もおなじことをお考えであろう。

とにかく西方における最終的な敵は、公孫述になる。それだけは、この時点でも、わかっている。

せめて北方の敵を早くかたづけたい。そうおもいつつ、呉漢は冀州にはいり、耿弇と王常を援助すべく軍をすすめた。

彭寵との戦いには、朱祐《しゅゆう》、祭遵《さいじゅん》、劉喜《りゅうき》などの将軍も参加している。かれらは健闘して、前線を旧広陽《こうよう》国まで北上させた。もうすこしで彭寵の本拠である漁陽《ぎょよう》郡に踏み込める。

耿弇と王常に会って北方の戦況を知った呉漢は、

――東方の蓋延とは、だいぶちがう。

と、おもい、内心ふたりを称《ほ》めた。北方の討伐団に誤謬《ごびゅう》はない。諸将の連携《れんけい》もよく、力を合わせて、じりじりと彭寵に迫っている。

「大司馬には、お願いしたいことがあります」

その願いとは、彭寵に協力している富平の賊と獲索の賊が漢軍の後方をおびやかすので、討滅したいということである。そう述べた耿弇は、王常とともに呉漢に従って冀州へゆくといった。

「彭寵攻めは、いまが肝心なところではないのか。どれほどうるさい賊でも、賊は賊にすぎない。真の敵から目をそらしてはなるまいよ」

そう耿弇をさとした呉漢は、北方諸将の戦果をしっかりみとどけるまで、寥乎《りょうこ》たる大地に陣営を設けて、軍を動かさず、二賊に後方を攪乱《かくらん》されないように睨《にら》みをきかせた。

冬、追いつめられつつある彭寵は、大反撃をこころみた。弟の彭純《ほうじゅん》を遣《や》って匈奴《きょうど》の兵二千騎を率いさせ、彭寵自身は一万の兵を率いて、二つの道から祭遵と劉喜を襲おうとした。それを察知した耿弇の弟の耿舒《こうじょ》は、上谷郡《じょうこく》の南端にある軍都《ぐんと》県に兵を伏せ、通過する彭純の騎兵隊を急襲し、匈奴のふたりの王を斬って、その隊を潰滅させた。それを知った彭寵はあわてて引き返した。

軍都の戦いにおける敗北が、彭寵の余命を絶ったといってよい。

——この機に、軍都県を取ろう。

と、軍をすすめた耿弇は、たやすくその城を落とした。もともと上谷郡内の諸城は太守であった父の治下にあったものである。とにかく、これで漁陽に通じる道のうち、南と西をふさいだことになる。

「あとは、弟にまかせておきたい」

耿弇は上書《じょうしょ》をおこない、二賊を討て、という勅許《ちょっきょ》を得たという。

——ははあ、耿弇は功を弟にゆずりたいのだな。

呉漢はそう察した。

上谷郡が彭寵に攻め取られたあと、耿弇は父を救うべく、ずいぶん気をつかった。父が彭寵に協力して上谷郡をさしだしたと劉秀にみられることを恐れ、

「わたしを人質にして洛陽にすえてください」

と、耿弇は劉秀の意向をさぐった。

劉秀は苦笑して、

「将軍が一族を挙《あ》げて国家のために働いてきたことは、あきらかではないか。いまさら、なにを愁《うれ》え、なにを疑って、洛陽にきたいというのか」

と、とどいた上書をしりぞけた。だがこの一族は用心深いのか、耿弇の父の耿況《こうきょう》は三男の耿国《こうこく》に、

「なんじが兄にかわって洛陽へゆけ」

と、送りだした。劉秀という皇帝は漢の高祖である劉邦《りゅうほう》ほど猜疑《さいぎ》心は強くないとわかっていながら、

——どれほどすぐれた人でも、皇帝となれば人変わりする。

という恐れを耿氏一族はもっているらしい。

「かれらにくらべると、われはのんきなものだ」

と、呉漢は左右に笑ってみせた。たしかに妻子を洛陽に残してきたが、それには人質という意味あいはない。諸将をよくみれば、それぞれ弟や子を劉秀に近侍《きんじ》させ、一種の人質をさしだしている。

「われも子を入侍《にゅうじ》させたほうがよいのか」

この呉漢の問いに、

「唐突《とうとつ》になされば、かえって疑われます。なさるのであれば、さりげなく——」

と、況巴がいった。

「いや、なさる必要はない。大司馬が天子に人質をさしだせば、かならず記録され、天子のねうちがさがる。いまの天子を、大司馬を疑った天子にしたくない。主《しゅ》は天子に絶大に信頼されている。人は、気をつかわれると、気をつかいかえさねばならない。それが礼であるというみかたもできるが、皇帝という多忙の人には、ひとりかふたり、気をつかわずにすむ存在が欲しい。そのひとりが、主です」

と、祇登がいった。

「そういうものかな……」

たしかに人にはふしぎな感覚があり、敬愛をむければ親和がかえってくるし、憎悪をむければ険陂《けんぴ》がかえってくる。用心すれば、むこうも用心する、ということになろうか。とにかく天子には無用の用心をさせたくないというのが呉漢の真情ではある。人質の提出の件に関してなにも行動をおこさないことが、政治的に幼稚であるとそしられれば、甘んじてそのそしりをうける。それでよいではないか、と呉漢は心のなかで断言した。いまは軍事に専念したい。

「さて、二賊はどこにいるか」

呉漢は偵探《ていたん》の隊をいくつか放って軍をゆるゆると南下させた。

ほどなく建武五年の正月になった。

呉漢よりも劉秀のほうがよほどいそがしかった。去年、この皇帝は南方の寿春までゆき、馬成《ばせい》ら四将軍をつかって、李憲を本拠の舒《じょ》県に封じ込めたあと、いったん洛陽にもどり、冬に、ふたたび親征のために南陽《なんよう》郡にはいり、軍を黎丘《れいきゅう》まですすめた。朱祜ら三将軍に、秦豊《しんほう》を包囲させたのである。

南方における奸人《かんじん》の雄《ゆう》とは、李憲と秦豊であり、劉秀はみずから遠征軍を率いてそのふたりを封閉《ふうへい》した。

——あとは枯れるのを待つだけ。

という隙《すき》のない状況を形成して、洛陽に帰還したのが、今年の正月である。なんのことはない、軍事においてももっとも働いているのは皇帝である。それを心苦しく感じた呉漢は、

「われらも、はげもうぞ」

と、励声《れいせい》をさらに大きくした。

「二賊を発見しました」

この報せに接した呉漢は、軍を東南にむけて冀州をすすんだ。だが、呉漢軍を発見したのは賊軍のほうが早く、その二賊はわかれて、一軍は急襲をかけるべく待機した。それを偵知しえなかった呉漢軍は、賊軍から遠くないところで夜営した。

深夜、

「敵襲——」

という叫びが、呉漢のねむりを破った。すぐには起きず、横になったまま、呉漢は、

「立ち騒いではならぬ。沈黙をつづけていれば、われらの所在はかくされ、賊は進路を失って退くであろう」

と、弟の呉翕《ごきゅう》や角斗などにいい、軍中の混乱を鎮《しず》めさせた。そのため、この軍は

急襲されても不動の陣となった。やがて、

——静かになったな。

と、感じた呉漢は、おもむろに起きて甲《よろい》をつけ、闇を睨んで、

「いま賊兵は退きはじめた。それを撃たないで、どうする」

と、高らかにいい、馬に乗った。

——主は、闇のなかを進退する賊兵が、みえるらしい。

角斗ら近臣は舌をまいた。

呉漢軍が動いた。軍営を出撃した兵は賊兵に追いつき、大いに破った。軍営にもどる必要のない呉漢軍は追走をつづけた。

「やあ、二賊が合流して逃げてゆくわ」

哄笑《こうしょう》した呉漢は軍の速度をゆるめなかった。呉漢軍の速さに辟易《へきえき》した二賊は、青州の平原県に達すると息切れした。それにひきかえ呉漢軍の兵は、肩で息をしている者はひとりもいない。

「賊の足が止まったぞ。かかれや」

この猛攻によって、富平と獲索の賊はこなごなにくだけ散り、戦意を喪失した四万余の賊兵が降伏した。

桃城の戦い

平原《へいげん》という邑《まち》は、戦国時代には趙《ちょう》という国に属して、河水《かすい》の東岸域にあった。河水を渡るための重要な津《みなと》があったと想《おも》ってよい。

天下が統一されて秦《しん》の時代になると、平原は県となり、済北《せいほく》郡に属《つ》けられた。やがて秦が滅ぶと、前漢の時代となり、平原県は平原郡の中心地となった。県の近くをながれる河水はたびたび氾濫《はんらん》して川筋を変えたが、後漢の時代には、平原県の東南をながれるようになった。県はすこし河水から遠ざかったが、それでも青《せい》州と冀《き》州を往復するには、平原県を通る。交通の要衝《ようしょう》であることに変わりはない。

ゆえに、この地での戦いが多い。

平原県の近くで、富平《ふへい》と獲索《かくさく》の賊を潰滅《かいめつ》させた呉漢《ごかん》は、劉秀《りゅうしゅう》のもとに使者を送ってつぎの指図を仰いだ。

帰ってきた使者は顔に厳色《げんしょく》を保ったまま、呉漢と耿弇《こうえん》にむかって、

「燕《えん》王と称していた彭寵《ほうちょう》が死にました。奴隷《どれい》に首を獲《と》られたようです。彭寵の従弟《じゅうてい》である子后蘭卿《しこうらんけい》が将軍となり、彭寵の子である彭午《ほうご》を燕王として立てましたが、すぐに彭午は暗殺されました。したがいまして、漁陽《ぎょよう》郡の平定は確実なものとなりました」

と、述べた。

——彭寵が死んだ。

とっさに呉漢は耿弇の顔をみた。その顔には、一瞬、安堵《あんど》の色が浮かんだ。彭寵との戦には、耿弇の一族の浮沈がかかっていた。その戦いに勝った時点で、耿弇の一族は安泰になったといってよい。ここまで耿弇は、つねに父を気づかい、弟を立てようとしてきた。族を繁栄させようとする所作である。

——若いくせに、こまかな心くばりをする。

兄弟そろって栄えたいなどと、おもったこともない呉漢は、感心して耿弇をみた。そういう心のありようとはべつに、旧主である彭寵が使用人である奴隷に裏切られて、首を切られた事実に、愁嘆の感情が刺激された。どのような死にかたであっても、いちどは燕王と称して北方の覇者《はしゃ》となった。それで彭寵は満足であったのか、それとも、

こうなるはずではなかったと悔やんだのか。彭寵が傲慢《ごうまん》で尊大なだけの人ではなかったことを、呉漢は知っている。彭寵がもちあわせているやさしさ、おもいやりを正しいかたちで発揮できず、叛逆者として時代の闇に墜落していったことを、ひそかに嘆き悼《いた》んだ。

「それで、天子のお指図は――」

呉漢は気分を変えて、使者に問うた。

「北方の鎮定が必定《ひつじょう》となれば、当面の敵は、東方と南方の賊帥《ぞくすい》です。そこで天子は建威《けんい》大将軍に二将軍を属け、東方で斉王《せい》と称している張歩《ちょうほ》の討伐をお命じになりました。また大司馬《だいしば》には、東方の賊の掃蕩《そうとう》をお命じになりました」

ここでも主役は耿弇であり、呉漢は脇役《わきやく》にまわった。それがわかる耿弇は、呉漢の顔色をうかがいつつ、

「では、ここでお別れすることになりますが……」

と、いった。

――気のつかいすぎだ。

苦笑した呉漢は、

「ぞんぶんに働かれよ。北方におけるあなたの懸念《けねん》は去った」

と、あっさりいい、さきに耿弇の進路を定めた。張歩は強大な敵である。かれの支配地は戦国時代の斉国に比肩《ひけん》できるほど広大である。実力は天子を自称した劉永《りゅうえい》より上であろう。しかも劉永ほど尊大ではなく、勤皇《きんのう》の志をもち、徳が高い。かつて更始帝《こうしてい》からつかわされて琅邪《ろうや》郡の平定にむかった王閎《おうこう》は、張歩と戦ったあと、その徳の高さにひざまずいて、いまやかれの謀臣になっている。

――それほどの難敵を、たった三将軍に攻めさせようとする天子の深意はどういうものか。

呉漢は主戦場からはなれて賊を潰《つぶ》してゆくだけである。

「あなたのことだから、すでに調べはついていようが、張歩は琅邪の出身でありながら、その郡は王閎にまかせ、自身は琅邪より北の劇《げき》県を本拠としているときいた。ここ平原からまっすぐに東進すると劇県に到るが、そこまではかなり遠い。輜重《しちょう》が尽きぬ工夫をして進んでもらいたい。もしも尽きそうであったら、われに報《しら》せるがよい」

呉漢は、耿弇軍が孤軍《こぐん》になる危険を想った。危急を知れば、かならず助けにゆく、と暗にいったのである。このおもいやりを察せられぬほど耿弇は鈍感ではない。

「かたじけない」

呉漢に頭をさげて耿弇は出発した。

「さて、われらも征《ゆ》くか」

呉漢は腰をあげた。敗残の賊をかたづけるための巡察《じゅんさつ》であるといってよい。

「諸郡の掃除《そうじ》にゆくようなものだ」

と、いって馬に乗った呉漢は、軍頭を南にむけた。呉漢軍はまっすぐに南下して無《む》塩《えん》県に到り、こんどははるばる北上して平原郡の北の勃海《ぼっかい》郡まで進撃した、というのが史書に記されている順路である。が、劉秀がおこなう親征やほかの将軍の攻略図を照合すると、勃海郡への進撃がさきで、それを終えて南下し、無塩県に到ったとみたほうが、つじつまが合う。というのは、呉漢が劉秀の使者を迎えて、

「任城《じんじょう》にきたれ」

という命令をうけたのが、東《とう》郡においてであることは、ほぼまちがいはなく、無塩県が東郡の郡境にかなり近いからである。しかも無塩県の南に位置する任城県が、かけはなれていたわけではない。

とにかく劉秀は東方に行幸《ぎょうこう》し、任城県を諸将の集合地とした。

六月である。

この時点までに、朱祐《しゅゆう》に黎丘《れいきゅう》を包囲されていた秦王（秦豊《しんほう》）が降伏し、洛陽《らくよう》に送ら

れて、斬られた。またひとり奸雄《かんゆう》が消えた。

南方の鎮定がすすんでいるのに、東方はさっぱりかたづかない。

劉永の子の劉紆《りゅうう》をひきとったかたちの董憲《とうけん》を攻めた蓋延《こうえん》が、劉秀の指図に従わず、大失敗をしたせいで、劉秀がみずから軍を率いて董憲を討たねばならなくなった。

ふりかえってみれば、睢陽《すいよう》を本拠としていた劉永は、斉王の張歩と海西《かいせい》王の董憲を盟下に置いていたのであるから、一大帝国を築いていたことになる。その広さを、戦国時代の国名でいえば、魏《ぎ》と斉それに楚《そ》の一部が合体したほどであり、更始帝と覇権を争うに充分な国力をもっていた。劉秀の台頭はかれらにとって予想外であったろう。

任城に近づいた呉漢は、

「董憲と張歩が連絡をとりあい、連合して迎撃《げいげき》の陣を布《し》くということはないのだろうか」

と、祇登《きとう》に問うた。

わずかに口をゆがめた祇登は、

「愚問ですな」

と、答えた。

「これは、愚問か」

「そうではありませんか。耿弇どのが、なんのために張歩の勢力圏を崩そうとしているか、おわかりになっておられたのではありませんか」

「あっはっは」

呉漢はのけぞって笑った。

さきに平原県をあとにした耿弇軍は二将軍の軍を両翼として、おもむろに東進し、朝陽県《ちょうようけん》から済河《せいが》を渉《わた》ったらしい。その徒渉《としょう》に関していえば、船をつかわず橋を架《か》けたようである。そのほうが便利であったか、大いに用心したためか、理由はよくわからない。とにかく耿弇軍は張歩の支配地にかまびすしく踏み込んだのである。

この強烈な侵入におどろいた張歩が防禦《ぼうぎょ》に手一杯《ていっぱい》となり、とても董憲に手を貸せないであろうことは、一兵卒でもわかる。大司馬としてこれ以上の愚問はあるまい。

——天子の戦術眼は、千里眼というべきか。

呉漢の目は、百里さきはみえても、千里さきはみえない。だが劉秀という天子には、千里さきがみえる。

「それほどの天子が、東方平定を、軽佻《けいちょう》な蓋延にまかせたのが解《げ》せぬ」

呉漢は頭を掻《か》きながら問いをかえた。

「天子は臣下の失敗をお責めになりません。信賞必罰《しんしょうひつばつ》は、確乎《かっこ》たる王朝が形成されてからなされるべきで、いまはまだ諸将を培養《ばいよう》すべきなのです」

ひとつの失敗でその将を誅《ころ》していては、諸将と軍全体が畏縮《いしゅく》してしまう。失敗を犯した将は、誅罰《ちゅうばつ》を恐れるあまり、敵陣へ奔《はし》り込んでしまう。

「秦の時代に、章邯《しょうかん》という名将がいましたが、軍法の厳しさを忌憚《きたん》して、敵将である項羽《こうう》に降《くだ》りました。天子はそういう例をよくご存じなのです。ゆえに、いのちからがら逃げかえってきた蓋延をお叱《しか》りにはならぬでしょう」

蓋延は劉秀の寛容《かんよう》につけこんで厚顔無恥《こうがんむち》のまま呉漢を迎えるであろう。

——教えがいのない男よ。

任城に到着した呉漢は、しらじらしい態度をしているにちがいない蓋延の顔をみたくなかったが、諸将の上に立つ大司馬として、ねぎらいの使者を遣《や》った。そのことで蓋延はたいそう喜んだらしい。

「大司馬だけは、われの奮闘ぶりをみのがさなかった」

蓋延はそういってはしゃいだようである。

——あいかわらず、自分のことしか考えていない。

すでに諸将が劉秀のもとに集合している。蓋延、王常《おうじょう》、王梁《おうりょう》、馬武《ばぶ》、王覇《おうは》という顔ぶれである。

軍議のはじめに、劉秀は、

「このたびの戦いには、大司馬がいてくれる。われは大船に乗って大河をくだるときのように、安心している」

と、いい、席をなごませた。実際、列席の将軍たちも、天子と大司馬がそろっていれば、この討伐が無益で終わるはずがないという見通しをもった。呉漢の軍が電光石火《でんこうせっか》の速さをもち、しかも不敗であることを知らぬ者はいない。

すでに戦闘ははじまっている。

任城より六十里さきに桃城《とう》がある。この城が、董憲の属将である蘇茂《そぼ》と佼彊《こうきょう》それに龐萌《ほうぼう》によって攻められている。まえに述べたように蘇茂と龐萌は蓋延の遠征を佐《たす》けていた将軍であり、このふたりを裏切らせた蓋延の徳のなさはどうであろう。ちなみに佼彊は劉永に仕えていた将軍である。それはそれとして、桃城を守っている将士は二十日余の猛攻に耐え、救援軍の到着を待ちこがれている。それがわかっていながら任城県にはいった劉秀は、

「しばらく待て」

と、逸《はや》る諸将の出撃をゆるさず、呉漢が合流するのを待った。

桃城を攻めている三将のうしろには董憲がいる。董憲とその主力軍が昌慮《しょうりょ》県と新《しん》

陽《よう》県のあいだに駐屯していることもわかっている。その位置は桃城から遠くないが近くもない。絶妙な距離を保っているといえるであろう。董憲が本気になっているあかしである。敵将の覇気がなみなみならぬとなれば、劉秀も用心せざるをえず、

――呉漢でなければ、失敗する。

と、おもい、すぐに桃城の救援にむかわなかった。

「桃城を攻めている兵は三万である。わが軍のほうが兵力は大きいが、敵を軽んじてはならぬ」

そう属将をいましめた劉秀は、翌朝、任城県をでた。それを知った蘇茂らは布陣を改めた。

三将は首を寄せ合って、

「敵の本陣にいる劉文叔《りゅうぶんしゅく》の首を獲ってしまえば勝ちだ。敵将のなかでやっかいなのは呉漢のみで、あとは凡才《ぼんさい》ばかりだ。かならず呉漢が先鋒を率いてくるので、それを塁塹《るいざん》でふせぎ、二軍は左右にわかれて、敵陣の側面を衝《つ》く。そこにかならず劉文叔がいる。かれは本陣を後方に置くことはしない」

と、確認しあった。じつはこの戦いかたは、戦国時代の名将の白起《はくき》が択《えら》んだ戦術であるが、かれらはそれをまねしたというより、たまたま似たようなものになった、と

いったほうが正しいであろう。

桃城に近づいた漢軍の将士は、堅固な塁をみた。塁は土の城といいかえてもよいが、そこにあるのは予想以上に長大である。

先陣にあって敵の塁をながめた呉漢は、

「みじかい間に、よく造ったものだ」

と、感心した。劉秀の遠征軍には城攻めの大型兵器があるので、それらをまえにだして前進を開始した。城門を破るための衝車《しょうしゃ》を用いて土の壁を破るつもりであったが、塹《ほり》がじゃまになった。塹を埋めるには時がかかる。敵の矢がふりそそぐなかでの作業である。梁《はし》を架けても、衝車の威力は発揮できない。平坦な地を勢いよく走らせてこそ衝車は破壊力を増す。

「大楯を立て、ゆっくり前進せよ。工作兵を集めて塹を埋めさせよ」

呉漢はいきなり突撃することを避けた。そのため先陣につづく陣の兵は足ぶみをした。だが劉秀は呉漢がなにをはじめたか、わかっており、

「今日のうちに戦闘はない」

と、左右にいい、甲《よろい》をぬいでくつろいだ。

ところが、塁のなかにいるはずの敵軍がひそかに左右に旋回して、午後に、漢の中

軍を急襲した。蘇茂と龐萌の軍は漢軍の虚《きょ》を衝いたのであり、中軍の左右の脇腹を深々とえぐった。

本陣の前後左右を固めている将にも気のゆるみがあり、突然、出現した敵軍にすばやい応戦ができなかった。その破綻《はたん》をみすました蘇茂と龐萌は、

「劉文叔を討ち取れるぞ」

と、狂喜した。

戦いの巧者である劉秀は、めったに惨敗しないが、かつて河北《かほく》を平定する際に、連戦連勝したため、騎虎《きこ》の勢いで突きすすみ、反撃されて大敗したことがある。劉秀の身は賊兵の刃にかすめられ、高い崖から飛びおりた。いままた、賊兵が本陣に踏み込み、ふたたび甲をつけ終えたばかりの劉秀に斬りつけた。剣をもったまま組み討ちになったのであるから、賊兵の必死さはすさまじかった。が、劉秀は体技にもすぐれている。この組み討ちに克《か》ち、危亡《きぼう》を脱した。

「本陣が壊乱《かいらん》しています」

先陣にいた呉漢にとって、うしろから冷水を浴びせられたような報せである。

大いに動揺した。ただちに後退して劉秀を援《たす》けたかった。だが、呉漢はふりかえらず、

——天が皇帝を誅さぬかぎり、いまの皇帝が斃《たお》れようか。

と、心中で叫んだ。先陣が退却すれば、全軍が総崩れとなる。せめて先陣だけでも不動であれば、この危機を乗り切れる。

直感である。

劉秀という皇帝がここで死ねば、自分も殉《したが》うように死ぬことになろう。おそらくそれが天意であり、天意にはさからえない。すると、自分が死ななければ、劉秀も死なない。呉漢はそう信じて、前方の土の城だけをみつめた。

呉漢がまったく狼狽《ろうばい》をみせなかったので、先陣の将士も躁擾《そうじょう》をやめた。この戦場全体のなかで、ぶきみといえるほどの堅忍《けんにん》さを保ち、まったく乱れをみせなかった呉漢軍のありようが、土の城を守っていた佼彊に畏怖《いふ》を与えた。

「呉漢よ、本陣が崩壊しているのに、なぜ退かぬ」

ひたいに汗を浮かべた佼彊は、いらいらとくりかえし叫んだ。

人をほんとうに助けたければ、助けたいとする心を、棄《す》てることだ。至上の信頼とは、そういう自律《じりつ》の上に成り立つ。かつて管仲《かんちゅう》を助けた鮑叔《ほうしゅく》がみごとに実行したではないか。

日が西にかたむいたとき、衝車が走りはじめた。埋められた塹の上に多数の漢軍の旗が前進した。

「壁を突き崩せ」

この呉漢の声が消されるほどの破壊音がした。塁に大穴があいたのである。漢兵は喚声を挙《あ》げてその空隙《くうげき》に殺到した。塹が埋められたということは、どこからでも塁壁を乗り越えやすくなったということでもある。漢兵は佼彊の営所に斬り込んだ。やがて日没近くになり、営内に建てられていた櫓《やぐら》が炎上した。この火が、形勢を逆転させた。

遠い火を発見した蘇茂と龐萌は、

「佼彊は、あと一時《いっとき》、耐えられなかったのか」

と、つかんだ勝利をくやしげに棄てた。夕《よる》の風が吹きはじめた。この風はふたりの胸を冷ややかにかすめた。

立ち直った劉秀は、塁を打ち破った呉漢を称《ほ》めるまもなく、

「逃げ去った賊将の追撃などは、ほかの者にやらせる。なんじは昌慮県近くにいる董憲を討て」

と、命じた。

――そう、こなくてはならぬ。

賊の首魁《しゅかい》を討ってこそ、この遠征は成果を得る。桃城の救援などは瑣末《さまつ》のことであ

る。ただし劉秀は真の狙いをかくして、全力をそそいで救援したようにみせ、桃城にはいって諸将をねぎらうにちがいないと董憲におもわせている。夜のうちに呉漢軍だけを出発させたとは、さすがの董憲も想わぬであろう。

くどいようだが、呉漢軍は速い。夜間の行軍の速度はおどろくほどである。

「あなたさまと戦ったことがない者は、この速さは、信じがたいでしょう。敗報に接した董憲が目をあげると、眼前にこの軍がいるので、腰をぬかすかもしれません」

と、樊回《はんかい》が笑いながらいった。

だが、冗談めかしていったことが、数日後には現実のこととなった。

敗報をうけとった直後に呉漢軍の接近を知った董憲は、まさか、と驚愕した。将《しょう》帥《すい》のおどろきは軍全体のおどろきになる。気がまえと身がまえをおこたった兵は、疾走してきた三千ほどの突騎《とっき》にはじき飛ばされた。董憲の軍は一撃されただけで崩れた。

——呉漢の恐ろしさよ。

董憲はいのちからがら昌慮県に逃げ込んだ。猛追した呉漢軍は、昌慮県を包囲して、劉秀の指図を待った。

諸将を率いた劉秀は、昌慮県の西北に位置する蕃《ひ》県まで進出してきた。が、そこで停止した。

「なにゆえ、おすすみにならぬのですか」

　諸将はいぶかった。

「建陽県《けんようけん》に五校《ごこう》の賊がいる」

　五校の賊は呉漢に大破されたあと、東郡から東南へゆらゆらとさまよい、董憲とむすびついて、なんとか息を吹きかえした。その董憲の危難を知って、五校の賊は昌慮県の南にある建陽県まできた。漢軍にすきがあれば、董憲を救援するつもりであった。ところが昌慮県を包囲している軍を率いているのが呉漢であると知って、賊将たちは、

　――気がすすまない。

という顔をした。この軍も動かなくなった。かれらの行動の原理には慢性《まんせい》的な反抗心があり、かつては正義を希求《ききゅう》する心もあった。世が悪ければ、その世にさからうと、それが正義であった。ところが悪政の元凶であった王莽《おうもう》が死んだあと、各地で挙兵して天子や王を称した者たちの数がここまで減ってくると、五校の賊にも天下が収斂《しゅうれん》してゆく方向がみえはじめた。

　――おそらく天下を運営する者は劉文叔であろう。

　幾多《いくた》の戦いを経て五校の集団を引率してきた将帥である高扈《こうこ》は、そう強く感じ、おのれの引きかたと集団の解散のしかたを考えるようになった。かれの下にいる将も、

似たような意《おも》いをもつ者がいたため、

「董憲を救いにゆきましょう」

と、強く発言する者はいなかった。

劉秀は、あたかも五校の賊の内情を洞察《どうさつ》したかのように、

「五校にかぎらず賊軍の兵糧《ひょうろう》はつねにとぼしい。滞陣が十日をすぎることは、けっしてない」

と、属将にいい、塁を築かせて急襲にそなえただけで前進しなかった。

両軍は、昌慮県をまんなかにして、睨《にら》みあいにはいった。

やがて五校の賊はしずかに引いた。

「いまぞ――」

この劉秀の号令のもとに諸将は急進して、昌慮県を四面から激越《げきえつ》に攻めた。三日間、休むことなく攻めつづけた。

たまらず董憲は県外へ奔った。それを呉漢が猛追した。董憲を逃がすために後拒《こうきょ》にあたった佼彊は、追いつかれると、配下の兵に武器を棄てさせ、みずからを後ろ手に縛って、呉漢に降伏した。

独自の勘《かん》をもっている蘇茂は、董憲には従わず、追撃されにくい逃走路をさがすと、

はるばる張歩のもとまで逃げのびた。器用さに欠けている董憲は、龐萌とともにまともに東へ走りつづけ、繒山《そう》にたどりつくと、山中に身を隠した。そこがちらばった兵を集める場所となった。数百騎を得た董憲は、さらに東へ走って旧《もと》の本拠である郯城《たん》に還《かえ》った。

しかしながら呉漢の追撃は、敵に息もつかせぬ烈《はげ》しさがある。董憲に防備を厚くするゆとりを与えず、急撃し、城内に攻め込んだ。

——なんという速さか。

呼吸をととのえるまもなく、董憲は城を棄て、龐萌に佐けられて、また東へ走り、海に近い朐《く》県へのがれた。

この間、董憲に保庇《ほひ》されていた劉永の子の劉紆は、みすてられたかたちとなり、逃げまどっているうちに五校の賊に遭《あ》った。

「ああ、これで助かる」

一安を得たおもいの劉紆に、冷ややかな微笑をむけた高扈は、

「あなたの首は、手みやげにちょうどいい」

と、いい、左右の者をつかって劉紆の首を斬らせた。その首をもって、かれは劉秀の親征軍に降った。

東方平定

劉紆《りゅうう》が斬られたことにより、劉永《りゅうえい》帝国の本体はまぎれもなく瓦解《がかい》した。

残っているのは、その本体を左右から翼《たす》けていた董憲《とうけん》の勢力と張歩《ちょうほ》の武力である。ところが、いまや董憲は東海《とうかい》郡の東端に追いつめられて、その威勢は凋落《ちょうらく》しようとしている。

追っているのは、呉漢《ごかん》である。

またたくまに郯《たん》県を陥落させた呉漢は、逃走する董憲と佐将の龐萌《ほうぼう》を猛追し、ふたりが逃げ込んだ朐《く》県に迫り、すばやく包囲した。その報告をうけた劉秀《りゅうしゅう》は、

——これで董憲の命運は尽きた。

と、確信した。そうではないか。城を包囲する陣を布《し》いたのが、ぬかりのない呉漢であるかぎり、董憲らに逃げ道はない。まして朐県の東は海である。

劉秀の非凡さは、右目で董憲らを追っていながら、左目で張歩の進退をうかがっていたことである。かれは郯県まですすむと、そこに車駕《しゃが》をとどめ、

「あとは呉漢にまかせた」

と、いわんばかりに、進路をかえて下邳《かひ》まで南下し、そこから西へむかって彭城《ほうじょう》に行幸《ぎょうこう》した。董憲の王国であった地を巡って、主《あるじ》がかわったことを人民に知らせ、慰撫《いぶ》するための旅行であろう。この道順をみると、劉秀という人は、なんと働き者であろうか、と賛嘆せざるをえない。支配者の廃替《はいたい》を領民に告げるべく動きまわる皇帝など、かつていたであろうか。ただしこの行幸は軍事的な側面をもっていて、董憲および劉永の残党を掃除していった、と想《おも》うべきである。

　彭城から北へ、北へとすすんだ劉秀は、十月には魯《ろ》県に到着した。

　魯県は儒教の聖地である。

　当然のことながら、劉秀は大司空《だいしくう》を使者として孔子《こうし》を祠《まつ》った。ちなみに、この年の七月に沛《はい》県を通ったときには、高祖《こうそ》劉邦《りゅうほう》を祠った。そうすることによって劉秀はおのれの思想と王朝の性質を天下に知らしめた。さらにいえば、高祖にかぎらず前漢の諸王の廟《びょう》は、王莽《おうもう》によって破壊されたであろうから、劉秀は高祖の廟を再建したと想ってもさしつかえあるまい。

劉秀が魯県に進出したということは、張歩と戦っている耿弇《こうえん》を援助するためである。

——天子が北上している。

と、知った耿弇は、大いに奮励《ふんれい》して、ついに臨淄《りんし》県において決戦をおこない、張歩軍を大破した。この戦いは、寡《か》が衆《しゅう》を破ったといえるもので、大功といってよい。大軍を率いていた張歩にとって、この敗戦はおもいもよらぬもので、敗走しながらも、

「なぜ負けたのか、わからぬ」

と、くりかえしつぶやいた。

この間に魯県から急速に北進した劉秀は、張歩が劇《げき》県に逃げ帰ったと知るや、親征軍の方向を劇県にむけた。

「劉文叔《りゅうぶんしゅく》がみずからきたのか」

劉秀軍の規模の大きさにも怔《おそ》れた張歩は、劇県で抗戦することをあきらめ、東奔《とうほん》して、平寿《へいじゅ》県にはいった。

そこに蘇茂《そぼ》が一万余の兵を率いて到着したのである。かれは、

「斉《せい》王を援《たす》けにきた」

と、豪語していたが、その実、呉漢軍にうちのめされて、董憲と龐萌を棄《す》てて逃げ

てきたにすぎない。ところが、頼るべき張歩が一敗地にまみれた現実に直面して、

「まずい戦いかたよ」

と、舌打ちをした。かれは張歩に面会するや、

「耿弇が率いている南陽《なんよう》郡の兵は精鋭で、あの戦い巧者の延岑《えんしん》をも敗走させたのです。いそいで攻めてはならぬ敵に、なにゆえ急襲なさったのですか。王はそれがしをお招きになったのに、なにゆえお待ちになれなかったのですか」

と、責めるようにいった。

だが、これはなかば詭弁《きべん》であろう。

張歩が蘇茂を招いたことに積極的な意味があったわけではあるまい。董憲に頼っていながら、万一にそなえて張歩に誼《よしみ》を通じていたのが、蘇茂の実態であろう。

しかし張歩は、

「恥ずかしい、恥ずかしい。なにもいうべきことはない」

と、あやまるようにいった。そういう羞恥《しゅうち》をみせたものの、張歩の本心はどうであったか。

――この男は裏切りをくりかえして、ここまできている。

このさき、自分も裏切られるであろう。そう考えはじめた張歩のもとに、劉秀の密

使がきた。

「王のご高徳を、天子はよくご存じなのです。劉永や董憲などは平気で民を兵としてつかい、戦死させても、いささかも悼《いた》みませんでしたが、あなたさまはちがいましょう。多くの民が死傷する戦いの愚かさを避けるお気持ちがあると拝察しました。そこで天子は、あなたさまを列侯《れっこう》に封《ほう》ずる、と仰《おお》せになりました。姦悪《かんあく》な蘇茂の首をおとどけください。ただそれだけで戦いは終わり、兵は故郷に帰って正業に就《つ》けます」

微妙な脅迫、といってよい。

ただし張歩は、董憲とちがって、欲望が大きくない、それゆえに利をちらつかせなくても、まともな説得に応ずる理性をそなえている、と劉秀はみた。

——それでも人の深奥にひそむ志あるいは情念とは、わからぬものだ。

と、おもっている劉秀は、張歩が速断しない場合を想定して、すこし時をおくらせて蘇茂にも密使を送った。

「将軍はもともと更始《こうし》帝をお佐《たす》けし、忠を尽くされていた。いまの天子はあなたさまを信用なさり、大任をおさずけした。ところが上司の気づかいが足りず、あなたさまを怒らせてしまった。そのあたりの事情も、天子はよくご存じなのです。いま、やむなく賊帥《ぞくすい》である張歩を翼けておられるが、勤皇《きんのう》にはげみたいあなたさまのご本意ではありますまい。どうか、張歩の首をたずさえて、天子のもとに参じていただきたい。列侯の席が用意されております」

旧悪を問わず、むろん誅殺《ちゅうさつ》もしない。それを保証することが、追いつめられた蘇茂にとって最大の恩賜《おんし》であろう。

「ふうむ……」

と、蘇茂はうなった。劉秀という皇帝は、自分の兄を殺した朱鮪《しゅい》さえ赦《ゆる》した。かつて朱鮪とともに戦っていた蘇茂は、劉秀の寛容力の巨《おお》きさに驚嘆したことがあった。またいちど約束したことをけっしてたがえないのも、劉秀の美質である。

——それは、わかっているのだが……。

張歩を殺す算段《さんだん》がすぐにつくわけではない。苦慮している蘇茂に近づいた佐将が、

「まもなく庁舎で軍議があります。そこで、われが張歩を斬りましょう。将軍はただちにその首を掲《かか》げ、張歩の属将どもを叱呵《しっか》して、かれらの兵を収め、洛陽《らくよう》の天子に降《くだ》ればよろしい」

と、ささやいた。

「ふうむ……」

ふたたびうなった蘇茂は、ようやくうなずき、剣把《けんぱ》をたたいて腰をあげた。

県庁のまえの広場には兵はおらず、そこに率いてきた百人ほどの兵を残し、五人の佐将とともに庁舎にはいった蘇茂は、軍議の席に就《つ》いた。目に微笑をたたえている張歩は、

「今日は、劉文叔の軍とどのように戦ったらよいかを、蘇将軍にお諮《はか》りするつもりでしたが、その必要がなくなりました。戦うまでもなく、死なぬ工夫がつきましたので、おみせしよう」

言下に、戈《か》と剣をもった兵が室内になだれこんだ。別室にかくれていた兵である。さすがの蘇茂も、張歩の早技をかわしきれず、ここで首を獲《と》られた。蘇茂に従ってきた将もことごとく殺され、しつこく劉秀に抵抗してきたこの集団も、ここで消滅した。けっきょく蘇茂は更始帝に親愛の情を深め、劉秀にはなじめなかったということであろう。その点、情の人であり、利の人ではなかった。

ころがった蘇茂の首をひろいあげた張歩は、すぐに、

「この首を劇県へとどけよ」

と、近臣にいい、首を投げ渡した。この首を劇県でみた劉秀は、満足げにうなずき、

「捕らえた張歩の弟たちをすべて釈放し、張歩を安丘《あんきゅう》侯に封ずるであろう」

と、述べた。

張歩の王国も消滅したのである。

胸県で仔細《しさい》を知った呉漢は、

「天子は恐ろしいことをなさる」

と、いい、祇登《きとう》を視《み》た。劉秀は兵をつかうことなくふたつの勢力をついえさせた。そのやりかたが劉秀らしくない、と呉漢は感じた。

しばらく祇登は考えていたが、

「昔、斉の国に晏嬰《あんえい》という名宰相《さいしょう》がいました。君主の寵幸《ちょうこう》をよいことに恣行《しこう》をつづける三人の勇士がいたので、晏嬰はかれらが国政のために害になるとおもい、三人を除く工夫をしました。むろん武力はもちいない。三人に桃をみせただけです。三人はその桃を奪いあい、争ったために、けっきょく三人とも死にました。天子は故事をよくご存じなのです。桃を得たとおなじ立場の張歩も、やがて死ぬことになりましょう」

と、ものうげにいった。すこしおどろいた呉漢は、

「張歩は侯に封ぜられたのだぞ。死ぬことはあるまい」

と、その予言を疑った。が、祇登は答えず、目で笑っただけであった。

のちのことをいえば、祇登の予言はあたった。劉秀に降伏した張歩は、侯となって、

洛陽に住んだ。ところが三年後に、突如、妻子をともなって臨淮郡《りんわいぐん》へ逃げ、弟の張《ちょう》弘《こう》、張藍《ちょうらん》と野《や》にくすぶっていた旧臣を招き、船をつかって海上へでようとした。しかしながら琅邪《ろうや》太守の陳俊《ちんしゅん》に追撃されて斬られた。臨淮郡から船に乗ると、まず淮《わい》水《すい》をくだる。海にでたあと海岸沿いに北上して琅邪郡の津《みなと》にはいったか、あるいは沖を通るところを発見されたのであろう。前漢王朝が形成されるころ、ひとり、斉王の田横《でんおう》が東海の島に颯爽《さっそう》とのがれた。張歩もそういう故事を知っており、不屈の田横に自身をなぞらえようとしたにちがいない。が、その計画は途中でついえた。同時に、かれは田横ほど有名になれなかった。

「これで、よし」

張歩の勢力圏をことごとく平定した劉秀は、董憲と龐萌のことは、われがあれこれいうまでもない、と考えたようで、朐県の包囲陣へはなんの指図も与えずに洛陽に帰還した。十月の末のことである。

「寒くなった」

海に近い朐県には十一月から寒風が吹く。

「寒くなれば、城内の食料の費《つい》えがはやくなります。ただし大兵《たいへい》が籠《こ》もっているわけではないので、食料が底をつくのは年内ではありますまい」

と、祇登は予想した。

「すると、開城は明年の春になるか」

呉漢は自軍の兵力が圧倒的に優勢であっても、ここでは城攻めを敢行しなかった。

――待てば、落ちる城だ。

窮鼠《きゅうそ》は猫をかむのである。烈《はげ》しく攻めたてることをやめて、城内の士気がおとろえるのを待つ。それが最善の策であろう。ただし、ぜったいに董憲と龐萌を逃がしてはならない。そのふたりが死ねば、東方のすべての地に平穏がもどる。

ところでかつて蘇茂とともに呉漢に戦いをいどんだ周建《しゅうけん》の最期について、記述をはぶいていたことに、ここで気づいた。かれは一年まえの秋に死んだ。劉永の子の劉紆を擁佑《ようゆう》して垂恵《すいけい》という聚落《しゅうらく》に立て籠もったのであるが、馬武《ばぶ》、王霸《おうは》という将軍に攻められ、垂恵から逃走する途中で死んだ。かれは蘇茂よりも義勇の心が篤《あつ》かったようであるが、仕えた主が悪かった。平定作業をおこなう劉秀の箒《ほうき》で掃《は》かれ、風に消えた落葉のようであった。

呉漢は悠々と月日が経《た》つのをながめていた。

年があらたまって建武六年となり、その正月に、さすがに心配になった樊回《はんかい》が、

「天子は、なにゆえ朐城を攻めぬ、と仰せにならないのでしょうか」

と、いい、呉漢の反応をみた。呉漢は軽く笑って、

「われの策戦が誤《あやま》っていれば、かならず天子は指図なさる。正しければ、なにも仰せにならぬ」

と、答えた。

その通りであろう。呉漢は天子の目を恐れて、周辺の県を落としてまわるような、みせかけの働きをする必要がない。また、城攻めをいそぐにはおよばない。城兵を衰弱させてしまえば、いかなる事態になっても、かれらには董憲らを支えかばう余力がなくなる。

「長くても、あとひと月であろう」

呉漢は二月の上旬にはこの戦いの終末があきらかになるとみている。

その二月になるまえに、呉漢のもとに校尉《こうい》の韓湛《かんたん》がきた。

校尉とは、もとは宿衛《しゅくえい》の長をいったが、いまは城門の警備だけではなく戦場にて部隊長にもなりうる。この韓湛という校尉は、劉秀によって付けられた将のひとりで大胆細心《だいたんさいしん》そのものの人である。

かれは呉漢にむかって敬礼すると、

「そろそろ朐城の食料が尽きるころであるとおもわれますが、大司馬《だいしば》のご見解は、い

かなるものでありましょうか」

と、あえて声をはげますようにいった。

その緊張ぶりを内心嗤《わら》った呉漢は、

「同意だよ。そろそろ降伏するか、出撃して活路をひらこうとするか、どちらかであろう」

と、やわらかくいった。すると半歩すすんだ韓湛は、いちどつばを呑《の》みこんで、

「わたしはそのどちらでもない、とおもっております」

と、述べた。

「ほう、なんじの見解をきこう。立っていないで、坐れ」

呉漢はわずかに手を動かして着座をうながした。この声をきいて肩の力がぬけたのか、韓湛の表情がゆるんだ。かれはおもむろに坐って、まなざしをさげた。呉漢を直視するのは無礼であるとおもったのであろう。

「では、申し上げます。董憲と龐萌は、さきの戦いでも、配下を棄てて逃げております。このたびも、おなじことをするでしょう。どれほど包囲陣が重厚でも、脱出路はあるはずです」

「なるほど……」

呉漢は苦笑した。あのふたりを逃がせば、さきの蓋延《こうえん》の失敗を嗤えない。

「ただし東は海ですから、脱出路は北か南しかありません。西にはこの本営があるので、ふたりはこの本営近くをすりぬける路をぜったいに選びません」

「そうであろうな」

「朐県をでて奔《はし》るとすれば、北へでしょうか、南へでしょうか」

呉漢は首をかしげた。朐県をでてこの東海郡の海岸沿いに南下すると、聚落はあるものの、なかなか県には達しない。郡境近くの海西《かいせい》県まではかなり遠い。

「北へ、奔る——」

「わたしもそう想います。北へ奔って郡境を越えると、琅邪郡の贛榆《こうゆ》県があります。南の海西県までの距離を想えば、その半分の近さです」

「贛榆県に逃げ込まれては、こまる。この包囲にかかった月日が、むなしくなってしまう。しかし、たったふたりで、その県を乗っ取れようか」

呉漢の渋面《じゅうめん》をみるまでもなく、韓湛は膝《ひざ》を打った。

「あなたさまは、琅邪が張歩の出身郡であることをお忘れです。琅邪の諸県はまだ、挙兵したころの張歩のけわしい色を保っているところがすくなくないのです」

「やっ、そうか……。それはますますこまった」

呉漢は頭を掻《か》いた。韓湛の指摘は的確である。たとえ張歩が劉秀に降伏しても、余憤のある県は、劉秀に屈しない董憲と龐萌をたたえ、歓迎するであろう。

「そこで、です」

「ふむ、なにか妙策があるのか」

この呉漢の問いにうなずいた韓湛は、はっきりと目をあげ、

「わたしをひそかに郡境に配置していただきたい。伏兵となりましょう」

と、自信をみなぎらせていった。それをきいても、呉漢は、

――この男は、手柄《てがら》をひとり占《じ》めにする気だ。

とは、おもわなかった。呉漢のために必死に献策している属将の心に邪猾《じゃかつ》はない。

「わかった。すみやかにそうするであろう」

「まだあります」

「まだあるか……、申してみよ」

「董憲と龐萌は逃走の名人なので、わたしが張った網《あみ》をかいくぐらないともかぎりません。そうなった場合にそなえて、琅邪太守に予告なさり、その郡の兵を南下させておくべきです。琅邪太守に任命されたばかりの陳俊どのは、以前、あなたさまの下にいた将ですから、あなたさまの要請を無視しないはずです」

「おう、よくぞ、そこまで考えた。さっそく陳俊に使いを遣《や》る」

呉漢は韓湛の慎重さにほとほと感心した。韓湛が去ったあと、おもむろに口をひらいた祇登は、

「主の徳のなせるわざです」

と、いい、それ以上はなにもいわなかった。韓湛の献策は、とうに呉漢の左右にいる者がおこなっていなければならないのに、この包囲陣の重厚さに安心しきっていた。祇登はおのれの甘さを愧《は》じたのである。

二月、城内の食料が尽きた。

韓湛が予想した通りに、董憲と龐萌は妻子を残して城外にでた。従った兵は数十騎しかいなかった。かれらは北へ北へと駆けた。

夜が明けてからそのことを知った呉漢は、すこしもおどろかず、

「将に棄てられた城だ。取りやすくなっていよう」

と、いい、攻撃を命じた。この攻撃は苛烈《かれつ》であった。三日間、昼も夜も攻めつづけた。城兵は涸渇《こかつ》した状態でこの猛攻に耐えつづけたが、ついに半狂乱になって摧裂《さいれつ》した。

呉漢は朐城を落とし、董憲の妻子を捕らえた。勢いづいた属将たちは、

「さあ、逃げた董憲を追いましょう」

と、呉漢をせかせた。が、呉漢はうなずかず、

「城を攻めるむずかしさは、落としたあとにある」

と、いい、朐県からすぐに離れなかった。

――韓湛にぬけめはあるまい。

そういう想いもある。

ところが用心深い韓湛でも、董憲と龐萌に郡境を越えられてしまった。大魚は網をすりぬけたのである。しかし、この失敗を、さきにおこなった第二の献策がおぎなった。すなわち呉漢が派遣した急使に接した陳俊は、

「こころえました」

と、快諾し、すみやかに郡兵を南下させたのである。この兵がおもいがけない速さで贛楡県に迫ってきたので、その県に逃げ込んだばかりの董憲と龐萌は応変の手を打てず、けっきょく数十騎にふたたび護《まも》られる形で、県をでて湿地帯に隠れるしかなかった。ここにとどまっているあいだに朐城の陥落と妻子が捕縛されたことを知った董憲は、さすがに気落ちして涙をながし、随従《ずいじゅう》してきた将士にむかって、

「わが妻子は敵の手に落ちた。嗟乎《ああ》、ながいあいだ諸君を苦しめてきたなあ」

と、あやまった。

おのれの凋落ぶりがみじめになった董憲は、妻子を助命するためにも、劉秀に降伏して、その寛容力にすがるしかないとおもい、湿地帯をでると馬首を西へむけた。劉秀が自身の生地である済陽県《せいよう》（陳留郡《ちんりゅう》）に行幸しているときいたからである。だが、済陽県まではあまりに遠い。それでも劉秀に直接に謁見《えっけん》しないかぎり、宥赦《ゆうしゃ》を得られないとおもいつめていたのであろう。この騎馬集団は龐萌もふくんで、東海郡をぬけ、さらに魯国を通過し、沛郡にはいった。このころ、董憲のゆくえを捜していた韓湛はようやくその逃走路をつかみ、連日連夜、追いつづけた。董憲の意図を知らないので、

——このまま逃がせば、大司馬の戦歴に傷がつき、われはさげすまれる。

と、韓湛は必死の形相《ぎょうそう》で猛追した。

大追跡である。

沛郡から山陽郡《さんよう》にはいったところで、韓湛は董憲の位置をつかみ、方与県《ほうよ》で追いついた。韓湛のうしろには数百騎しかいなかったが、その兵力で、逃走集団を撃破するのに充分であった。ついに韓湛は董憲を斬った。董憲に降伏の意思があったのなら、その意思をあらかじめ劉秀につたえる手段を選ぶべきであったろう。賢い逃げかたではなかった。

この戦場から脱した龐萌は、方与県の近くに潜伏した。が、大捜索がおこなわれたため、発見され、方与の県人である黔陵《けんりょう》に斬られた。

董憲と龐萌の死によって東方は完全に平定されたといってよい。なお、韓湛と黔陵は劉秀に賞され、韓湛は列侯に封じられ、黔陵は関内侯《かんだいこう》とされた。関内侯には食邑《しょくゆう》が与えられないが、人民の等級としては最高級になったということである。

呉漢をはじめ諸将は洛陽にむかって凱旋することになった。

仲春の風がここちよい。

「南方の鎮討《ちんとう》も、うまくいったようではないか」

呉漢は情報通の郵解《ゆうかい》に問うた。

「馬成《ばせい》将軍が舒《じょ》県を攻略して、李憲《りけん》を捕斬《ほざん》したようです。これで廬江《ろこう》郡の騒擾《そうじょう》は熄《や》みましょう」

「それは大慶《たいけい》――。あとは西方か……」

劉秀が樹《た》てた王朝にとって、最後の巨賊《きょぞく》は、益《えき》州の公孫述《こうそんじゅつ》である。いつか、その益州に自分も征《ゆ》くことになるのか。呉漢はふとそうおもったが、風に問うことはやめた。

関中防衛

東方を平定して洛陽《らくよう》に帰還した諸将は、劉秀《りゅうしゅう》に大いにねぎらわれた。

賞勲《しょうくん》をかねた大宴会が催された。

当然のことながら、呉漢《ごかん》も賜賚《しらい》をうけたが、褒賞《ほうしょう》されて喜悦している諸将を横目でみながら、

「もっとも働いたのは、天子ではなかったか」

と、心中でつぶやいた。

ただし群臣が天子を賞するわけにはいかない。天子を褒《ほ》め、ねぎらうのは、天しかいない。むろん劉秀のような稀代《きたい》の人ともなれば、天の声をきく耳をもっているであろうが、そこまでの異能は自分にはないと自覚している呉漢は、

——天子とは孤独で、さびしいものだ。

と、おもわざるをえなかった。

退廷した呉漢は、車中で、

「われは平凡でよかった」

と、手綱をとっている樊回《はんかい》にいった。

「平凡、と申されましたか」

樊回はとまどったようであった。

「いかにも、平凡……。高位高官の者たちもすべて平凡だ。非凡な皇帝に付き従っているがゆえに、勲功を樹《た》て、行政に実績をあげているが、独《ひと》りになれば、張歩《ちょうほ》や董憲《とう》《けん》にもおよばない。われとて、漁陽県《ぎょよう》にとどまっていれば、蘇茂《そぼ》のように首を斬られていたであろう。あのころ、邯鄲《かんたん》の王郎《おうろう》に従うことが正義への道だと、冀州《き》と幽州《ゆう》にいた高官はみな信じた。が、われはそれを信じなかった。すすむべき道のちがいは、その程度であり、たいしたちがいはないようにおもわれたが、あとになってそのちがいの大きさに慄然《りつぜん》とした。それは非凡とはかかわりがない。信念のちがいがあっただけだ」

呉漢はわずかに苦笑した。

「そうでしょうか……」

樊回は応答に窮した。昔、樊回の父の樊蔵《はんぞう》が、はじめて呉漢と会ったあと、

「人物だ――」

と、感嘆したようにいった。さらに、

「かれには仁《じん》がある」

と、つけくわえた。仁とは、親しい人へのおもいやり、と解してよいであろう。樊蔵の人物鑑定はどちらかといえば辛口《からくち》であり、その辛口が一転して呉漢を称《ほ》めたのである。そのころの呉漢は無官であったのに、けっして平凡ではなかったということにならないか。

邸宅にもどってから樊回は祇登《きとう》をたずね、

「今日、主《しゅ》は、しきりに自分は平凡だと仰《おお》せになっていましたが、どういうことなのでしょうか」

と、訊《き》いた。

「ほう、平凡か、よいことばよ。北方、東方、南方が平定されたとなれば、しだいに武の才能は不要となる。狡兎《こうと》死して走狗《そうく》烹《に》らる、とは、よくいったものだ。皇帝が狩りをしなくなれば、どれほどすぐれた猟犬も要《い》らなくなる。軍事における非凡さは、行政においては平凡になりかねない。主は、それがおわかりなのだ。ゆえに主は、烹

られることはない」

「はあ、そういうことですか……」

いまひとつわからぬ感じではあるが、要するに、呉漢はどれほど大きな功を樹てても、それは皇帝あっての功であり、そう認識しているがゆえに、おのれの功を誇らず、たとえ賞されなくても不満はない。呉漢のそういう心の置きどころが皇帝にはわかるので、呉漢を高位にすえても王朝にとって害にならない。すると、天下が平定されたあとにも、呉漢という勲臣を除《のぞ》く必要はない。

――王朝にとって無害であることを、主は、平凡、といい換《か》えられたのか。

おそらくそうであろう、と樊回は心のなかで断定した。だが、そこまで考える将軍がいるであろうか。

――おのれを平凡といえる人ほど非凡ではないのか。

樊回はいまや呉漢に近侍《きんじ》して事務能力を発揮している。この働きぶりが評価されなかったら、かならず不満をもち、不平を口にするであろう。呉漢あっての自分、ということがわかっていながら、平凡に徹しきれない。

――ゆえにわれは非凡ではない。

そこまで考えて、樊回は苦笑した。同時に、いかに呉漢が偉大であるか、ようやくわかった。

——主はやはり天才だ。

劉秀と呉漢というふたりの天才が肩を組み、脚をそろえて、乱れた世を鎮《しず》めてゆく。

樊回はそう想《おも》った。

この年の四月に、劉秀は長安《ちょうあん》に行幸《ぎょうこう》した。劉秀の行幸には戦略的な意義をふくんでいることが多い。このときもそうで、率いた七将軍をそのまま公孫述《こうそんじゅつ》の討伐にむかわせた。七将軍のなかに蓋延《こうえん》がいた。

——また蓋延が失敗しなければよいが……。

劉秀が五月に洛陽に帰還したので、呉漢はよけいに心配になった。長安と益《えき》州北部との距離はさほどでもないが、洛陽から益州となれば、劉秀の指図はとどきにくい。

「天子が早々にご帰還になったのは、ほかに難事が生じたからであろうか」

呉漢は郵解《ゆうかい》を呼んで、問うた。

「残っている難敵は、公孫述でなければ、盧芳《ろほう》だけです。盧芳が大きく動いたのでしょうか。そのあたりは、わたしにもわかりません」

盧芳は、あざなを君期《くんき》といい、安定《あんてい》郡三水《さんすい》県の出身である。

もっとも西にある州を、涼《りょう》州、といい、そのなかにある諸郡のひとつが安定郡である。その郡の位置は、長安の西にある右扶風《ゆうふふう》という郡に隣接しているので、鄙陋《ひろう》の風景がひろがっているわけではないが、三水県は郡のなかでかけはなれた北にあるので、盧芳は寂漠《せきばく》たる天地をみて育ったと想えばよいであろう。

人々が王莽《おうもう》の政治に怨嗟《えんさ》の声を挙《あ》げはじめ、まえの王朝のほうがよかった、と漢の政治をなつかしみはじめたとき、盧芳は大胆にも、

「われは漢の武帝の曽孫《そうそん》である」

と、いいふらし、かってに作った系図を示した。この妄誕《ぼうたん》をとがめる者はおらず、あっけなく信じられたのは、邯鄲の王郎の場合とおなじで、世の動揺が烈《はげ》しすぎて、血胤《けついん》の尊貴さが拠《よ》るべき旗にみえたからであろう。

更始《こうし》帝が起《た》つころ、盧芳は羌《きょう》族や胡《こ》族とともに挙兵し、軽視されないほどの勢力を築いたところで、長安にはいった更始帝に招かれた。騎都尉《きとい》に任ぜられて、安定郡から西の鎮撫《ちんぶ》をまかされたのである。

だが更始帝の王朝は凋落《ちょうらく》した。

そこで三水県の有力者は、盧芳の血胤の尊さを信じて、

「王に立てるべきである」

と、相談し、盧芳を西平《せいへい》王とした。この事実をつたえるべく、西の羌族や北の匈《きょう》

奴《ど》にも使者を遣《や》った。当然、支援を要請したのである。この使者に接見してすこぶる気分をよくしたのが、匈奴の帝王というべき單于《ぜんう》である。

――漢の劉氏が、われに頭をさげた。

「それなら――」

上機嫌の單于はすぐに数千騎をだして盧芳を迎え、匈奴の地で盧芳を立てて、漢帝、とした。漢帝を臣従させた單于は、帝の上の帝ということになる。その後、單于は盧芳を漢の地にもどして皇帝とすべく、建武《けんぶ》五年に、九原《きゅうげん》県に首都を定めさせた。それから盧芳は北方の豪族の扶《たす》けを得て、五原《ごげん》郡、朔方《さくほう》郡、雲中《うんちゅう》郡、定襄《ていじょう》郡、雁門《がんもん》郡という五つの郡を平定して保有した。それらの郡にはすべて太守と県令を置いて、王朝としての体裁《ていさい》をととのえた。

建武六年には、盧芳の下の将軍である賈覧《からん》が代《だい》郡に侵入し、太守である劉興《りゅうきょう》を撃殺した。この時点で、賈覧という将軍の軍事的実力を知る者は寡《すく》なかったが、あとでその非凡さがあきらかになる。

劉秀は代郡の異変をきいて洛陽に帰還したと想うのが無難《ぶなん》であろう。

匈奴という大勢力を後ろ楯にした盧芳の帝国は巨《おお》きくなるばかりである。対策を講じるのがおくれれば、失うのは代郡だけではなくなる。

劉秀がこういう難件にとりかかっているとき、西方から凶報がとどけられた。

「突然、隗囂《かいごう》が叛《そむ》き、諸将は敗退しました」

みじろぎもせずにこの報告をきいた劉秀は、

「ただちに、大司馬《だいしば》をこれへ――」

と、いった。

西方の雄《ゆう》である隗囂は、自分の子を劉秀のもとへ送り、同盟した。このたびの益州攻略は、隗囂の協力なしでは成功しない。しかるに、隗囂が離叛《りはん》したという。

――蓋延は、また協力者を叛《そむ》かせたのか。

急遽《きゅうきょ》、参内《さんだい》した呉漢は、そんなことを考えたが、隗囂の離叛は衝動《しょうどう》的ではなく、もっと根深いものがあろう。

呉漢は劉秀に謁見《えっけん》した。

「すでに西方における急変をきいたであろう。なんじはすみやかに長安へゆき、諸将を掩護《えんご》するように」

「うけたまわりました」

応変のすばやさは呉漢の特技であるといってよい。

――関中《かんちゅう》には、征西《せいせい》大将軍の馮異《ふうい》がいる。

長安を中心とする関中という広域を鎮定《ちんてい》したのが馮異である。みごとなのは兵略だけではなく、行政も住民の心をつかんだ逸出《いっしゅつ》であったので、

「馮異は関中で専制をおこない、人々から咸陽《かんよう》王と呼ばれています」

と、讒言《ざんげん》されたことがあった。だが劉秀はそのような讒言にまどわされるような昧《くら》い天子ではない。一笑《いっしょう》に付《ふ》し、馮異を疑うようなことをしなかった。馮異が人質としてさしだした妻子を返したことでも、その信頼の程度がわかる。

隗囂は公孫述にまさるともおとらぬ強敵である。しかし馮異であれば、隗囂の策にまどわされることなく関中を守りぬくであろう。

呉漢は長安に到着した。

出迎えたのは漢忠《かんちゅう》将軍の王常《おうじょう》である。蓋延も長安城内にいるはずなのに、すぐには顔をみせなかった。蓋延の場合、敗退したことを恥じているのではなく、呉漢の到着を知らなかったというべきだが、もともと上司と同僚への気づかいをしない男なので、呉漢は放っておくことにした。

王常は老将である。

もとは緑林《りょくりん》の賊の首領格で、最初に王莽の軍と戦ったひとりである。昆陽《こんよう》の戦いでは、百万といわれた王莽軍を相手にして、城を守りぬいた。大小の戦場をいくたび

も踏んできたのに、大きなけがをすることなく、ここまできている。じみではあるが、名将といってよいかもしれない。

せわしく城内にはいった呉漢は、諸将から話をきくわずらわしさを避け、王常だけを招いて詢咨《じゅんし》した。まず、

「なにゆえ隗囂が叛いたのか」

と、問うた。

「もともと隗囂は洛陽の天子を信じていないのです。それゆえ漢軍が自分の領地を通って益州へむかうことに難色を示しつづけた。天子は隗囂が歩調をあわせてくれるまで待つ、と仰せになったが、征虜将軍の祭遵《さいじゅん》が、よからぬことをたくらんでいる隗囂に時を与えれば、むこうを有利にするだけである、と主張して、先行したのです」

祭遵の軍が突出してきたので、隗囂はすばやく手を打ち、属将の王元《おうげん》をつかって、隴坻《ろうてい》において漢軍を拒《ふせ》がせた。その戦いでは祭遵が勝ったが、進撃先の新関《しんかん》では敗れ、後続の諸将も隗囂軍に勝てず、敗走した。

「勢いを増した隗囂軍が関中に侵攻してきそうなので、馮異将軍は栒邑《じゅんゆう》へ征《ゆ》き、祭遵将軍は汧県《けん》に駐屯し、耿弇《こうえん》将軍は漆《しつ》県にとどまって防禦《ぼうぎょ》の陣を布《し》いています。われらには、長安を保て、というご詔命《しょうめい》が下っています」

要領《ようりょう》を得た簡潔《かんけつ》な説明であった。

長安からみて栒邑は北、漆県は西北、汧県は西にある。その三か所をふさいでしまえば、隗囂軍は関中に侵入できない。その防衛図を画《か》いたのは、各将軍ではなく、劉秀であろう。

「よくわかった。辺邑にとどまっている三将軍が扞拒《かんきょ》できない敵を、われらが撃退するとしよう」

馮異、祭遵、耿弇という三将軍はそろって戦い巧者で、ぶざまな敗退をするはずがない。そう想っている呉漢は、よけいな加勢をしないことにした。関中には隗囂の与党がいるので、呉漢らはそれらを潰せばよい。

はたして馮異と祭遵は、夏のあいだに、大功を樹てた。

栒邑に目をつけたのは、隗囂もおなじで、

「その邑《むら》を取って、関中への侵入口とせよ」

と、属将の行巡《こうじゅん》に命じた。行巡が兵馬をいそがせているあいだに、馮異も急行し、さきに栒邑にはいった馮異が有利さをつかんだ。

この賢将は、おのれがつかんだ有利さを最大限に発揮した。

城内に兵を伏せ、城門を閉じ、旗と太鼓を隠した。寡兵《かへい》しかいない城にみせたのである。

それを知らない行巡は、いそぐあまり、わずかな騎兵しか従えず、不用心に城に近づいた。

「おう、大魚が、網《あみ》にかかるわ」

声を立てずに嗤《わら》った馮異は、おもいきり太鼓を打った。城門が開き、衆《おお》くの兵が噴《ふん》出《しゅっ》した。この時点で、馮異の勝ちが確定した。不意を衝《つ》かれた行巡は逃げるしかなく、本隊と合流しても、陣を形成するゆとりがないので、さらに逃げるしかなかった。馮異軍の追撃は急で、数十里追ったところで、行巡軍を大破した。この大勝はあたりにつたわり、栒邑の北の北地《ほくち》郡に住む豪族たちは、

「隗囂の強さも盛りをすぎたということよ」

と、みきわめ、かれらの長である耿定《こうてい》を介して、劉秀に服属した。

馮異は敵将を破っただけではなく、その威を北地郡におよぼすという大功を樹てた。

それについて劉秀は、

「征西大将軍の功は、丘や山のようである」

と、絶賛した。

汧県を守っていた祭遵も、攻めてきた王元を撃退したので、隗囂の脅威をはねのけ

たといってよい。

「みなよく働く」

長安を守っているだけの呉漢の功は微小であったが、諸将がそれぞれの武徳を発揮して、結果的に関中という広域を死守した。

――隗囂の猛威を遏《とど》めた。

そうみた劉秀は、秋に、前将軍である李通《りつう》に侯進《こうしん》と王覇《おうは》という二将軍を属《つ》けて、漢中郡にむかわせた。なんといっても李通には、

「定策《ていさく》の功《こう》」

がある。劉秀が兄とともに挙兵したとき、最大の協力者は南陽《なんよう》郡宛《えん》県の李通であった。李通がいなければ、革命は成功せず、劉秀も皇帝にはなれなかった。群臣のなかで李通にまさる勲烈《くんれつ》の人はいなかったが、かれはつねに謙恭《けんきょう》であり、おのれが権勢をふるう存在になることを避けてきた。

おなじ宛県に生まれた呉漢は、李通の富豪ぶりは知っていても、亭長《ていちょう》にすぎない者が対等に語りあう相手ではなかった。ところがいまや、呉漢のほうが上位にいる。

李通の軍が長安を通過する際に、呉漢は鄭重《ていちょう》に出迎えた。すばやく馬をおりた李通は、丁寧《ていねい》に返礼し、

「あなたがいるかぎり、われらが王朝の軍事は安心です」

と、語気によけいな力をくわえずにいった。呉漢はこの端然《たんぜん》としている姿に感動した。


――この人は、じつに多くのものを失って、ここにいる。

そうではないか。劉氏兄弟が挙兵する際に、李通は、すぐに父の李守《りしゅ》とその家族および従者をのこらず王莽に誅《ころ》された。また李通の兄弟と親戚六十四人も殺され、かれらの屍体《したい》は宛県の市場で焚《や》かれたときく。それほどの犠牲をはらっても、正義のために起《た》った李通は、劉秀の王朝が天下の三分の二を支配するところまできた現実をどのように視《み》ているのであろうか。おそらく、いかなる喜びも、かれの深い哀しみを消すことはできまい。たとえ群臣のなかで最高の位に就《つ》いても、われはここにのぼるために戦ってきたわけではない、というであろう。たぶん李通はいまやかぎりない虚しさのなかにあって、静かに自分をみつめ、過去をふりかえっているにちがいない。

「では、これで――」

と、いった李通は、城のなかにはいらず、兵を率いて去った。

長安からまっすぐ漢中郡へむかった李通軍は、公孫述につかわされた兵にぶつかった。戦場は西城《せいじょう》県である。ということは、李通軍は、

「子午道《しご》」

を通って漢中郡に踏み込んだことになろう。ちなみに、子とは北をいい、午とは南をいう。子午道は南北道といいかえてもよい。この道は前漢の平帝《へい》のときに王莽が拓《ひら》いた。

益州は大きい。公孫述がいる成都《せいと》は、西城の西南千二百余里のかなたにある。

――漢軍が成都に達するのは、いつになるか。

嘆息して遠望した李通の視界に、

「成家《せいか》」

という文字が書かれた旗が出現した。成家とは、公孫述が建てた国の名である。この国には百官がそろい、その上に、皇帝である公孫述がいる。ちなみに三公は、

大司徒《だいしと》　李熊《りゆう》

大司馬　公孫光《こう》

大司空《だいしくう》　公孫恢《かい》

となっていて、光と恢は公孫述の弟である。李熊は蜀郡の功曹従事《こうそうじゆうじ》であった人で、能吏であり、蜀郡太守であった公孫述の覇業を輔《たす》け、まずこの太守を蜀王へおしあげ、ついで帝位に即《つ》くことを勧《すす》めた。この献言《けんげん》を容《い》れた公孫述が、天子となり、成家王朝

をひらいたのは、劉秀が群臣におされて践阼《せんそ》したその年である。後漢王朝が、建武、という元号を用いたのにたいして、成家王朝の元号は、

「龍興《りゅうこう》」

である。となれば、長安を経由した李通軍が漢中で成家の兵と戦った年が、建武六年であると同時に龍興六年でもあるということである。龍興とは、龍が興《おこ》るということなのだが、天子になるまえに公孫述は、夜の殿中において、光る龍をみた。いや、実際にみた者の報告をうけた、といったほうが正しいかもしれない。とにかく元号は、その事実に起因しているであろう。

成家の兵も蜀からきた遠征軍といってよい。ふたつの遠征軍が西城で遭遇した。かつて劉秀が遠征した際、つねに首都を守ってきた李通は、首都をでて、敵国に踏み込んで戦うことはめずらしい。ここではもちまえの闘志がよみがえった。不慣《ふな》れな地にいながら、佐将たちをうまくつかい、敵兵を撃破した。しかしながら、これ以上すすむのはむりだ、と判断した李通は、沔水《べんすい》（漢水《かんすい》）ぞいの道を東へしりぞいて、漢中郡から南陽郡にでると、順陽《じゅんよう》県に駐屯した。それについて『後漢書』は、

――還《かえ》りて順陽に屯田《とんでん》す。

と、記している。なにげない表現であるが、還りて、というところが問題で、それ

なら往きもその道を通り、長安経由の子午道を通らなかったことになる。李通を佐《たす》けた将軍のひとりである王霸は、建武六年に、洛陽の西に位置する新安《しんあん》県で屯田をおこなっており、その記述しかないので、西へ征ったか、南へ征ったか、わからない。わざわざ南路をえらんで漢中郡に侵入する策を立てたとすれば、その立案者は李通ではなく劉秀であろう。が、策源地が長安であるのなら、そこを遠征軍に通らせるほうが無難におもわれるが、どうであろう。

とにかく漢軍は益州の一部を侵した。劉秀は公孫述にたいしては、外交的な懐柔《かいじゅう》をおこなわなかった。

――成家は武力で倒すべき国である。

そういう意思はゆるがなかった。その点が隗囂にたいするやりかたとはちがう。隗囂はかつて更始帝に臣従してその王朝を支えようとした。その事蹟を尊重して、劉秀はおのれの協力者にすべく外交的な手をつくしたが、この年、ついに、

――その努力も、むくわれない。

と、判断した。隗囂の王国を武力討伐の対象とした。

関中にむかわせた属将がことごとく漢軍に敗れた隗囂は、さすがに畏懼《いく》して、

――独力では対抗しがたい。

と、意《おも》い、頭をさげたくなかった公孫述に使者を遣って、臣従したい、とつたえた。

それによって成家国は、隗囂の王国をもふくむ巨大なものとなった。

隗囂と公孫述のひそかな連合があきらかになるのは、翌年すなわち建武七年であるが、長安にいる呉漢は、

——あのふたりがくっつくのは、時間の問題だ。

と、みていた。それゆえ、

「当分、ここから動けそうにない」

と、左右にいった。沉巴《きょうは》は眉《まゆ》をひそめて、

「人質として洛陽に送られた隗囂の子は、斬られることになるのでしょうか」

と、やるせなげにいった。

「帝は残忍なことをなさらないが、隗囂の離叛があきらかになった以上、処罰せざるをえまい。残忍なのは、むしろ隗囂のほうだ。昔、兄と叔父が誅殺《ちゅうさつ》されるようにしくんだこともある。いままた子が誅殺されるとなれば、肉親への情がきわめて薄い人、つまり不仁《ふじん》の人といわねばならない。仁の勝負となれば、帝の勝ちだ。そうはおもわぬか」

呉漢は幽《くら》い息を吐いた。

略陽の攻防

年があらたまり、建武《けんぶ》七年の春は静かであった。

関中《かんちゅう》の辺境に位置する県から交戦の音はきこえてこない。栒邑《じゅんゆう》をでた馮異《ふうい》の軍は、義渠《ぎきょ》道を北へすすんで、矛戟《ぼうげき》をふるうことなく、漢の旗を掲揚《けいよう》しただけで北地《ほくち》郡の南部の平定にほぼ成功した。その郡は南北に長く、そこをおさえたとなれば、盧芳《ろほう》の勢力圏である幷州《へい》と、隗囂《かいごう》の勢力圏である涼州《りょう》のあいだに巨大な壁を建てたようなもので、両勢力の交通を遮断すると同時に、両方に睨《にら》みをきかせることができる。

「馮異将軍は、複数の将軍が協力しなければできぬことを、たったひとりでやってのけた。武徳があるのですな。しかし、馮異将軍がどれほど大きな功を樹《た》てても、あなたさまの上には坐らせない。天子の目は恐ろしいというしかありません」

と、祇登《きとう》はいった。六十代のなかばをすぎたこの老臣は、呉漢にとっては人生の師であり、大司馬《だいしば》の賓客《ひんかく》であり、呉漢《ごかん》に仕える者たちの教育官でもある。

「われは武徳においても、兵術においても、馮異将軍には劣る。劣る者を上位に置き、勝《まさ》る者を下位に置く。この天子の存念はいかなるものであろうか」

「大昔、舜《しゅん》帝が禹《う》にこういっています。なんじがおのれを誇らないので、天下にはなんじと才能を争う者がおらず、功を争う者もいない、と。天子はそのことをよくご存じなのでしょう」

「古代から、帝王になる人は、いうことがちがう」

呉漢はいつも祇登の話に感心させられる。

晩春、報告のために呉漢は洛陽《らくよう》にもどった。劉秀《りゅうしゅう》に謁見《えっけん》した呉漢は、

「昨年の杪冬《びょうとう》に、匈奴《きょうど》王が使者をよこして朝貢《ちょうこう》してきた」

と、教えられて、北方の動静に変化があったことを感じた。もともと匈奴は劉秀の王朝を認めず、盧芳を天子としてかれを擁佑《ようゆう》してきた。しかし匈奴王の使者が洛陽にきて劉秀に貢《みつ》ぎ物をささげたということは、匈奴王と盧芳に、以前のような親密さがなくなったとみてよい。

——もはや匈奴は盧芳を佑《たす》けません。

とでも、使者はいったのであろうか。そういうこまかなことまでは劉秀は語《つ》げなか

ったが、呉漢に、

「敵は公孫述《こうそんじゅつ》と隗囂だけではない。盧芳の動向にも目をむけるように」

と、暗に注意を与えたのであろう。

帰途、呉漢は、

「天子にご負担をかけぬ目と耳をもたねばならぬ」

と、郵解《ゆうかい》にいった。これまで呉漢は郵解の目と耳にどれほど助けられたかわからない。だが五十代なかばの郵解は以前のように活発に飛びまわれない。

「じつはそれがしの族子《ぞくし》で、郵周《ゆうしゅう》という者がおります。あなたさまにあこがれ、従軍を願っていましたので、手もとにおき、その才覚と性根《しょうね》をみてきましたが、推挙してもよいとみきわめました。いちど、ご引見くださいませんか」

と、郵解はいった。

――自分の子を薦《すす》めないのか。

郵解の男子はすでに成人になっているはずである。

「なんじは慎重で、正直だな。明後日に、みせてもらおう」

笑いながらそういった呉漢は、この日、ひさしぶりに帰宅した。とたんに不機嫌になった。田圃《でんぼ》を買ったことを妻からうちあけられたからである。

「そこに坐れ」

妻と嫡子の呉成《ごせい》を眼前に坐らせた呉漢は、目を瞋《いか》らせて、

「よいか、軍旅が遠征しているときには、吏士《りし》は衣食住がつねに不足している。そういうときに田宅《でんたく》を多く買ってよいものか」

と、叱《しか》った。怒りよりも落胆が大きい。

呉漢には、呉成のほかに呉国《ごこく》という男子ができたが、家を継ぐ呉成に母を諫《いさ》める配慮がないという事実に愕然《がくぜん》とした。

――こやつには、分別《ふんべつ》が育たないのか。

少年のころには利発そうにみえた呉成が、成人になると、気づかいに鈍《にぶ》さがみえるようになった。他人へのやさしさに欠けるようでは、人はついてこない。当然、家を保てない。いずれにせよ、余剰《よじょう》の財は身の毒だ、とおもった呉漢は、あとで妻が購入した田圃と宅地をさっさと売り払い、得た銭を、兄弟と親戚に頒《わ》け与えてしまった。

呉漢は自分が一代で築いた権門《けんもん》を永々と栄えさせたいとおもうほど欲望は強くないが、子の代で滅んでしまうのは、いかにも寂しい。

――自分の子を教育することほど、むずかしいことはない。

翌々日の朝、呉漢は苦《にが》い物を噛《か》んだような顔つきで家をでた。迎えにきた郵解は、

けわしさの残る呉漢の表情に気づき、しばらく声をかけることをひかえた。

すぐには馬に乗らず、しばらく歩いた呉漢は、ようやく鄆解のうしろを歩く男に気づいた。

「あっ、なんじが鄆周か」

足をとめてふりかえった呉漢は、急に表情を変えた。眉宇《びう》が晴れた。鄆解の族子である男は、二十七、八歳にみえた。

——この者は賢い。

人の賢愚は歩きかたでわかる。いきなり呉漢に問われて、地に片膝《かたひざ》をついた鄆周は頭をさげた。

「そうか、そうか、顔をあげてみよ」

呉漢は鄆周の面貌《めんぼう》を一瞥《いちべつ》して、

——気にいった。

と、心も晴れやかになった。鄆周の面立ちは樊回《はんかい》に似ていないこともないが、性質のなかにある鋭敏さが眉《まゆ》のかたちにでている。目つきにはいささかも陰険さがなく、純度の高い篤実《とくじつ》さをたたえている。容貌は豊かさを秘めている、とみた呉漢は、

——こういう子が欲しかった。

と、おもい、そのおもいの苦さを心のなかで嚙んだ。

「郵周よ、これからわれのために働いてもらうが、よく憶《おぼ》えておいてもらいたいことがある。われは天子のためにひたすら働いている。天子は、といえば、民のためにひたすら働いておられる。とすれば、なんじは、われのためだけでなく、天子のため、民のために働くことになる。そう信じつづけることだ。けっして疑ってはならぬ。この世には、疑って得るものは、なにもない」

「肝《きも》に銘《めい》じました」

声に力があった。胆力を感じさせる声である。

馬に乗るまえに呉漢は郵解を近づけ、

「なんじの推挙には、まごころがあった」

と、低い声で称《ほ》めた。郵周を教育したのが郵解であるとはかぎらないが、わが子の教育をしくじったというおもいの呉漢は、よけいに郵解を称めたくなった。

長安《ちょうあん》にもどった呉漢は配下にいる多数の兵を眺めて、

——かれらのすべてをわが子とおもえばよい。

と、自分にいいきかせた。かれらのひとりも戦死させず、ほんとうの父母のもとへ帰してやりたい。教育の場は戦場にもあるのである。

この年、公孫述の支援をうけた隗囂は、秋に、大攻勢に転じた。歩兵と騎兵をあわせて三万の兵を率いて東進し、安定郡《あんてい》から関中に侵入しようとした。この猛威をこばんだのが馮異である。

勘《かん》のよい馮異は、軍を率いて、郡境まで進出し、安定郡の東端に位置する陰槃県《いんぱん》のあたりに踏み込んで、邀撃《ようげき》の陣を布《し》いた。

馮異の軍は、一言でいうと、しなやかな勁《つよ》さをもっている。押しても、仰向けに倒れず、引いても、手を地につくほど体勢をくずさない。

隗囂は西方の強兵をもってしても馮異の陣を突破できなかった。

「こうなれば、別働隊に期待するしかない」

と、隗囂はいった。かれの密命を帯びた奇襲部隊が、祭遵《さいじゅん》の駐屯地である汧県《けん》を急襲した。

諸将のなかでも祭遵の気の強さはきわだっており、不意の敵襲でも、うろたえることはない。いきなり劣勢になったが、声が嗄《か》れるほど配下の兵をはげまし、みずからも飛矢《ひし》を恐れず戦ったので、城は陥落しなかった。三日後には、城から出撃して敵陣を粉砕《ふんさい》した。

陰槃および汧での敗戦は、隗囂の傷心を深めたといえるであろう。

「これで隗囂には打つ手がなくなりました。守勢にまわった隗囂を、天子はいつご親征になるのでしょうか」

と、樊回がいった。

「盧芳の動静しだいだな」

呉漢はそうみている。盧芳が匈奴の支援を失いつつあることはわかっている。それでも北方の帝王として広域を支配して、隙《すき》をみせていない。劉秀は洛陽にいて、片目で隗囂を観《み》て、片目で盧芳を眺めている。盧芳側になんらかの破綻が生じれば、みずから隗囂討伐の軍を催すであろう。

冬、濛々《もうもう》たる砂塵が長安を襲った。

政務室にいても、口のなかが砂で苦くなった。こういうときに、

「天子の使者がご到着です」

と、樊回がふたりを儐《みちび》いてきた。ふたりの使者は砂だらけであった。ふたりは両手で砂を払い落としながら、

「突然、天地が冥《くら》くなり、眼前にあったはずの城が消え、ここにたどりつくのに、数時《とき》も要しました。これほどひどい砂嵐ははじめてです」

と、苦笑をまじえて語った。昼間でも、闇のようであったという。

「今年の夏は、雨が長く続いたので、冬にはこういう異変があるのでしょう。この闇にまぎれて隗囂軍が長安まで攻め寄せてきたら、敵兵がこの室内に立つまで、わかりません」

と、呉漢はいい、笑った。

「さて、大司馬どの、天子のおことばを伝えましょう。朔方《さくほう》太守の田颯《でんりつ》と雲中《うんちゅう》太守の喬扈《きょうこ》がそれぞれの郡を率いて天子に降伏した。そのことを心にとどめおくように、とのことです」

「それは、それは――」

朗報である。

はじめて盧芳が隙をみせたといってよい。

盧芳が天子と称するまえに、

五原郡《ごげんぐん》に李興《りこう》と隨昱《ずいいく》

朔方郡に田颯

代郡《だいぐん》に石鮪《せきい》と閔堪《びんかん》

などの豪族がいて、それぞれ将軍と称して自立していた。そういうかれらに匈奴王は使者を派遣して和親を結び、かれらの上に盧芳を置くことにした。盧芳とかれらの主従関係は、匈奴王の仲介によって成ったといってよい。

ところが匈奴王が盧芳の後ろ楯になることをやめたようで、そのため、主従関係に軋轢《あつれき》が生ずるようになった。

「気にいらぬ」

盧芳はおのれの威光をないがしろにする李興に苛立《いらだ》っていた。李興にすれば、われが盧芳を迎立《げいりつ》してやったのに、尊重の度が低すぎる、とおもしろくなかった。この不和は長くつづかず、盧芳は李興と弟を誅殺《ちゅうさつ》して、驕慢《きょうまん》の臣を抹消《まっしょう》した。それを知った田颯と喬扈は、

「われらも誅《ころ》されるにちがいない」

と、恐れおののき、劉秀に助けを求めるかたちで降伏した。

「気にいらぬ臣を殺しつづけてゆけば、気にいった臣ばかりとなる。理としては、そうですが、ほんとうの理は、ちがうところにあります」

と、使者はいった。

「はて、ほんとうの理とは――」

「ひとりの敵を殺せば、ふたり以上の敵が生ずる。げんに盧芳は李興を殺して、田颯と喬扈を敵にまわすことになったではありませんか」

「なるほど、といいたいところだが、われらは隗囂というひとりの敵を殺さなければならない。隗囂を殺せば、よけいな敵を生じさせることになるのだろうか」

と、呉漢は反駁《はんばく》した。

「はは、それはどうでしょうか。敵といっても、内にある敵と外にある敵があり、みえる敵とみえない敵があります。大司馬どのには敵はありますまい。つまり、隗囂はあなたさまにとってほんとうの敵ではないのです」

ほんとうの敵、とは、どういうものか。さすがにそこまでは問えなかった呉漢は、使者が去ったあとも、しきりにそのことを考えた。

――天子には、ほんとうの敵がおわかりになっているのか。

劉秀は銅馬《どうば》の賊、赤眉《せきび》の賊を赦《ゆる》したのに、天子を自称した邯鄲《かんたん》の王郎《おうろう》、更始《こうし》帝の尚書令《しょうしょれい》の謝躬《しゃきゅう》などは容赦しなかった。王郎と謝躬に共通しているのは、偽善《ぎぜん》あるいは詐取《さしゅ》ということで、その点における最大の大物は、王莽《おうもう》であった。銅馬、赤眉などの賊は、官民を殺して寇略《こうりゃく》をおこなったことがあるのに、そういう行為よりも偽善のほうが悪い、と劉秀はみていることになる。たしかに銅馬や赤眉の賊は劉秀に宥《ゆる》されると、改心したように、無害な平民、忠実な兵となった。が、偽善者は死ぬまでそうはならない。それを劉秀は忌《い》み、憎んでいる。

劉秀が建てた王朝の精神的な柱はそのあたりにある。

王莽政権下で宛《えん》県の亭長《ていちょう》となった呉漢には、強烈な王莽批判はなかった。偽善の王朝を尊んだわけではなかったが、劉秀がもっている大きな憎悪の感情に同化するところまでいっておらず、かといって劉秀がそなえている巨大な寛容力にはとてもおよばないところにいる。

——ほんとうの敵がないということは……。

人をほんとうに憎んだりしたことがなく、その種の感情が旺盛ではないということか。

「いや、大司馬どの、わたしがいいたいのは、そういうことではないのです」

と、あの使者はいうかもしれないが、呉漢が自分なりに考えたのは、そういうことであった。

とにかく盧芳の勢力にほころびが生じた。そのほころびにつけこむのが軍略の常道ではあるが、呉漢の立場では、

——天子はどうなさるのか。

と、見守り、待つしかない。

半月後に、来歙《らいきゅう》軍が長安を経由した。

「賓客ですな」

と、祇登にいわれて、呉漢は庁舎を趨《はし》りでて来歙を迎えた。

来歙は劉秀の室《いえ》の姻戚《いんせき》である。しかも両者はかなり親密である。

「信義の人」

として天下にきこえた来歙は、いまや劉秀に絶大に信任されている。かれは宮城を警備する中郎将《ちゅうろうしょう》であるが、このたび、軍をさずけられて隗囂征伐にむかうことになった。

「天子が来歙どのを西へ遣《や》るということは、本気の切りくずしです」

と、祇登は予断した。隗囂との戦いは、いままで守勢であったが、いよいよ攻勢に転ずるということである。

——盧芳征伐はあとまわしか。

諒解《りょうかい》したおもいの呉漢は、門の外にでて、重厚な礼を示した。この人がいなかったら、劉文叔《りゅうぶんしゅく》は天子になれなかった、とさえいわれている。陰に陽に、劉秀を扶《たす》けてきたのが来歙である。出身は南陽《なんよう》郡の新野《しんや》県なので、呉漢とは同郡人の関係となる。

そういうこともあってか、馬からおりた来歙は、

「大司馬どのよ、兵糧《ひょうろう》をふやして征《ゆ》きたい。ご高配をたまわりたい」

と、軽い口調でいった。

「たやすいことです。ただし、一日のご猶予《ゆうよ》をたまわりたいので、城内でご一泊なさっていただきたい」

「はは、今夜はまともな屋根の下でねむれるか……」

来歙はきさくに呉漢の招待をうけた。

城内で小宴を催した呉漢は、かつて劉秀の使者として隗囂のもとにおもむいた来歙が、暗殺されそうになったことを、はじめて知っておどろいた。

「死にそこなったのは、それが最初ではない。われが劉氏の姻戚であるという理由で、獄にたたきこまれて、誅されそうになったこともある。隗囂は悪い男ではないが、なにしろ優柔不断だ。昨日、東をむいていたのに、今日は西をむく。決断しないのが、最大の悪であることが、隗囂にはわかっていない。王莽政権が倒れなかったら、あの男は、循篤《じゅんとく》な官吏として生涯を終えることになったのに、のぼってはいけない高みにのぼらされた。それで運命が狂った」

絶対の人、たとえば皇帝のような人の下にいれば、隗囂の才気は活発となり、命令をうまくこなす。ところが自身が絶対の人となると、最善の決断ができない。

「天子とは、天命を聴く人をいう。隗囂は天命を聴く耳をもっておらず、人の善言《ぜんげん》も聴けない。耳が悪いということよ」

「耳が痛い」

呉漢はあえて苦笑した。

「いや、大司馬どのは、土に耳をあてて、土の声をきいていた。あなたは地神に護《まも》られている。穀物をいたわり育てた人は、地が天意をつたえ、教えてくれる。穀物は、人を喜ばせる。直接に人を喜ばせなくても、あなたは地神の弟子となり、多くの人に感謝された。わが天子にも、それがおわかりになっている」

「吁々《ああ》――」

少年のころの貧しさは、むだではなかった。呉漢の記憶の視界に、暗い土がひろがった。そこから生じた芽は、なぜかあざやかな緑であった。その芽に生命力を感じた自分があったことはたしかであり、草木を生育させる巨大な力を地が秘めているふしぎさに打たれたことも事実である。そのような個人的体験が意義をもつとは夢にも考えなかった。

――そうか……、小石が黄金に変わるとは、こういうことなのか。

小石とは、呉漢自身にほかならない。

「お教え、身に滲《し》みました」

呉漢は来歙にむかって深々と頭をさげた。

翌朝、兵糧をふやした来歙軍は西へむかった。

この軍は年末に汧県に到って祭遵の軍と合流した。二将が天水郡《てんすい》に踏み込んだとき、年があらたまり、建武八年となった。

だが、突然、祭遵が体調不良となり、

「精兵をおあずけしますので、あとはよろしく」

と、来歙にいい、自身は引き返した。

「わかった。気がねなく、しっかり養生なされよ」

兵をふやして二千人とした来歙は、単独で西進した。ちなみに兵力の二千は軍とはいえず、隊といったほうがよいが、これは奇襲部隊なのであろう。この策が劉秀の脳《のう》裡《り》からでたとすれば、ずいぶん大胆な兵略である。

来歙軍は敵兵に気づかれないように、道なき道をすすんだ。森林を伐《き》って前進をつづけたのである。

「よし、略陽《りゃくよう》だ」

その城を取れば、隗囂の喉頸《のどくび》に食いついたことになる。

こんな奥まった要害に、いきなり敵兵があらわれるはずがないとおもっている守将の金梁《きんりょう》は、用心をおこたっていた。

来歙軍はその不意を衝《つ》いた。一蹴《いっしゅう》して、金梁を斬り、城兵を追い落とした。あざやかなものであった。

略陽陥落という急報に接した隗囂は、まさか、と天を仰ぎ、

「なんぞそれ神なるや」

と、嘆声を放った。なんという神わざか、と来歙を称めつつも、おのれの武運のかたむきを嘆いたといえる。

一方、来歙が略陽を落としたと知った劉秀は大いに喜悦した。左右の者は、あのような小城を得ただけなのに、主上の喜びようは尋常ではない、とふしぎにおもった。

すると劉秀は、かれらの心の声に答えるように、

「略陽は隗囂の拠《よ》りどころである。人のからだでいえば、心腹である。それをこわしたのであるから、のこりの肢体《したい》を制することはたやすい」

と、いった。さきに、略陽は隗囂にとって喉頸にあたると書いたが、劉秀は心臓と腹のようなものだ、とみていた。さらにいえば、略陽の攻略は来歙独自の発案で、劉秀の企画をうわまわっていたことが、その喜びかたでわかる。

来歙は豪胆であった。

かれは敵地である対岸へ渉《わた》り、塁《るい》を築き、橋を架《か》けたような奇抜な働きをした。

――まずいことになった。

大いにあわてた隗囂は、数万の兵をかき集めるや、急進して、略陽城外に到り、包囲陣を作った。

「そうだ。水攻めにしてやろう」

隗囂は、数万の兵をつかって山を切り崩させ、でた土で堤《つつみ》を築かせた。川を堰《せ》き止めて、水を城にそそいだのである。

西征と北伐

長安《ちょうあん》にいる呉漢《ごかん》のもとに、汧県《けん》から急使がきた。

「来歙《らいきゅう》どのは、水攻めにあっているのか」

汧県に駐留している祭遵《さいじゅん》は病のため、救援にゆけないという。

「われがゆくしかない」

呉漢が衣《い》を払って起《た》とうとすると、祇登《きとう》がその袂《たもと》をつかみ、

「独断はなりませんぞ。とにかく洛陽《らくよう》の天子にいそぎお報《しら》せをして、お指図を仰ぐべきです」

と、諫《いさ》めた。

「それではまにあわぬかもしれぬ。来歙どのが戦死すれば、われが見殺しにしたことになる」

「それでも――」

と、語気を強めた祇登は、袂をはなさなかった。

劉秀《りゅうしゅう》という天子は、臣下の軍事的失敗を叱《しか》らない。それよりも組織的逸脱《いつだつ》を嫌うようになってきたのではないか。祇登はそう観測している。たとえば長安に駐留している軍のなかでひとりの将軍が、呉漢にことわりもなく兵を率いて遠征にゆけば、

「かってなことをするな」

と、呉漢はとがめなければならない。

劉秀も諸将の独断専行をいやがるにちがいない。

「天子のお指図をお待ちなさい」

祇登にさとされた呉漢は、ようやくうなずいた。急使を発《た》たせた呉漢は劉秀の指示を待ったが、つたえられたのは、

「待機するように――」

ということだけであった。

「わからぬ」

呉漢は首をふった。すかさず祇登が、

「わかりすぎるご命令ではありませんか」

と、いい、破顔《はがん》した。

「ほう。来歙どのを助けにゆくなというご命令のどこがわかりすぎるのか」

「天子がみずから救助にむかわれる、ということですよ」

「あっ、そういうことか……」

ようやく呉漢も笑った。

この年、すなわち建武八年には、四月が二回ある。閏《うるう》四月に、劉秀は遠征に出発した。河西《かせい》大将軍の竇融《とうゆう》に五つの郡の太守と兵を率いさせ、安定《あんてい》郡の高平《こうへい》県で合流した。大軍である。

要地に配置された隗囂《かいごう》の属将たちはいちように戦慄《せんりつ》した。

高平県から遠くないところに、瓦亭《がてい》があり、ここを守っている将軍を牛邯《ぎゅうかん》という。

このとき官軍のなかで、

「牛邯をお討ちにならなくても、説《と》いて、降伏させることができます」

と、劉秀にむかって言を揚げた者がいる。

太中大夫《たいちゅうたいふ》の王遵《おうじゅん》であった。

かれは、かつては隗囂の下にいた将軍である。

往時、勤皇《きんのう》思想をもっていた隗囂が、王莽《おうもう》打倒を標榜《ひょうぼう》したとき、王遵は諸将のひとりとしてそれを支援した。その後、隗囂が更始《こうし》帝から離れて独立したときも、将軍としてかれに仕えた。だが、洛陽で王朝を開設した劉秀と同盟した隗囂に真意がないとみきわめ、

――他人をあざむくことは、自滅につながる。

と、おもい、隗囂の徳に限界を感じた。来歙からの誘いもあって、隗囂のもとを去り、劉秀に帰順した。

「牛邯には、大義に帰参しようとする意思があります」

そう王遵は述べた。

「よろしい。説得してみよ」

一兵もつかわずに牛邯を降《くだ》すことができれば、それにまさる戦法はない。

許しを得た王遵は、牛邯に書翰《しょかん》を送った。

「私と君は、隗王と盟《ちか》って、漢王朝のために働いてきた。すでに洛陽において漢王朝が建ったのに、隗王は不善の計をおこなおうとしている。私と君は、日夜、隗王を諫めた。そのつど、害が身におよびそうになった。いま君は散逸《さんいつ》しそうな兵卒を率いて、官軍をこばみ、要衝《ようしょう》を守っている。この形勢を、君はどう視《み》ているのか。智者は危《き》を観《み》て変《へん》を思い、賢者は泥《なず》みて滓《けが》れず。これによって、功名が知られるようになり、

籌画《ちゅうかく》は成功する。いま君は成功と失敗の境にいる。迫ってくる勁兵《けいへい》を目前にして、怖慄《ふりつ》すべきである。よくよく胸中で判断し、有識者に諮《はか》りたまえ」

書翰を持つ牛邯の手がふるえた。

——隗囂のありようは、不善なのか。

洛陽を首都とした劉秀は、更始帝に叛逆した者であり、天子を自称してはいるが、そのすべてが善であるといえるのか。

牛邯は苦慮しはじめた。

十日余、考えぬいて、

——よし、劉秀に帰順しよう。

と、決めた。大義は劉秀にある。そう断定するや、みずから劉秀のもとにおもむき、武器を偃《ふ》せた。劉秀は大いに喜び、

「ひとつ、英稟《えいひん》を拾ったわ」

と、いい、牛邯を太中大夫に任じた。

この一事が、隗囂の下の諸将に衝撃を与えた。牛邯が降伏したことによって瓦亭が開かれて劉秀軍がやすやすと南下できるようになった。しかもまだ隗囂軍は来歙が籠《こ》もっている略陽《りゃくよう》城を落とせない。となれば、

——隗囂の武運も、これまでか。

と、惕惴《てきぜん》した将軍は多く、いまのうちなら劉秀の寛容が保たれている、とみて、官軍の本営へひそかに奔《はし》った者が十三人もいた。それら将軍は兵を引率していたので、十万余の兵が同時に降伏することになった。

「王遵の書翰ひとつが、この華々しさか」

と、劉秀は手放しで激賞した。それはそうであろう。王遵は筆ひとつで十数城を陥落させたようなものである。賛嘆せずにいられない。

「さあ、隴右《ろうゆう》へ突きすすむぞ」

郡境が空《から》同然になったのであるから、この親征軍の進撃は早かった。この時点で、略陽を包囲していた陣は破綻《はたん》し、隗囂をみかぎって兵を退いた将がすくなくなかった。

「やった——」

防戦にあけくれていた来歙配下の兵は、両手を挙《あ》げて、天にむかって喜びの声を放った。必死の籠城が実をむすんだのである。

略陽城に到着した劉秀は、さっそく来歙と城兵をねぎらい、盛大な宴会を催した。このとき、劉秀は来歙を諸将の最上位の席に坐らせた。諸将から離して特別な席をかれのために設けたといったほうが正しいかもしれない。隗囂の王国を崩壊させるきっかけをつくったのが、略陽城の攻略であり、その着眼と実行力は、どれほど称《ほ》めても称めたりないであろう。

「あとは、われがやる。そなたは長安へもどって休むがよい」

と、劉秀は来歙に慰安の時を与えた。

——さて、隗囂はどこへ逃げたか。

略陽から軍を南下させるつもりの劉秀は、いそがず、隗囂のゆくえを捜させた。やがて、

「西城《せいじょう》に逃げ込んだようです」

という報告をうけた。西城は西県といいかえてもよく、その位置は益州《えき》との境に近い。つまり公孫述《こうそんじゅつ》の勢力圏にいつでも飛び込めるところまで奔ったということになる。

「それなら——」

劉秀はすぐに王遵を呼んだ。

「長安にいる呉漢に西城を攻めさせる。呉漢を佐《たす》ける将軍は、岑彭《しんほう》、蓋延《こうえん》、耿弇《こうえん》である。なんじは来歙とともに長安にとどまるように」

すなわちここで将軍の入れ替えを指示した。

勅使《ちょくし》となった王遵は長安へ急行した。

「詔命です」

と、王遵にいわれた呉漢は、ようやくきたか、という気分で、

「こころえました。明朝、長安をでます」

と、いって、王遵をおどろかせた。隗囂の下にいた王遵は呉漢の特性を知らなかった。軍を起こすのに、四、五日かかるのがふつうである。だが、呉漢軍の出発は神業《かみわざ》的に早い。呉漢の佐将となったことがある三将は、

「遅れるな」

と、配下の兵を叱咤《しった》して、長安をあとにした。

ほぼ同時に南下を開始した劉秀は、渭水《いすい》に近づき、南岸の上邽《じょうけい》県を遠望する位置にとどまり、先着した呉漢と岑彭に、

「西城を攻めよ」

と、命じた。呉漢軍と岑彭軍が西城を囲んだあとに、蓋延と耿弇を親征軍に加わらせて、上邽を攻めさせた。

——長くかかりそうだ。

呉漢は夏空の下にある西城を睨《にら》んだ。城の攻防は我慢くらべである。郵周《ゆうしゅう》を呼んだ呉漢は、

「あの城のなかの兵糧《ひょうろう》は、どれほどであろうか」

と、問うた。

「しらべるすべはありません。が、推測はできます」

「そうか。申してみよ」

「では、申し上げます。西城は州界《しゅうかい》（州境）近くにあるので、重要であり、規模は小さくありません。それでも数千の兵が百日間食べるだけの兵糧しか備蓄《びちく》されていなかったでしょう。そこに万を超《こ》える兵がはいってきたのです。しかもいまは秋の収穫まえなので、兵糧を増やせなかった。となれば、とても冬を越せないでしょう」

理屈に合う説述《せつじゅつ》である。

「わかった。われらは年内に隗囂を捕斬《ほざん》できるであろうよ」

呉漢にしてはめずらしく楽観をもった。うしろに天子がいるという安心感が、そういう気楽さを生じさせたのであろう。

だが、戦場は生き物である。

突然、異変が生ずる。

首都の洛陽から遠くない潁川《えいせん》で盗賊があばれはじめ、諸県を攻めて、陥落させるようになった。その直後に、河東《かとう》郡の守備兵が叛乱した。両者とも、皇帝が遠征し、当分、帰ってこないことをみこして挙兵したのである。

洛陽を守っている重臣は急使を発した。この急使が上邽に到着するや、劉秀は、

「還《かえ》るしかあるまい」

と、いい、親征をうちきった。帰途につくときに劉秀は呉漢のもとに使者を遣《や》り、

「諸郡から参加した兵は、そこに居るだけで兵糧を費《ついや》す。もしも逃亡者がでれば、ほかの多くの兵の意気を阻喪《そそう》させる。ゆえに、包囲をやめて、兵を解散させたほうがよい」

と、なかば命令のかたちでいった。ただし厳命ではなかったので、

「天子はご帰還なさるが、われらはどうしようか」

と、呉漢は佐将を集めて諮った。

「あとひと月もすれば、冬です。その到来を待てば、隗囂はわれらに降りましょう。それがわかっているのに、せっかくの包囲を解《と》けましょうか」

そういったのが、智勇のある岑彭であったので、

「よし、包囲をつづけよう」

と、呉漢は決断し、それを諸将の総意とした。

だが人は往々《おうおう》にして自分の足もとを視ることを忘れる。敵の兵糧を算《かぞ》えていた呉漢

は自軍の兵糧を算えなかった。劉秀が上邽に滞陣しているあいだに兵糧の不足を心配する必要がなかったので、劉秀が去ったあとも、それについては無頓着《むとんちゃく》であった。

十月がすぎると、急に脱走兵が増えた。

――まもなく官軍の兵糧が尽きる。

兵のほうがそれを知っていた。

「しまった」

ようやく事態の深刻さに気づいた呉漢は、ふたたび諸将を集めて、

「いまやわが軍の兵士に戦意はなく、軍の悴容《すいよう》はいかんともしがたい。さきに解散すべきところを今日までもたせたのは、隗囂の降伏が必至《ひっし》であると想《おも》ったからである。だが、隗囂はいまだ涸渇《こかつ》せず、わが軍のほうが疲れはてた。包囲をあきらめて、引き揚げたいが、どうであろう」

と、いった。諸将は沈黙した。兵糧の不足を耐えているのは、隗囂もおなじである。この耐乏《たいぼう》くらべに勝てば、長い包囲に意義が生ずる。隗囂が降伏するのは、あと半月、いやあと十日かもしれない。諸将の胸中に去来した想念のなかで、濃厚になったのはそういう想いであったため、呉漢のことばにすぐに同意できなかった。

諸将の渋い表情をながめた呉漢は、

「さて、困った。われだけ帰るわけにはいくまいよ」

と、いい、軍議をうちきった。

五日後に、事態は急変した。本営に趨《はし》り込んできた郵周が、

「公孫述の援軍が出現しました」

と、告げた。

「わかった。引き揚げどきだ」

呉漢は軍吏《ぐんり》をつかって諸将に、とどまって戦うな、と命じ、いそいで包囲を解いた。あとは逃げるだけである。ただしみぐるしい逃げかたをすると敵軍につけこまれるので、

「整然と引き揚げよ」

と、諸将につたえた。岑彭軍が殿軍《でんぐん》となって追撃にそなえた。

追撃はなかった。

ほとんど兵糧がなくなったこの官軍は、餓《う》えを耐えて、長安にたどりついた。

「不細工《ぶさいく》な進退であった」

呉漢は自嘲した。

西城の包囲は時と軍資の浪費そのものであったが、どれほどぶざまであっても、状

況を劉秀に報告しなければならない。使者を発たせたあと呉漢は、

「われは罷免《ひめん》され、貶降《へんこう》されるかもしれない」

と、樊回《はんかい》にいったが、年内にそういう人事はなかった。

「隗囂は九死に一生を得て、ふたたび隴右に君臨したであろう。来歙どのの大功を、われが潰《つぶ》してしまった」

年末の玄《くろ》い天空をみあげながら、呉漢はやりきれなさそうにこぼした。が、祇登はあえて磊落《らいらく》さをみせて、

「来歙どのの大功はけっして消えるものではありません。昔の隗囂と今の隗囂では、王としての価値がまるでちがいます。昔の隗囂は賢臣と勇将の上にいたのです。が、略陽の攻防のあと、隗囂の下から賢臣と勇将の多くが消えました。どれほど広い国土をもっていても、人がいなければ、その国土は守りようがなく、王と自称していても、その実態は百獣の王となんらかわらないということです。隗囂の王国はすでに崩壊しているのです。ゆえに隗囂の生死はもはや問題ではありません。慧聖《けいせい》の天子がそれをわからぬはずがありましょうや」

と、いった。

「なるほど、もはや隗囂は死者同然か……」

となれば、残る大敵は、長安からみて北の盧芳《ろほう》と南の公孫述だけである。まもなく建武八年が終わるが、まだ天下平定が成っていない。

「難敵の公孫述を討滅できるのは、いつのことになろうか」

この呉漢の問いに、祇登はすこし考えてから、

「三年以内に隗囂とその勢力は掃蕩《そうとう》されます。早ければ、建武十年に隴右は平定され、それから三年以内に公孫述は斃《たお》れるでしょう。建武十二年か十三年に、天下平定は成ります。そのとき主は五十代のなかばにさしかかり、わたしは……」

と、いって、笑い、自分がこれほど長生きするとはおもわず、むしろあきれております、といった。

呉漢は最初に祇登に会って問答したことを憶《おも》いだした。そのとき祇登に、

「とてもできるはずがないと他人に嗤《わら》われてこそ、ほんとうの志《こころざし》だ」

と、いわれた。そのことばは真正《しんせい》であった。そのことばの上に呉漢独特の歳月がある。ただし、独特な歳月といっても、そこには祇登とのかかわりが大きくあって、むしろ祇登の個性と志に染められたといってよく、じつは自分のなかに祇登が住んでいたのではないか、とさえ呉漢はおもうこともあった。しかしながらよくよく考えてみれば、呉漢が最初に会ったころの祇登は、仇討《あだう》ち旅に疲れはて、目的も希望ももてな

くなって、豪族に傭《やと》われてはむなしく毎日をすごしていただけの男であり、かれのどこにも志などなかったのではないか。そういう祇登に、志ということばをいわせたのが、陰気で素朴な呉漢であったとすれば、ふたりが出会うことによって、ふたりのあいだに志が生じたとみるのが正しいであろう。

――人が出会うということは、ふしぎな力を産むことがある。

呉漢が劉秀に出会ったことも、そのひとつであろう。だが、劉秀に出会って運命が一変した者は、呉漢ひとりではなく、いま軍旅をあずかっている将のすべてが、ふしぎな力を得たことになり、同時にそれらの力を劉秀が総攬《そうらん》している。すなわち、もっともふしぎな人とは、劉秀を措《お》いてほかにはおらず、その出現と経過をふくめてふしぎすぎるといってよい。あえていえば、この世で劉秀だけが、そうなるべくしてなり、そうあるべくしてある人で、ふしぎさのない唯一人《ゆいいつにん》である。そういうみかたもできる。

呉漢はため息をついて年末を迎えた。

新年になって二十数日がすぎたとき、鄢周が報告にきた。

「これは、うわさにすぎませんが、隗囂が病死したそうです」

「えっ――」

おもわず声を発した呉漢は、真偽をたしかめるべく、諸将に使いを遣った。隗囂の死がまちがいないとわかったのは、二月にはいってからである。

西城から渭水南岸の冀《き》県にもどった隗囂は、病に罹《かか》り、痩せ衰え、食べ物がのどを通らないので、餓えて、突然城外にでると、糗糒《きゅうび》（乾飯《かれいい》）を食べて死んだという。

仕えていた王を喪《うしな》った将軍の王元《おうげん》と周宗《しゅうそう》は、末子の隗純《かいじゅん》を王として奉戴《ほうたい》し、王国を保持しているらしい。

それらのことを報告すべく、呉漢は急使を立てて洛陽へ走らせた。

古代から兵を動かすのは農閑期である。農産に精通している劉秀のことであるから、春のうちに討西《とうせい》軍をださず、夏になって、諸将に指示を与えるであろう。呉漢はそう予想して春をすごした。

はたして春が終わるまで、洛陽から使者はこなかった。使者がきたのは、五月の上旬である。

「大司馬《だいしば》どのは、盧芳が北方において天子と称し、九原《きゅうげん》県を首都と定め、五原《ごげん》郡、朔方《さくほう》郡、雲中《うんちゅう》郡、定襄《ていじょう》郡、雁門《がんもん》郡という五郡を奄有《えんゆう》しているのを、ご存じであろう。また盧芳は属将の賈覧《からん》をつかって、代《だい》郡をも掠奪《りゃくだつ》した。すでに盧芳は本拠を代郡の高柳《こうりゅう》に遷《うつ》したようであるが、さしあたり天子は代郡の回復を望んでおられる。大司馬どのは、王覇《おうは》、王常《おうじょう》、朱祐《しゅゆう》、侯進《こうしん》という四将を引率なさって、北方に遠征なさる

べし」

西ではなく、北へむかえ、という劉秀の命令である。

——これで、天子が来歙どのを、長安にとどめているわけがわかった。

隗囂の子である隗純を、来歙に討たせる肚《はら》が劉秀にはある。自分は脇役《わきやく》にまわされた、と呉漢は多少のさびしさをおぼえた。そういう心情を察した祇登は、

「主役は、最後に登場するものです」

と、いって、はげました。

隗囂を討ちそこなったので、呉漢を北方へ征《ゆ》かせる。たしかにそうではあるが、ここには劉秀の悪意はない。戦いにも相性《あいしょう》の良し悪しがある、と考えるのが、劉秀であろう。呉漢にとって西という方角が凶《わる》いのであれば、北へむかわせてやろう。そういうおもいやりが劉秀にはある。そこまで祇登は呉漢にいわなかったが、とにかく劉秀が呉漢を軽んじはじめたわけではないことを、呉漢にわからせたかった。

北伐軍は出発した。

呉漢にとってひさしぶりの河北である。

——代郡を守っているのは、盧芳と賈覧か。

官軍の五将軍が賊軍の渠帥《きょすい》と一将軍を攻めるのである。負けるはずがない。これが

楽観といえるかどうかわからないが、呉漢に気楽さがあったことはたしかである。

盧芳は高柳城からでず、賈覧だけが高柳の南郊に布陣していた。その陣には一万を超える勁強な胡騎《こき》がそろっていたが、呉漢軍にもひけをとらない突騎《とっき》がいる。いきなり騎兵戦となった。

猛烈といってよいほど胡騎は強かった。官軍のなかで最強の騎兵である突騎が、はじめて敗退した。

――賈覧の将器《しょうき》とは、これほど巨《おお》きかったのか。

五将軍がまとまってかかっても賈覧に歯がたたなかった。呉漢は舌をまいた。引き揚げを命じた呉漢の表情に、さすがに冴《さ》えはなかった。

高柳と平城

高柳《こうりゅう》から引き揚げる途中で、呉漢《ごかん》の佐将である四人は、

「賈覧《からん》を甘く観《み》すぎた」

と、くちぐちにいい、ふたたび戦うことになれば、けっして負けないといいたげな顔つきをした。

——その意《おも》いは、われもおなじだ。

と、呉漢はおもったが、現状は敗軍の将である。しかも、さきの西城《せいじょう》攻めでも失敗している。こんな連敗の将が、大司馬《だいしば》でよいのか。そういう感愧《かんき》を抱擁《ほうよう》したまま、洛陽《らくよう》に着いた呉漢は、つらい報告を劉秀《りゅうしゅう》にむかっておこなった。

だが、劉秀は不機嫌ではなく、むろん恚忿《いふん》の色をまったくださず、

「盧芳《ろほう》が容易ならぬ敵であることは、よくわかった。あなたは西に北にと遠征がつづ

いた。しばらく休むがよい」

と、けわしさのない声でいった。

二か月後の八月に、劉秀は西方と北方に遠征軍を送った。両方を同時に攻めさせたのである。

西征《せいせい》軍の将帥《しょうすい》は来歙《らいきゅう》である。かれの下に耿弇《こうえん》、蓋延《こうえん》、馬成《ばせい》、劉尚《りゅうしょう》という四将が属《つ》いた。

北伐《ほくばつ》軍の将帥は、かつて呉漢の下にいたことがある杜茂《とぼ》である。劉秀は盧芳の勢力圏内にある雁門《がんもん》郡を平定させるべく、郭涼《かくりょう》を太守に任命して送り込んだ。その軍と杜茂の軍を合流させて、盧芳の勢力をくじこうとした。

「はなばなしい遠征よ」

洛陽にとどまっている呉漢は、さすがに胸中に寒風が吹くようなつらさをあじわった。だが祇登《きとう》はいささかも同情せず、

「来歙どのは成功するでしょう。しかし、杜茂はどうでしょうか。賈覧の実力をかれは知らないでしょう。五将軍が束《たば》になってかかっても勝てなかった相手です。二将では、むりでしょう」

と、杜茂の遠征を明るい目ではみなかった。

「いや、杜茂は鴈門郡の平定に行っただけで、盧芳と賈覧とは戦わぬであろう。雁門郡にいる賊将は尹由《いんゆう》という者であるらしい」

劉秀が杜茂に、盧芳を討て、と命ずるはずがなく、また、そう命じたとはきこえてこない。杜茂軍が郭涼の兵と戮力《りくりょく》しても、兵力は強大にならず、とても盧芳の主力軍に立ち向かえない。それがわからぬ劉秀ではないので、杜茂にはむりをさせぬ遠征を命じた、と呉漢はみている。

だが祇登はうなずかなかった。

「天子は神知《しんち》をお持ちではあるが、賈覧のすごみまではみぬいておられぬ。賈覧は、尹由が攻め滅ぼされるのを拱手傍観《きょうしゅぼうかん》している将ではない。かならず長駆《ちょうく》して救援する。ゆえに、ゆえに——」

「ゆえに、杜茂は失敗する……」

呉漢は幽《くら》い息を吐いた。

実際に、祇登が予想した通りになった。

戦場が雁門郡のなかにあったとはいえ、代《だい》郡に近い繁畤《はんじ》というところであったため、一万余の騎兵を率いて救援にきた賈覧と戦って、杜茂は大敗した。ただし戦死はせず、南へ南へ奔《はし》って、郡の南部にある楼煩《ろうはん》城に逃げ込んだという。

それをきいた祇登は、

「賈覧とまともに戦うことができるのは、主を措《お》いてほかにおらず、杜茂ごときが挑《いど》める相手ではない。このたびの惨敗で、天子もよくおわかりになったでしょう」

と、皮肉をちらつかせた。

呉漢は苦笑した。が、悪い気はしなかった。杜茂が敗退したことで、劉秀は再度呉漢を起用するであろう。

――われに命令が下されるとしたら、冬だ。

そう予想した呉漢は心の準備をした。その命令は十二月に下された。

佐将は四人で、顔ぶれもおなじである。

ただし、この四将は洛陽にいない。

――代郡を遠巻きにしておこう。

と、考えた呉漢は、さきの敗戦のあとに、朱祐《しゅゆう》を常山《じょうざん》郡に、王常《おうじょう》を涿《たく》郡に、侯進《こうしん》を漁陽《ぎょよう》郡に、王霸《おうは》を上谷《じょうこく》郡に駐屯させ、呉漢だけが洛陽に帰ったのである。それゆえ、この遠征軍は呉漢軍のみが洛陽をでた。

征途《せいと》についてから祇登が、

「四将がそれぞれ三千の騎兵を保持しているので、それだけで一万二千の騎兵ということになりますが、優位に立ったとおもってはなりません」

と、呉漢にいった。

「ほう、それは、どういうことか」

「盧芳のうしろには匈奴《きょうど》がいるということです」

「はて……、匈奴は、先年、朝貢《ちょうこう》してきたではないか。あれは、以後、盧芳を援《たす》けないと示唆《しさ》したことにならないのか」

「朝貢は、朝貢にすぎないということです」

祇登は嗤《わら》った。

もともと盧芳は匈奴が立てた天子である。この天子をおびやかす洛陽の天子とはどのような威勢をもっているか。それをさぐるための朝貢であったといってよい。いきなり匈奴が劉秀に心服するはずはなく、盧芳が苦戦におちいったとなれば、かならず救援の騎兵隊を発する。その兵力が問題で、五千程度であれば撃退できるが、一万あるいはそれ以上であれば、またしても五将の軍はみじめに退却することになるであろう。

「そうか……、戦いかたを考えよう」

自軍には歩兵もいる。それを活《い》かせば、騎兵戦で劣勢になっても潰敗《かいはい》せずに、互角《ごかく》に戦える。

代郡にはいるまえに、新年を迎えた。建武十年である。

春とはいえ、河北《かほく》はまだ寒い。

四将の軍が集合した。それだけで六万の兵力である。それに呉漢軍を加えれば、八万の兵力となり、大軍である。

——これで負けたら、のちの笑い種《ぐさ》よ。

諸将の顔を強く視《み》た呉漢は、

「われらに再戦をおゆるしくださったのは、天子の恩情である。この大軍をもって、もしも敗退するようであったら、われは大司馬を辞するつもりである。かたがたも将軍の号を返上なさるべし」

と、儼乎《げんこ》としていった。自負心のある諸将の表情がひきしまった。

この大軍は高柳をめざしてすすんだ。

「それがしに先鋒をたまわりたい」

と、王霸がいったので、それをゆるした呉漢は、参加した漁陽太守の陳訢《ちんきん》に、

「王霸将軍を佐《たす》けよ」

と、先鋒に添《そ》えた。

すでに賈覧は邀撃《ようげき》の陣を布《し》いていた。

いきなり騎兵戦にもちこんで失敗した去年の戦法を反省した呉漢は、

「なるべく高い塁《るい》を築け」

と、歩兵に命じた。この塁壁《るいへき》があるかぎり、たとえ騎兵戦で敗頽《はいたい》しても総くずれにはならない。

「盧芳が城からでて、賈覧を後援する位置にいます」

と、郵周《ゆうしゅう》が報告にきた。

「この大軍を瞰《み》て、さすがに賈覧ひとりにまかせておけなくなったのであろう」

呉漢はすずやかに目で笑った。

賈覧の攻撃は急であった。敵軍に塁を築かせたくなかったのであろう。

「はや、きたか」

呉漢はあわてず、騎兵を歩兵から離さぬような陣形をとらせた。塁は未完成であるが、すでに柵《さく》は作らせた。その柵を利用して、陣の前進と後退をおこなわせて、兵を疲れさせないようにし、被害をできるかぎり防いだ。

賈覧軍の急襲はいかにも強烈であったが、五将軍の陣は破綻《はたん》しなかった。猛攻を耐えぬき、ついに反撃にでたところで、

「やめよ」

と、呉漢は騎兵の突出を停止させた。むこうは騎兵戦だけで勝負をつけたがっている。

——その手は食わない。

優位に立った騎兵を引き揚げさせた呉漢は、塁を築く工事の続行を命ずるとともに、四将を集め、

「塁が築かれることをいやがっている賈覧は、夜襲を敢行するとおもわれる。かたがたはこころしてそなえられよ」

と、いった。

はたして、夜半すぎに、賈覧軍はきた。それを知った諸将は、心にゆとりをもっていただけに、

「大司馬どのの勘は、冴《さ》えていた」

と、感嘆しつつ、迎撃のための陣を作り終えていた。

柵のまえにならべられた燎炬《りょうきょ》に、点火された。すぐにその照映《しょうえい》のなかに敵の騎兵の影があらわれた。柵のうしろには数千の弩《ど》がそなえられ、それらから放たれた矢が横なぐりの驟雨《しゅうう》のように飛び、多数の騎兵を墜《お》とした。柵を破って突入してきた騎

兵はすくなく、かれらはことごとく官兵の矛戟《ぼうげき》によって刺殺《しさつ》された。

敵軍の喊声《かんせい》が衰弱したと感じた呉漢は、太鼓を打った。柵外に三千の突騎《とっき》を潜伏させておいた。かれらを起《た》たせ、夜襲兵の背後に迫らせるための太鼓である。

柵の近くで千を超《こ》える騎兵を失った賈覧は、

――夜襲を見破られていたのか。

と、臍《ほぞ》をかみ、引き揚げにかかっていた。

そこを三千の突騎が急撃した。

賈覧軍ははじめて重傷を負った。高柳城に逃げ帰った賈覧は、恐怖をおぼえはじめたような顔の盧芳にむかって、

「三分の一の兵を失いました。敵は大軍であり、将帥は呉漢です。夜明けまえにこの城は包囲されるかもしれません。どうなさいますか」

と、問うた。

不敗の将軍のはずであった賈覧の敗退をはじめてみた盧芳は、ふるえはじめ、

「匈奴の單于《ぜんう》には急使を遣《や》ったので、かならず救軍が急行してくる。その軍と連合するには、ここでは不都合であろう。まして包囲されたあとでは、どうにもならぬ。代郡をでて、雁門郡へ移ったほうがよかろう。夜が明けぬうちに出発したらどうか」

と、腰をあげた。

「そうしますか……」

敗色が濃厚になったまま籠城すれば、かならず窮《きゅう》してしまうと賈覧もおもい、城からひそかに退去することを決断した。それほど呉漢を恐れたといったほうがよいであろう。呉漢軍は重厚さをもちながら、動きが鈍《にぶ》くなく、ときに電光のような速さで急所を衝《つ》いてくる。日が昇った直後に、高柳城の東西南北に敵の旗が林立していれば万事休すである。

盧芳と賈覧は兵を率い、星の光が衰えないうちに城をでて西へむかった。

呉漢にはのんきなところがある。高柳城が空《から》になったことを、まる一日気づかず、偵探《ていたん》のための騎兵も放たなかった。

「いそげや、いそげ」

かれは塁の構築をはやめるために工事をおこなっている兵たちに励声《れいせい》をかけて、いそがしく歩きまわった。

夕方、郵解《ゆうかい》がせかせかとやってきた。敵状をさぐりにいった郵周からきた急報をとりついだのである。

「城は、すでに無人……」

一瞬、あっけにとられた呉漢は、つぎに腹をかかえて笑った。

「笑いごとではありません。われらはだしぬかれたのですぞ」

「そうむきになるな。賈覧がはじめて逃げたのだ。これほど愉快なことがあろうか」

「かれらがどこへ逃走したのか、まったくわからないとなれば、軍の動かしようがありません。早く、なるべく多くの偵騎を放たれるべきです」

と、郵解はまくしたてた。

「なあに、どこへ逃げたのかは、わかっているさ」

「えっ、それは――」

「尹由のいる雁門郡へむかったにちがいない」

高柳城の北には長城《ちょう》がある。それを越えて匈奴の勢力圏に逃げ込むのがかれらにとってもっとも安全だが、そうすれば、尹由と雁門郡ばかりでなく、ほかの郡をもみすてたことになる。天子と称している盧芳がわが身の保全だけを考えて長城の外にでてしまえば、諸郡の長や将軍たちは盧芳を敬仰《けいぎょう》することをやめてしまうかもしれない。そういう事態を避けたい盧芳は、賈覧に護《まも》られながら、北方の諸郡を移動しつづけるであろう。

――かれらをあわてて追うのは、よくない。

なぜなら、この遠征軍にとってあらたな敵は、匈奴の騎兵集団であり、その機動性は予想をうわまわるものであり、どこに出現するかわからないからである。盧芳と賈覧を追いかけることに専心しすぎると、横やうしろがみえなくなり、匈奴軍に不意を衝かれかねない。

諸将を集めた呉漢は、すでに盧芳と賈覧が逃げ去ったことを告げたあと、困惑ぎみの相貌《そうぼう》にむかって、

「もはや盧芳どもは豺狼《さいろう》ではなく、逃げまわる鹿《しか》になりさがった。つぎにわれらが警戒すべきことは、塞外《さいがい》からやってくる狼《おおかみ》の群れである。かならずそれと遭遇するので、われらは、偵騎を後方にも放ちながら、ゆっくりと西行する」

と、いい、まず全軍を高柳城へ移動させた。この城に陳訢と属兵を残して、西へ西へとむかった。やがて、代郡から雁門郡にはいった。

荒寥《こうりょう》たる大地である。

田圃《でんぽ》はなく、緑のとぼしい地を、どれほど広く所有しても、支配者としての充実感はなさそうにおもわれる。殷賑《いんしん》の大都である宛《えん》に生まれ育った呉漢が、閑散《かんさん》とした西方や北方に故郷をもつ者たちの感性と思想を理解するのはむずかしい。

三十騎ほどを従えて偵探をおこなってきた左頭《さとう》がもどってきた。

「西南へゆくと平城《へいじょう》県があります。盧芳と賈覧はそこに籠《こ》もっているとおもわれます」

この報告をもとに、呉漢は軍頭を南へむけた。

砂塵《さじん》がながれるかなたに、淡く平城の城が浮かんでいた。

――あの城に盧芳がいることを、当然、匈奴軍は知っている。

まだ匈奴軍が到着していないとなれば、まもなくその軍は北からくる。つまり官軍をうしろから襲うかたちになる。

「よし、平城に近づいたら、包囲陣を作らなくてよい。北と南に塁を築け」

この時点で、呉漢は諸将に命じた。包囲陣を作らせると、陣の厚みがなくなり、襲ってくる匈奴軍と城から出撃する賈覧軍に挟撃《きょうげき》され、破られやすくなる。盧芳を捕《ほ》斬《ざん》することを優先すると、匈奴軍に大敗する。呉漢は自分の勘をたよりに、危険を回避する方法をえらんだ。

三日間で塁はほぼ完成した。直後に、

「匈奴軍が襲ってきます」

という急報がもたらされた。

――やれ、間にあった。

呉漢は胸を撫《な》でおろした。匈奴軍を迎え撃つ気構えは充分にある。

やがて地にむくむくと黒い瘴雲《しょううん》が湧いた。

それが匈奴の騎兵集団であった。

漢王朝が創設されたころから、その北方の騎馬民族の猛威に悩まされてきた。創業者の劉邦《りゅうほう》でさえ、匈奴軍に殺されかけた。さきに匈奴軍を狼の群れと形容したが、その牙《きば》と爪《つめ》は虎のようである。その攻撃力は激雷《げきらい》を連想させる。

郵周が本営に趨《はし》り込んできた。

「匈奴の兵力は五千から一万のあいだです」

「わかった」

予想より匈奴軍の兵力は大きくない。が、それと呼応して賈覧軍が城から出撃するであろう。

「前後に敵がいると想《おも》え」

呉漢は諸将に伝達した。半時後、官軍の営所は猛攻にさらされた。

「今日は、塁からでて戦うな」

呉漢は徹底して矢弓で応戦させ、騎兵を営所の外にださなかった。翌日もおなじ戦法をとり、三日目には王覇らに、

「外にでて戦え」

と、命じた。呉漢軍はむきなおって賈覧軍が相手である。

「城から兵がでました」

という樊回《はんかい》からの報《しら》せをうけるや、呉漢は太鼓を打ち、

「敵は弱兵になりさがっている。なにも恐れることはない」

と、強気にいい放ち、勢いよく陣をすすめた。たしかに兵は、いちど大敗すると、強兵が弱兵にかわる。また大敗軍は脱走兵が増えて兵力が激減する。賈覧が常勝将軍であったころに胡騎《こき》は一万余いたが、さきの高柳での敗戦のあとに、半減した。しかも勇者とよばれていた武人や小隊長などが戦死したため、賈覧軍の衰弱ぶりはひどかった。それでも賈覧は呉漢軍に戦いを挑んだ。

いきなり三千の突騎に痛撃されて、胡騎集団は破裂させられた。騎兵の数ではまさっていても、戦意がおとりすぎていた。

――なさけない。

賈覧は自軍の早い敗色をみて、自嘲ぎみに嘆いた。

一方、早くも勝ちを確信した呉漢は、

「賈覧を捕らえられぬものか」

と、左右にいった。賈覧に名将の器をみた。盧芳の下ではなく、劉秀の下に置けば、その旗鼓《きこ》の才は異彩を放つであろう。

呉漢は、乱離《らんり》の間に散っていった英傑や勇将の影をみてきたが、ここまで世が鎮《しず》まってくると、賈覧が堅持しつづけてきた反骨の精神とその先にある華やかな王朝世界が幻想にすぎないことを自覚しはじめているのではないか。劉秀は盧芳と和睦交渉をしたことはいちどもない。が、盧芳が降伏するといえば、劉秀はこころよく迎え入れて厚遇するであろう。それにともない、賈覧にはもっと大きな働き場が与えられる。そもそも匈奴のような異民族の力に倚恃《いじ》していることを、賈覧はどうおもっているのか。そこにあくまでこだわるのであれば、賈覧の体内に匈奴の血がはいっていると解さざるをえない。

――いちど賈覧と話し合いたいものだ。

そう願った呉漢であるが、その望みはかなえられなかった。城に引き揚げた賈覧軍を追撃した騎兵は、賈覧を捕獲できなかった。

北側に目をむけると、営外にでて匈奴軍とまともにぶつかった四将の兵は、ねばりづよく連合を保ちつづけて、烈火のごとき匈奴軍の攻撃をしのぎ、激闘のすえに、ついに優勢を得た。

日没後、本営にきた王覇は自信をみなぎらせて、

「明日、戦って勝てば、どこまでも追撃しますが、よろしいですか」

と、高らかにいった。

「どこまでも、とは——」

呉漢は目で笑った。

「長城の外まで、ということです」

「ならぬ、とはいわないが、十の勝ちを八でとどめておくのが、将としてのおくゆかしさではあるまいか」

と、呉漢はさとした。

翌日の匈奴軍との戦いには、呉漢軍も参加した。賈覧軍は出撃しないとみたからである。兵力が増大したかたちの官軍は、匈奴軍を大いに撃破した。すかさず追撃にかかった王覇軍は、逃げ去る匈奴軍を追いつづけて、長城の外にでた。ただしそれ以上はすすまず、数百の首級を得て、還《かえ》ってきた。

一笑した呉漢が、

「さあ、平城を攻めるぞ」

と、いって、郵解をみると、その顔が微妙にゆがんだ。

ではない。

「その、まさか、です。すでに盧芳と賈覧は平城をでて、ゆくえをくらませました」

郵解が郵周をつかってしらべさせたところ、盧芳と賈覧は南へむかって奔ったよう
「尹由と合流する方向を選ばなかったのか……」

呉漢は首をかしげた。平城から南下すると、尹由が本拠としている繁時がある。そこは雁門郡の中部にあたり、南部の楼煩に劉秀の将軍である杜茂がいる。盧芳と賈覧は南部を失いつつある雁門郡にとどまることをやめたのか。

「それでは杜茂に使いをだして、繁時をともに攻めることにしよう」

ゆくえのわからない盧芳らを追ってもしかたがない。五将の軍が南下しはじめたあと、杜茂の軍が北上を開始し、繁時の近郊で合流した。十万ほどの大軍となった。それをみた呉漢は、

――この衆《おお》さであれば、城を落とすのはたやすいであろう。

と、予想したが、実際は、難渋《なんじゅう》することになった。ここで百日も滞陣することになれば、さきの大功は消えてしまう。

呉漢は天を仰いだ。まもなく夏である。

――城の包囲は佐将にまかせて、われは盧芳を捜しにゆくか。

天に問いたい気分になった呉漢は、ふと、隗純《かいじゅん》攻めはどうなったのか、と隴右《ろうゆう》の戦況が気になった。

望蜀

呉漢《ごかん》は軍を率いて北方の諸郡を移動し、盧芳《ろほう》と賈覧《からん》を捜し求めた。

その間に、西方の戦況は大いに変わった。

建武《けんぶ》十年の十月に、来歙《らいきゅう》は落門《らくもん》というところで隗純《かいじゅん》とその属将をことごとく降《くだ》して、隴右《ろうゆう》の平定に成功した。

劉秀《りゅうしゅう》は手を抵《う》って喜んだ。

先年、呉漢が岑彭《しんほう》などの佐将とともに西城《せいじょう》を攻めたとき、洛陽《らくよう》へいそいで帰らなければならなかった劉秀は、岑彭へ書翰《しょかん》を送った。

「西城と上邽《じょうけい》のふたつの城が落ちたら、ただちに兵を率いて南へむかい、蜀《しょく》の敵を撃つべし。人は満足を知らないことに苦しむものである。隴を平定すれば、また蜀を望む。兵を発するたびに、わが頭鬚《とうしゅ》は白くなる」

自嘲《じちょう》がこめられた文ではあるが、人の欲望にはきりがないことを、望蜀《ぼうしょく》、という一語でいってのけたところに、劉秀のいつわりのない真情と人としてのどうしようもない性理《せいり》がおもいきりよく表現されている。なお文中にある頭鬚は、鬚髪《しゅはつ》といいかえてもよく、髪の毛とあごひげをいう。劉秀のひげの美しさはつとに知られている。

呉漢と岑彭は西城攻めに失敗したため、益州《えき》にはいって蜀へむかうことはできなかったが、来歙が遠征を成功させたことで、漢軍《かん》が、成家《せいけ》国の天子と称している公孫《こうそん》述《じゅつ》を討つ基礎がためができた。ただし、この年の夏に、名将である馮異《ふうい》が陣中で病《びょう》歿《ぼつ》したことは、劉秀にとって痛かったであろう。

北方で建武十一年の正月を迎えた呉漢は、

「われは、盧芳と賈覧に翻弄《ほんろう》されているだけだ」

と、嘆いた。

だが祇登《きとう》はいささかも同情をみせず、

「盧芳なんぞは小物《こもの》にすぎません。ほかの将軍にまかせておけばよいのです。なんといっても大物は公孫述です。かれを仕留《しと》めるのは、けっきょく主《しゅ》ということになるでしょう」

と、冷静にいった。

「われが北辺《ほくへん》をさまよっているあいだに、来歙どのと岑彭が、公孫述をかたづけてしまうであろうよ」

「公孫述は予想以上の難敵です。かれの滅亡によって、ほんとうに大乱の世が鎮《しず》まるのです。いいですか、新時代の戸をあけたのは、主なのです」

「おい、おい。新時代の構築は、いまの天子がはじめられたことだ。われではない」

呉漢はあわてて祇登のむこうみずな壮語《そうご》をたしなめた。

「さにあらず。邯鄲《かんたん》の王郎《おうろう》に苦しめられて、冀《き》州で東奔西走していたころの天子は、更始《こうし》帝に仕えていた将にすぎず、新時代の戸に手をかけてはいなかった。主が漁陽《ぎょよう》郡の兵を率いて天子のもとに駆けつけたことによって、天子に独立への意望が生じ、更始帝から離れる勇気も倍加《ばいか》したのです。主の到着が運命の分岐点であったと天子はしばしば痛感なさったにちがいなく、主が戸をあけてくれたので、天子は新時代に足を踏みだしたというべきです」

ここまで称賛されると、呉漢は笑うしかない。

「ひとつのくぎりとして、あけた戸を閉じなければなりません。そのような戸は、あけた者にしかわからず、米歙どのや岑彭に閉じられるはずがない。かならず、主がおこなうのです。比類ない英気をお持ちの天子が、それを知らないはずがありません。

そろそろ天子の使者が到着しますよ」

　この日にかぎって、祇登は饒舌《じょうぜつ》であった。

　戦果を得られず、いらいらしている呉漢の気をしずめて、精気をとりもどさせようとした。ここに祇登の愛情がある、といえるであろう。それとは別に、祇登の予知能力の高さを示したともいえる。

　この日から十日も経《た》たないうちに、劉秀の使者が到着した。

「天子のご召還《しょうかん》です。洛陽へお還《かえ》りください」

「やっ、それは――」

　破顔した呉漢は祇登をみた。祇登は笑わず片目をつむってみせた。

　軍を率いて洛陽に到着したのは、二月である。整備のすすんだ都内にはいった呉漢は、並木道をゆきながら、

「なんと仲春《ちゅうしゅん》の華やかなことよ」

　と、馬上で嘆息しつついった。北方の諸郡には季節の色がない。それにくらべて中原《ちゅうげん》の色彩のゆたかさはどうであろう。兵馬の往来が烈《はげ》しくなると、山野からうるわしい色が消える。自然のつややかさが復活したところは平和なのである。

　呉漢は宮殿に直行した。

この年、劉秀は四十一歳であり、呉漢は五十代の前半である。

劉秀に復命をおこなった呉漢は、ねぎらわれた。

「盧芳と賈覧は大司馬《だいしば》に追われて、逃げまわっていたようだが、本拠をつくらせなかったのがよかった。あとは王覇《おうは》らがなんとかするであろう」

と、劉秀は微笑をまじえていった。

「ふたりの後《うし》ろ楯《だて》が匈奴《きょうど》であることがやっかいです」

盧芳は不利になれば匈奴の勢力圏に逃げ込んでしまう。長城《ちょう》の外にでて盧芳を追いつづけることは危険である。

「それは、そうではあるが、ふたりが長城の外へでるたびに、諸郡の支配力は弱くなる。并州《へい》の中部と南部は漢の版図《はんと》となり、北部の切り崩しも順調にいっている。明年には、盧芳が安住するところはなくなるであろう」

盧芳を殺さなくても、かれを支える者たちをとりこんでしまえば、盧芳は墜落するしかない。劉秀は軍事以外の手を打っているということである。

「惶《おそ》れいりました」

呉漢は低頭した。北方の諸郡を巡ったことは多少劉秀の役《やく》には立ったらしいが、誇れたことではない。

「さて、蜀攻めについてであるが……」

「はっ――」

呉漢は緊張をあらわにした。

「陸路と水路をつかって攻めることにした。来歙は陸路をすすんで北から益州にはいり、岑彭は水路をすすんで東から益州にはいる。そなたは水路側の将帥《しょうすい》として岑彭に指図を与えよ。すでに岑彭は江水《こうすい》のほとりにいて、そなたの到着を待っているであろう」

「うけたまわりました。ただちに南《なん》郡にむかって出発します」

「はは、そなたのことであるから、洛陽にはいっても、帰宅せず、まっすぐここにきたのであろう。今夜は、自宅で休め。出発は明朝でよい」

復命する者と命令をうけた者は自宅に立ち寄ってはならぬきまりであるが、ここは、劉秀が特別なはからいをみせてくれた。

ひさしぶりに家族の顔をみた呉漢は、心になごみをおぼえ、翌朝はすっきりと発《た》つことができた。従者の顔もはれやかである。祇登の家は、呉漢の敷地内にあり、そこでは独身者が集まって酒を酌《く》み交《か》わしていたようである。

――祇登は老いてますます矍鑠《かくしゃく》としている。

主君に仕える者は七十歳になれば致仕《ちし》するのがならいであるが、祇登は引退をほのめかしたこともない。むろん呉漢としては、智慧《ちえ》袋である祇登を引退させるわけにはいかない。

「先生は、范増《はんぞう》のごとき人です」

祇登に師事している況巴《きょうは》はそういった。呉漢は、劉邦《りゅうほう》と天下を争った項羽《こうう》の名を知っていても、項羽の軍師であった范増を知らなかった。

「范増が軍師になるべく、起《た》ったのが、七十歳のときです。項羽は范増を左右に置きつづけていれば天下を取れたのに、去らしてしまった。あれが項羽の大失敗でした」

と、況巴は語った。

「そうか。われは祇登を去らせるような愚《ぐ》を犯さないようにしよう」

祇登ばかりではない、呉漢のもとに集まった況巴、角斗《かくと》、魏祥《ぎしょう》、左頭《さとう》、樊回《はんかい》、郵《ゆう》解《かい》、郵周《ゆうしゅう》などの重臣をないがしろにしてはならぬのである。かれらは呉漢の分身といってよく、かれらのひとりでも失えば、呉漢の心身は欠損するといってよい。

武技に長じた角斗と左頭は、いまや千人長であり、それぞれ千人もの精兵を指麾《しき》する隊長である。祇登、況巴、魏祥は帷幄《いあく》のなかの謀臣で、事務能力の高い樊回は軍吏《ぐんり》である。耳目《じもく》の働きがよい郵解と郵周は外交担当の謁者《えっしゃ》といってよいが、軍にあっては偵探《ていたん》もおこなう。ほかに呉漢の下には弟の呉翕《ごきゅう》がいる。呉翕はじみではあるが堅実な将として成長しつづけている。

「さあ、南郡にむかって出発だ」

はつらつと軍に号令をくだした呉漢は、直前に、劉秀の使者を迎え、

「すこしおくれて天子は南陽《なんよう》に行幸《ぎょうこう》なさいます」

と、告げられた。

劉秀の行幸は、軍事目的をひそませていることが多い。このたびの南下も、おそらくそうで、南陽郡まで行った劉秀は、呉漢と岑彭にあらたな命令をつたえるであろう。

――天子にとって、水路をつかう蜀攻めのほうが心配が大きいということか。

水軍を用いるのは、はじめてのこころみであるから、劉秀の懸念《けねん》が小さくないことは、呉漢にもわかる。

南陽郡をすぎて南郡の襄陽《じょうよう》にはいったとき、

「岑彭は、夷陵《いりょう》にいます」

と、郵周が報告にきた。夷陵の位置は、南郡の中央にあたり、その県は江水に臨《のぞ》み、水上交通の要地である。

かつて南郡には強力な妖賊《ようぞく》の首領がふたりいた。そのひとりが、夷陵を本拠として

いた田戎《でんじゅう》であった。田戎は、劉秀の王朝が洛陽に樹《た》ち、その威勢が南方におよんできたとき、

——とてもわれ独《ひと》りでは、勝てない。

と、おびえ、

「漢朝に降伏したい」

と、左右に洩《も》らした。それをきいた妻の兄の辛臣《しんしん》は鼻で哂《わら》い、

「いま四方の豪族はそれぞれ郡国に拠《よ》って、武威を熾《さか》んにし、洛陽の漢朝の土地は掌《たなごころ》ほどしかない。兵を温存して、天下の変化を観《み》ていればよい」

と、田戎の弱腰《よわごし》を諌《いさ》めた。ところが、そういっておきながら、辛臣は田戎の財宝を盗んだばかりか、ひそかに間道を奔《はし》り、さきに漢軍に降伏してしまった。兵を率いて北上し、漢軍に降《くだ》る準備をしていた田戎は、辛臣のぬけがけを知って、

——われは売られた。

と、怒り、降伏するのをやめて、黎丘《れいきゅう》の秦《しん》王(秦豊《しんほう》)と連合して漢軍と戦い、敗れたあとは、夷陵に帰って抗戦をつづけた。夷陵が岑彭によって落とされると、田戎は数十騎とともに脱出し、蜀の公孫述をたよった。身内に裏切られた不運な人といってよい。

田戎を撃破した岑彭は、夷陵を都尉《とい》の田鴻《でんこう》に守らせ、自身はそこより下流の江陵《こうりょう》の東に位置する津郷《しんきょう》に本拠をすえた。かれが荊《けい》州を平定したのが建武五年であるから、呉漢が荊州を南下しているこの時点から、六年まえのこととなる。

――蜀の公孫述を討つのは、われだ。

と、意望をさかんにした岑彭は、江水に臨む要地をすべておさえるべく、津郷と夷陵の中間にある夷道《いどう》に領軍《りょうぐん》の李玄《りげん》を置き、威虜《いりょ》将軍の馮駿《ふうしゅん》には江水をはるばるとさかのぼらせて、巴《は》郡の中心地である江州《こうしゅう》県を攻め取らせた。

――これで蜀攻めの準備はととのった。

と、いいたいところではあるが、兵も兵糧《ひょうろう》も船も船人《せんじん》も不足していた。当時、戦略的主眼は水路にむけられておらず、岑彭自身も隴右の攻略に参加させられた。呉漢に従って西城を攻めたものの失敗したあと、津郷にもどった。

岑彭は用心をおこたっていたわけではない。が、公孫述が持つ反撃の意図がかれの用心をうわまわった。岑彭がすえた軍事的基地をことごとく破壊してやろうと考えた公孫述は、属将の任満《じんまん》、田戎、程汎《ていはん》に数万人の兵を率いさせ、いかだをつかって、江水をくだらせた。この奇襲攻撃は成功し、馮駿、田鴻、李玄らを大破した。

諸将の敗退を知って大いにおどろいた岑彭は、

――なんとしても蜀軍を駆逐《くちく》せねばならぬ。

と、江水に沿って兵をすすめたが、蜀軍の威容に圧倒された。夷道と夷陵のあいだに、虎牙《こが》山と荊門《けいもん》山がある。このふたつの山は、川をはさんでむかいあっているといってよく、そこに蜀軍は営所を作って漢軍を防いだ。さらに蜀軍は、ふたつの要害の機能を高めるために、江水を跨《また》ぐかたちの船橋《ふなばし》を架《か》けた。また水中に多くの柱を建てて、敵の軍船が近づくことをさまたげた。

攻撃をくりかえしても、まったく歯がたたなかった岑彭は、

――船を作るしかない。

と、発想を転換した。作った船は二種類あり、ひとつを、

「直進楼船《ちょくしんろうせん》」

と、いい、いまひとつを、

「冒突露橈《ぼうとつろじょう》」

と、いう。それらを数千艘《そう》作った。

楼船は古くからあり、船上に楼閣を設けたものである。新しいのは冒突露橈であろう。橈とは、船のかじ、あるいは船のかい、をいう。それがむきだしになっているのが露橈であるが、むこうみずに突進する意味の冒突ということばが冠《かん》せられていると

なれば、陸軍が城門破壊のために用いる衝車《しょうしゃ》を想《おも》えばよいであろうか。おそらく冒突露橈が戦闘船で、直進楼船に指麾官が乗るのであろう。

隴右の平定と盧芳勢力の衰弱を確認した劉秀は、岑彭のそういう戦闘準備のぬかりなさを内心称《ほ》めて、蜀攻めに江水をもつかうことを決断した。劉秀が本気になったときは、かならずその方面に行幸をおこなう。このたびもそうで、南陽郡に行幸した劉秀は章陵《しょうりょう》県（もとの舂陵《しょうりょう》郷）まで行った。

そこで呉漢にむけて使者を発した。

「しばらく襄陽にとどまれ、と天子は仰《おお》せになっているのか」

わけのわからぬまま呉漢は、軍をとどめて、つぎの命令を待った。

「やあ、これは——」

やってきたのは南陽郡の兵、三万である。そのなかには釈放された刑徒《けいと》もふくまれている。洛陽をでたときに呉漢が率いていた兵は一万であるから、呉漢軍はにわかにふくれた。

「天子のご厚意を、ありがたく頂戴《ちょうだい》した」

使者にそういって頭をさげた呉漢は、

「岑彭は夷陵から夷道のほうへ移っています」

と、使者から教えられた。その移動を命じたのも、劉秀であろう。

襄陽をあとにした呉漢に近寄った祇登は、

「岑彭は上流から敵の要害を攻めるつもりであったのに、天子は、下流から攻めよ、と仰せになったのでしょう。岑彭が下流へまわったのであれば、主は上流へまわったほうがよろしい。敵の注意を下流へむけさせせないことです」

と、献言《けんげん》した。

「わかった」

なにはともあれ、早く岑彭に会って、策戦を立て、手順を確認しあわなければならない。蜀への遠征の先陣をうけもたされた岑彭が、戦意旺盛なのはよいが、はりきりすぎているきらいがある。

——われは突出したがっている悍馬《かんば》をなだめる役か。

と、呉漢は苦笑した。

南下をつづけた呉漢は江水のほとりに到った。まもなく三月が終わる。ただしこの年に、三月は二回ある。翌月は閏《うるう》三月である。岸に数隻《せき》の船が着いていた。岑彭にさしまわされた船である。夷道は対岸にある。軍を残し、十数人を従えてその船に乗った呉漢は、江水を吹き渡る風の強さを感じた。

夷道にはいった呉漢は、駐留している軍の規模の大きさに驚嘆した。軍吏にその兵力を問うと、

「兵は六万、騎馬は五千」

という答えが返ってきた。南陽郡、武陵《ぶりょう》郡、南郡という三郡から兵をかきあつめ、また桂陽《けいよう》郡、零陵《れいりょう》郡、長沙《ちょうさ》国の船人を徴発《ちょうはつ》したという。

――多すぎる。

この多さでは、たったひと月で兵糧が罄竭《けいけつ》する。そう想った呉漢は、岑彭に会うや、

「征南《せいなん》大将軍よ、あなたの徴兵の努力は認めるが、船人が多すぎはしないか。かれらの半分を罷《や》めさせ、帰郷させたらどうか」

と、直言した。慍《むっ》とした岑彭は、

「蜀軍は大敵なのです。これでも足りない、とおもっていますが、大司馬がそうおっしゃるのなら、ご判断を天子に仰ぎたい。よろしいですか」

と、反発するようにいった。

「いいでしょう」

遠征軍に難問が生じたとき、遠くないところに劉秀がいてくれることはたすかる。急使が往復した。

にわかに岑彭の機嫌がよくなった。劉秀の裁定書がとどいた。

「大司馬は歩兵と騎兵を用いることに慣れているが、水戦には通暁《つうぎょう》していない。荊門攻めに関しては、まず征南公の意見を重視する」

どうです、といわんばかりに、岑彭はその書面を呉漢にみせた。

「承知した」

呉漢はいっさい難色をみせず、夷道をあとにした。陽動策戦として、軍を夷陵のほうへ動かした。かつて岑彭は分別《ふんべつ》のある将であったが、いまはその分別をかなぐり棄《す》てて、敵陣へ突進しようとしている。目にみえぬ大きな力につき動かされているようである。

「ひとつの終焉《しゅうえん》が岑彭にはみえているのでしょう」

と、祇登はいった。

「その終焉とは、公孫述の死か」

「さて、それは——」

祇登は口ごもった。歴史に記《しる》されるような大仕事を岑彭がおこない、かれの威名が呉漢をしのぐという事態を素直に予想することができない。はっきりいえば、呉漢にくらべて岑彭の徳の積みあげは低い。たしかに呉漢も敵対する英傑や賊を討伐し、敵兵を殺してきた。しかしその過程で多くの者を活《い》かす工夫もしてきた。そのやりかたは劉秀の精神と寛容力にそったものである。が、岑彭はどうか。かれの戦いかたにはそういう温恕《おんじょ》はいっさいみられない。つまり器量以上にはりきりすぎてゆとりがない。

――ゆえに危《あや》うい。

祇登はそう観ている。

「不吉なことを申すようですが、その終焉とは、岑彭自身の終焉であり、かれが凱旋《がいせん》将軍として生還することはありますまい」

祇登のことばは幽《くら》くなった。

呉漢軍が夷陵へまわったころ、岑彭軍は荊門へむかって前進した。大船団をさかのぼらせて、船橋を攻める、という策戦である。

だが、まずいことに、天気が急変した。

風雨が烈しくなり、川の水嵩《みずかさ》が増し、ながれが急になった。ますます濛《くら》くなった天と水を睨《にら》んだ岑彭は、

「あの浮き橋を攻める者はいるか」

と、属将の勇気をためすような問いかたをした。すると、偏《へん》将軍のひとりがまえにでて、

「それがしにまかせてもらいたい」

と、高らかにいった。氏名は、魯奇《ろき》という。かれは岑彭軍の先鋒をうけもったことで、わずかではあるが歴史に名を残すことになった。

波にあおられて転覆しそうな船に乗った魯奇は、船を漕《こ》ぐ船人たちを励まして、浮き橋に近づいた。そのとき、風が旋回《せんかい》した。波も変化して、突然、猛烈な勢いでかれの船をうしろから押した。たまたま水中の柱にひっかかっていたその船は、ちぎれたように飛び、しかも浮き橋にまともに衝突した。それでも死ななかった魯奇は、浮き橋にしがみついている配下の兵をつぎつぎに引きあげ、

「この橋を焼き落とせ」

と、声を嗄《か》らして命じた。浮き橋は荊門と虎牙の連絡通路であると同時に、大船団の着岸をはばむ巨大な柵である。これを破壊してしまえば上陸はたやすい。

雨に濡れた浮き橋から噴煙が立ったのは、それから半時後であった。それまでに魯奇は配下の兵を率いて斬りすすみ、後続の大軍が上陸するまで奮闘しつづけた。

浮き橋が焼失したあと上陸した岑彭は、

——かえってこの荒天がよかった。

と、実感した。荒れ狂っている川に船をだして逃走をはかる蜀兵はほとんどいない。

かれらは要害に籠《こ》もるしかなかった。いや、蜀軍の船に火をかけられて、逃げようがないと知っても、数千の蜀兵は川を泳いで逃げ去ろうとした。その全員が、溺死《できし》した。

岑彭は荊門攻めを重視した。

——ここが落ちれば、虎牙はおのずと落ちる。

実際、その通りになった。両要害の守将は逃げ場を失い、任満は斬られ、程汎は捕獲された。岑彭のもとにつぎつぎに捷報《しょうほう》がとどけられたが、かれは満足しなかった。

「田戎は、どうした」

南郡の小覇王であった田戎は、どちらかの要害にいたはずであった。田戎だけが逃げ去って江州に籠もったことを知ったのは、十数日後である。

夷陵にいた呉漢は、漢の大船団が遡上《そじょう》してくるのを観て、あえて大声で、

「大慶《たいけい》——」

と、いったあと、無表情の祇登の顔をみた。

岑彭の神業

呉漢《ごかん》はどっしりとかまえた。

大勝の余勢を駆《か》って、一気に江水《こうすい》をさかのぼろうとする岑彭《しんほう》に、

「ぞんぶんに働かれよ。われは夷陵《いりょう》にとどまり、あなたを後援する」

と、呉漢はいい、あわてては動かなかった。

——この人は、殊勲《しゅくん》をわれにくれるのか。

微笑する呉漢の顔をまじまじと視《み》た岑彭は、かたじけない、と一礼し、夷陵をあとにした。

大船団が江水をのぼってゆく。

それを呉漢とともにながめた祇登《きとう》は、

「大度《たいど》でしたな」

と、称《ほ》めた。蜀《しょく》の公孫述《こうそんじゅつ》を討伐する策戦については、岑彭の考えを優先せよ、という劉秀《りゅうしゅう》の諭示《ゆし》があったが、呉漢はひかえよ、という命令はなかった。むしろここからは、呉漢が主《しゅ》となり、従《じゅう》である岑彭の策を採用しながら益州《えき》にはいってゆくのがふつうの攻略図である。ところが呉漢は総指麾《しき》を岑彭にさずけて後方にとどまった。その悠然たる態度に祇登は感心したのである。

「戦いには、騎虎《きこ》の勢《いきお》い、というものがある。ははは、況巴《きょうは》に教えられたことだ。なるほど、虎に騎《の》ってしまえば途中でおりられない。岑彭がそれよ。われはまだ虎に騎りたくないだけだ」

と、呉漢はいい、声を立てて笑った。

たしかに岑彭軍は異常な速さで江水を西へすすんだ。荊州《けい》をでた直後にある水上交通の要地が、江関《こうかん》である。そこにはいった岑彭は、

――このあたりは、公孫述の支配力が弱い。

と、みて、武威をきらめかすことをやめ、住民を慰撫《いぶ》するようにつとめ、兵には掠奪《りゃくだつ》を禁じた。この軍の行儀のよさが住民に歓迎され、岑彭が通過するところでは、人々が牛と酒を贈るべくおし寄せた。すると岑彭は、

「われらはあなたがたを使役《しえき》してきた罪人を討ち、害を除きにゆくだけです」

と、いい、牛や酒をうけとらなかった。この謙譲《けんじょう》の姿勢が巴《は》郡の人々を喜ばせたため、郡内の豪族はつぎつぎに岑彭に降《くだ》った。

江関をあとにした岑彭軍は、臨江《りんこう》、平都《へいと》などを経て、江州《こうしゅう》に到達した。田戎《でんじゅう》が逃げ込んだ県である。

いちど攻めてみたが、

――ここを落とすのはむずかしい。

と、実感した。江州攻略にこだわっていると、まえにすすめない。

巴郡の要《かなめ》というべき江州から支流が北へ伸びている。その川をつかって公孫述の本拠のある蜀郡の成都《せいと》に近づくこともできる。どうせ田戎は城のなかに首と手足をすくめているだけであろうから、岑彭軍の障害にはならない。

「よし、われは北上して墊江《ちょうこう》を攻める。なんじは田戎を見張っておれ」

岑彭は佐将の馮駿《ふうしゅん》にそういいつけると、軍を動かした。墊江もまた水上交通の要地である。そこに三つの川が合わさる。なにしろ益州は川が多い。江水の支流だけではなく、支流の支流というべき川が無数にある。

墊江をめざした岑彭軍は途中で平曲《へいきょく》の城を落として大量の食料を獲得した。この岑彭軍の進撃にたいして、成都にいる公孫述は手を拱《こまぬ》いていただけではない。

延岑《えんしん》、呂鮪《りょい》、王元《おうげん》、公孫恢《こうそんかい》、侯丹《こうたん》といった将軍を召して、それぞれに策をさずけて防戦にゆかせた。それにしても、延岑とは、なつかしい名である。かれが益州の漢《かん》中《ちゅう》郡において、武安《ぶあん》王と称して立ったのが、建武二年である。それからこの年、建武十一年まで、漢王朝にさからいつづけてきた。諸郡の英傑がつぎつぎに斃《たお》れても、かれは公孫述のもとで生きのびている。この生命力は尋常ではない。

それはそれとして、劉秀にとって最後の大敵となった公孫述とはどのような人物なのであろうか。

出身地が右扶風《ゆうふふう》の茂陵《もりょう》県である。

父の公孫仁《こうそんじん》が高級官僚であったため、すぐに官途に就《つ》いた公孫述は、まず郎官《ろうかん》となった。それから転出して天水《てんすい》郡の清水《せいすい》県の長となった。若いながらその行政能力はおどろくべきもので、郡の首脳はそれを認めて、五つの県の行政をまかせた。するとかれが治めるすべての県の政治はととのい、盗賊の横行がなくなったので、郡の人々は、

「鬼神《きしん》のようだ」

と、公孫述を称めたたえた。鬼はもともと死者の霊をいうが、この場合は、人間とはおもわれないほどすぐれていることをいっている。

王莽《おうもう》の王朝になると、公孫述は導江卒正《どうこうそつせい》に任ぜられた。まえに述べたように、王莽

は官職名や地名を改めた。導江は蜀郡、卒正は太守《たいしゅ》である。つまり公孫述は蜀郡太守となり、臨邛《りんきょう》県に住んだ。その県は成都の西南に位置する。

王莽王朝がながつづきすれば、公孫述は十年後には王朝へ招かれ、要職に就いたであろう。ところがこの王朝は多事多難で、東方と南方の不穏さが濃厚になったため、北方と西方に目をくばるゆとりを失った。それゆえ公孫述は王莽王朝の末まで蜀郡太守でありつづけた。

王莽政権を倒した更始《こうし》帝とその集団が樹《た》てた漢王朝が不安定であったことは、いうまでもない。

益州では、

「われらは漢王朝に協力する」

と、称《しょう》して、宗成《そうせい》という者を首領とする数万人の軍が漢中郡を侵した。王莽に任命されたかたちの公孫述は、かれらに敵視されることを恐れて、宗成に呼応することにした。

だが、宗成の軍は、各地にいる妖賊とかわりのない掠奪集団であった。それを知った公孫述は、

――われは群盗を招きいれたようなものだ。

と、烈《はげ》しく後悔した。宗成と戦ってかれらを駆逐したいと決意した公孫述は県内の豪族に呼びかけて兵を集めた。おそらく数千人は集まったであろう。公孫述の賢さは、かれらのなかから精兵を選抜したことである。はじめて武器を持った者たちは足手まといになるだけである。

精兵の数は、たった千人である。

――量より質だ。

そう信じて、かれらを率いて臨邛県をでた公孫述は、宗成が本拠としている成都を急襲した。ただし、成都へむかう途中に、公孫述に正義があるとみた豪族が加担したので、襲撃する兵数は数千人になっていた。かれらは宗成の軍を大破した。宗成の属将である垣副《えんふく》は、宗成を殺して、配下の兵とともに降伏した。

この胸のすくような大勝によって、またたくまに公孫述は驍名《ぎょうめい》を得た。

広大な益州の諸郡の有力者たちが、州内の治安を確定した公孫述を敬仰《けいぎょう》しはじめたことによって、公孫述の支配力がより強まった。州内の人々の意望は、

「中原《ちゅうげん》の醜悪な闘争が、この州に波及しないように」

というものであり、それを享《う》けた公孫述は、

「われがこの州を守りぬいてやる」

と、侠気《きょうき》を示した。この壮快《そうかい》な意気がかたちとなったのは、益州を服属させようとした更始帝の軍を、成都の東北の綿竹《めんちく》県で撃破したことである。この時点で、自信を増倍《ぞうばい》した公孫述は漢王朝に従属することをはっきりと拒否した。益州に別世界を築こうとした。益州の民が安心して暮らせる世界を確立することの、どこが悪なのか。

佐官の李熊《りゆう》の進言を容《い》れて蜀王となった公孫述は、この王国の首都を成都にさだめた。その後、ふたたび李熊の進言があり、大位《たいい》に即《つ》くことをすすめられた。大位とは帝王の位をいう。

「帝王になる者には天命があるものだ。われに天命があったというのか」

公孫述にはそれくらいのわきまえはある。天命がないのに帝王と称すれば、天譴《てんけん》がくだり、滅ぼされてしまう。

李熊はひきさがらず説述《せつじゅつ》をつづけた。

「天命に常《つね》はなく、万民は有能な者を立てようとします。それが天命なのです。王よ、疑ってはなりません」

この思想は、もしかしたら孟子《もうし》の思想の仮借《かしゃく》であろう。天意は人民の総意に反映されるというものである。古代、西方の覇者《はしゃ》であった周《しゅう》王は、天下の主《あるじ》である殷《いん》王を攻めて殺した。主家に弓を引くという叛逆の行為によって成った革命を正当化する

ため、

「天命」

ということばが生まれた。その後、主家を滅亡させて建国する者があらわれると、それを否定できず、肯定するために、天命は絶対的ではないとせざるをえなくなった。天命に常はない、とはそれをいう。端的にいえば、人民を喜ばせる善政をおこなっている者は、人民の敵となった者を討滅《とうめつ》してもかまわない、ということである。劉秀の挙兵からの行動も、この思想にのっとってつづけられたといってよい。たしかに劉秀も天命を冀求《ききゅう》したひとりである。

――天命はどこにあるか。

悩みはじめた公孫述は、ある夜、夢をみた。

夢にあらわれた人は大位について語り、

「八厶子系《はちしし》は、十二年を期《き》とする」

と、告げて消えた。

夢から醒《さ》めた公孫述は、その謎のようなことばを考えた。

――そういうことか……。

八厶子系を組み合わせると、公孫、となる。つまり自分のことである。期とは、時のひとめぐり、をいうが、終わる、とも読める。すると自分は大位に即いても十二年で終わってしまうのか。

浮かない顔の公孫述は、妻に夢兆《むちょう》について語った。すると妻は、

「朝《あした》に道を聞けば、夕《ゆうべ》に死んでもよい、と孔子《こうし》はおっしゃったではありませんか。十二年もあるなら、それで充分でしょう」

と、答えた。

ついに公孫述は大位に即いた。このときは、建武元年四月にあたる。

益州は守りやすく攻めにくい州である。そのなかの蜀郡は天然の要害といってよく、しかも肥沃《ひよく》の地で、人は多く、兵は精勁《せいけい》である。ここを治めていれば、百年、いや千年でも平和を維持できそうにおもわれる。天下に関心のない公孫述は、他州を侵略する意欲をもっておらず、そのかわり、

――この州のことは放っておいてくれ。

と、外の州の有力者にいいたかった。洛陽《らくよう》に樹った劉秀の王朝が、東方と南方にあった王朝を潰《つぶ》し、ついに隗囂《かいごう》の王国まで打倒する勢いを示した際に、公孫述ははじめて隗囂に手を貸した。自己防衛のためである。益州にとどきそうな矢を、隗囂を楯《たて》にして防ごうとした。しかしながら隗囂の王国が倒壊してしまえば、みずから飛矢《ひし》を払

い落とさねばならなくなった。

北の陸路ばかりを注目していた公孫述は、東の水路から漢軍が益州に侵入したことを知ってあわてた。しかも岑彭軍は破竹の勢いで江州に達したという。

——しまつが悪い。

公孫述はいやな顔をした。

益州北部をながれている川は、すべてが江州で合わさるといってよい。江州から成都に近づこうとすれば、涪水《ふすい》、湔水《せん》、江水という三つの川をつかうことができる。岑彭がどの川をつかうかわからないので、公孫述は涪水のほとりの広漢《こうかん》と湔水に臨《のぞ》む資《し》中《ちゅう》に将軍を派遣した。さらに将軍の侯丹にいいふくめ、岑彭軍の退路を断たせた。それによって岑彭軍を挟撃《きょうげき》する布陣を完成させたことになる。とくに侯丹の配置は重要で、岑彭軍の後方をおびやかすと同時に漢軍の補給路を断つことになる。それゆえ侯丹に二万もの兵を属《つ》けた。

「これで岑彭は進退に窮《きゅう》するであろう」

と、ひさしぶりに公孫述は明るく笑声を立てた。

そのころ涪水を北上していた岑彭は、上流域に蜀軍が迎撃《げいげき》の陣を布《し》いたことを知った。敵陣の虚《きょ》を衝《つ》くことが兵法の基本であるとすれば、この時点で、その基本は消失したといってよい。

——さて、どうするか。

軍を停止させた岑彭は情報を蒐《あつ》めた。ここまでの進撃で通過してきた県や聚落《しゅうらく》の民を慰撫した効果があらわれた。蜀軍の動静が、手にとるようにわかった。

——敵将の侯丹はひそかにうしろにまわったのか。

それが敵陣のあらたな虚だ、と岑彭はみた。敵に知られないようにおこなう進軍は、その隠密さが保たれてこそ巨《おお》きな威力が生ずる。しかしそれが漏洩《ろうえい》すれば、隠密さが敵側に移ってしまう。この場合、ひそかに岑彭のうしろにまわってかれを驚愕《きょうがく》させるつもりの侯丹は、あわてふためく漢軍を迎撃する構えをしているだけで、岑彭がひそかに別の動きをするとはまったく予想していない。それが虚なのである。

——よし、わが軍が涪水で戦っているとみせかけてやろう。

決断した岑彭は佐将の楊翕《ようきゅう》と臧宮《ぞうきゅう》を呼び、

「なんじらはここに残って、上流からおりてくる敵軍を拒《ふせ》げ。われは侯丹を急襲する」

と、告げた。陽動策戦である。

軍を分けた岑彭はすみやかに江州にもどり、そこから江水にはいって黄石《こうせき》のほうへむかった。侯丹は黄石のあたりで敗走してくる漢軍をたたくつもりらしい。が、岑彭軍は敗退する軍ではない。それどころか、一種、幻術の軍で、侯丹の目に映《うつ》らない軍である。なぜなら岑彭軍は涪水にあって蜀軍と戦っているにちがいないからである。

――岑彭が逃げて、黄石にさしかかるのは、ひと月後か。

そういう予想に、侯丹はどっぷりつかっていた。当然、麾下《きか》の兵ものんびりしていた。この弛緩《しかん》した陣が、天からふってきたような、あるいは水中から浮上したような岑彭軍の急襲に耐えられるはずがない。

「まさか、まさか――」

と、叫んで逃げまわった侯丹の下にいた兵は、ひとたまりもなく潰走《かいそう》した。

黄石における攻防戦は八月におこなわれたのであるが、じつは囮《おとり》として残された軍を指麾した臧宮も凡庸な将ではなく、涪水の支流である沈水《しんすい》で延岑軍と戦い、勝利を得た。それらの捷報《しょうほう》はほどなく呉漢にとどけられた。

「それは、よかった」

と、いったものの、呉漢は髀《もも》を拍《う》つほどの喜びを示さなかった。

ひと月半ほどまえにとどいた凶報がかれの胸を暗くしていたからである。その凶報とは、

「来歙《らいきゅう》が暗殺された」

というものである。来歙は陸路軍の将帥《しょうすい》といってよく、かれは蓋延《こうえん》、馬成《ばせい》などの将軍を率いて、六月に、益州北端の武都《ぶと》郡に侵入した。なお武都郡はのちに益州から涼州《りょう》へ移されるが、郡内で戦場となった下辯《かべん》の位置に変わりはない。郡内のほぼ中央に位置する下辯と河池《かち》の両県で、漢軍と蜀軍が激突した。来歙の漢軍に圧倒された蜀軍の将を環安《かんあん》といい、かれはむざむざと敗退することをくやしがり、数人の刺客を選んで、

「夜中に本陣に忍びこんで、来歙を刺殺せよ」

と、命じた。これらの凶刃《きょうじん》が来歙にとどいたのであるから、来歙に隙《すき》があったとみるべきかもしれない。剣の刃がからだに立ったままの状態で蓋延を呼んだ来歙は、後事を託《たく》し、さらに筆を執《と》って上表文を書き終えると、筆を投げ、刃をぬいて絶命した。

――蓋延があらたな将帥か。

呉漢の胸裡《きょうり》に不安が生じた。似たような不安を劉秀もおぼえたのであろう、七月に、親征のかたちで長安《ちょうあん》に行幸《ぎょうこう》をおこなった。

劉秀は、来歙が最期に書いた上表文を読んで、涕《なみだ》をながした。そうきいた呉漢も、

「われも哀《かな》しくてたまらぬ」

と、つらそうに左右にいった。来歙は劉秀の精神的支柱になった人である。その人を喪《うしな》った劉秀の哀しみの深さが、呉漢にはわかる。

「敵には、刺客という手がありましたか……」

祇登の目も暗い。暗殺団が敵陣に潜入して本営にもぐりこむのは至難であるのに、げんに来歙が殺されたとあっては、本営の警備をみなおす必要があろう。

「陸路を征《ゆ》く軍も、蓋延が将帥では、はかどるまい。水路の岑彭軍が蜀軍のとどめを刺すことになろう」

呉漢は公孫述の余命があとわずかであると観《み》た。

しかし祇登は、

「その通りです」

とは、いわず、しばらく沈思《ちんし》してから、

「奇手《きしゅ》は、玩弄《がんろう》してはならぬものです。敵の意表を衝くことが勝利への近道であっても、その近道は真の勝利から遠ざかってゆくことになりかねない。奇手は、敵の奇手によって倒される危険をはらんでいるということです」

と、いい、幽《くら》い息を吐いた。

要するに、岑彭が敵地にあって動きまわる速さが尋常ではないことに、祇登は懸念《けねん》をいだいている。進撃が異常とおもわれるほど速ければ、敵をおどろかすには充分であろうが、軍自体が疲労し弱体化するおそれもある。

水戦に長じているわけではない呉漢は、岑彭の奇想とあざやかな指麾ぶりに、ただただ感心するしかないが、祇登の説述をきいて、

——軍にも精気が必要か。

と、反省した。

たしかに息せき切って駆けまわっている岑彭とその軍に精気を求めるのは無理であろう。

「もうすこし、おおらかに戦ったらどうか」

と、いってやりたいが、そのような使いをだせば、おそらく岑彭は、

「大司馬《だいしば》の仰《おお》せのように戦えば、蜀は、百年経《た》っても降りませんぞ」

と、呉漢の魯鈍《ろどん》さにあきれ、その指図を一蹴《いっしゅう》するであろう。

——いまは、黙って見守るしかない。

呉漢は指図をひかえた。

黄石で大勝した岑彭軍はますます活発となった。岑彭はさらに自信を深め、奇想の

上に奇想を積むような大胆不敵な策戦を実行しはじめていた。

いま軍の本体は江水にあって、肢体《したい》は涪水にある。公孫述はその二軍がどこかで合体するにちがいないとみて、偵探《ていたん》の兵を増やし、漢軍の動向をみきわめようとしている。おもに見張られているのは、臧宮らの軍であり、岑彭の軍はかれらの観察眼の外にいる。

——それなら……。

あいかわらず臧宮らの軍を囮としてつかい、岑彭は蜀軍の視界の外を走りつづけるというのはどうか。つまり二軍は合体せず、本体だけが江水をひたすらさかのぼってゆく。すると成都にかなり近づく。

「よし、征くぞ。われらが最初に成都を観るのだ」

号令をくだした岑彭は、兵と船人を励まして船団をいそがせた。

八月下旬から九月下旬までのひと月間をこの移動でつかった岑彭は、ついに武陽《ぶよう》を観て、喜悦した。武陽は南から成都にむかってくる敵を防ぐための藩屏《はんぺい》といえる重要な県である。黄石から武陽まではおよそ千二百里であるから、岑彭軍の船団は毎日四十里ずつすすんだことになる。川をさかのぼってゆく速さとしては驚異的である。途中でこの船団の遡行《そこう》をさまたげる蜀の水軍が出現しなかったのは岑彭にとって幸運で

あったが、

——公孫述は江水には無警戒だ。

と、みた岑彭の観測は正しかったといえる。

はたして武陽の防備も薄《うす》く、岑彭軍の大船団に迫られただけで、城兵は戦意を喪失した。

やすやすと武陽を落として上陸をはたした岑彭は、精鋭の騎兵を選んで隊を作り、

「広都《こうと》まで馳《は》せよ」

と、命じた。

武陽から成都へゆくには陸路のほうが早い。広都は成都の南に位置し、両者の距離は数十里である。すなわち成都は北上してくる敵にたいして二重の藩屏を築いていたわけであるが、すでに武陽を失ったとなれば、広都が最後のとりでとなる。

岑彭軍の騎兵の勢いは風雨のようであり、いたるところで蜀兵は逃げ散った。

成都の宮殿で敗報に接した公孫述は、杖《つえ》で地を打ち、

「なんという神業《かみわざ》か」

と、岑彭軍のあまりの速さに、腹立たしげに怖駭《ふがい》した。

黄石で大勝して以来、隠没《いんぼつ》してしまったかのような岑彭が天空を翔《か》けたように武陽

に上陸したという報《しら》せが呉漢のもとにとどいたのは、十月下旬である。

「おどろいた。すでに岑彭は武陽を落とした。この超人的な速さからすれば、ひと月以内に、岑彭は成都を制圧するであろう」

岑彭の独《ひと》り舞台を呉漢は遠くから眺めていただけである。武陽を取ったとなれば、岑彭軍がひと月も経《た》たないうちに成都に到ると想いたくなる。

祇登は苦《にが》く笑った。

「戦いはこれからです。成都にはすくなくとも十万の兵がいるのです。公孫述は死にものぐるいで抗戦しますよ」

「そうかな。兵法は勢《せい》を尊《たっと》ぶというではないか。勢は岑彭軍にある。つぎの報せが楽しみだ」

つぎの報せは意外に早くきた。

吉報ではない。凶報である。

岑彭は公孫述の刺客に暗殺されたという。

――卑劣な公孫述《こうそんじゅつ》め。

暗殺などという手段を用いる者は、盗賊より劣る。そう考える呉漢《ごかん》は怒りで全身が熱くなった。

公孫述の内命を承《う》けた刺客たちが、奴隷《どれい》の身なりをして、成都《せいと》から逃げてきたと岑《しん》彭《ほう》に訴えて信用してもらい、夜間に岑彭を急襲したという。ちなみに岑彭が斃《たお》れた地は、武陽《ぶよう》に隣接《りんせつ》する彭亡《ほうぼう》という聚落《しゅうらく》であり、まるで岑彭が亡《ほろ》ぶことを予言しているような地名であった。

呉漢軍の船団は益《えき》州にはいった。

岑彭の属将たちが江水《こうすい》をくだってきたので、呉漢はかれらを収容して、江州《こうしゅう》県に達した。岑彭軍は将帥《しょうすい》を喪《うしな》っただけで、軍そのものの損失は微小である。

岑彭の佐将で驍名《ぎょうめい》を得た臧宮《ぞうきゅう》らを呼んだ呉漢は、益州全体の現状を問うた。

「征南公《せいなん》（岑彭）の徳恵が征途《せいと》に滲《し》みていて、ここ巴《は》郡は漢に心を寄せており、西隣の犍為《けんい》郡も大半は蜀《しょく》から離叛しております。ゆえに漢軍は犍為郡をながれる江水をさかのぼって南安《なんあん》県まではやすやすと到ることができましょう」

臧宮の観測には楽観がまじっていない。そうきいた呉漢は、

「よし、わが軍は南安をめざしてひたすらすすむ。だが、攻め口が南だけでは、蜀軍もそこに兵力を集中させ、防衛を厚くすることができる。どうしても成都を北から攻める軍が欲しい。陸路を踏破して成都に迫るはずの漢軍は、来歙《らいきゅう》どのが急死なさったあと、蓋延《こうえん》にひきつがれたが、蓋延も病を得て帰還してしまい、けっきょく馬成《ばせい》が将帥となった。しかしかれは武都《ぶと》郡を平定するのがせいいっぱいで、とても南下して益州の深部に達する力をもてまい。そこで――」

と、まなざしを臧宮にむけた。

「あなたはすでに沈水《しんすい》において延岑《えんしん》を破り、涪水《ふすい》とその支流には詳しい。涪水の上流には涪《ふ》県がある。それを落とせば、成都へは陸路で近づける。すなわちわれは南から、あなたは北から成都へ迫り、挟撃《きょうげき》しよう」

これはなかば命令である。ただちに軍を二分した呉漢は、数人の将を臧宮に属《つ》けた。

その船団を見送った呉漢のかたわらに立った祇登《きとう》は、

「じつに常識的な戦法だが、ここまでくると、奇策は要《い》らない。いまや公孫述は呉漢の名におびえ、ふたたび奇手《きしゅ》を寝ないで考えているでしょう」

と、いい、軽く笑声を立てた。

「また暗殺のための刺客か。われは成都に近づいたら、本営の燎炬《りょうきょ》を十倍に増やし、宿衛の人数を五倍とし、成都から逃亡してきた者ばかりか、降将にも会わぬ。われが殺されたら天子の益州平定の企画は潰《つい》えてしまう」

「そうです。主《しゅ》のおいのちは、いまや天下国家のためにかけがえがなく、至尊《しそん》であるといってよい。再建された漢王朝の大事業のしめくくりとして、主のおいのちは征途で喪われてはならぬのです」

そういった祇登は、あとで角斗《かくと》、郵解《ゆうかい》、郵周《ゆうしゅう》、魏祥《ぎしょう》、況巴《きょうは》、左頭《さとう》、樊回《はんかい》、呉翕《ごきゅう》などを集め、

「公孫述はおのれのいのちが風前の灯《ともしび》であることを自覚している。灯を消そうとする風を熄《や》ませるには、われらが主を殺すしかない。かれはすでに刺客を変装させて岑彭を刺殺させた。おなじ手はつかえない。そこでおもいもよらぬ手を日夜考えつづけている。ゆえに、われらはいかなる人物も主に近づけてはならぬ。降伏してきた将士

がもっとも怪しい。かれらを主に会わせてはならぬ」

と、厳切《げんせつ》にいった。

呉漢軍の船団が江水をすすむうちに、新年となった。建武《けんぶ》十二年である。呉漢の年齢は五十代のなかばに近づいた。

「さて、蜀の水軍は、どこで待ち構えているか」

呉漢は前方をゆったりとながめている。

春になると天候が急変するので、

「妖《あや》しい風が吹きはじめたら、すぐにわれに告げよ」

と、魏祥に命じてある。が、さいわいなことに航行をさまたげるほどの荒天には遭《あ》わなかった。

沿岸に聚落をみつけた鄄周はすみやかに快速艇をだして情報を蒐集《しゆうしゆう》してきた。

「住民はずいぶん好意的でした。征南公の恩撫《おんぶ》が効《き》いている感じです。蜀軍が迎撃《げいげき》の陣を布《し》いているとすれば、南安のあたりであろうとのことです。そこまでこれといった支流がないので、船団を匿《かく》して待つことはできないようです」

「わかった。左右に気をくばる必要がないのなら、すこしすすむ速度を上げよう」

船団の進行が速くなった。

この時点で、公孫述の王朝は自滅しはじめていた。

江水に臨《のぞ》む荊門《けいもん》を守っていた諸将のひとりである王政《おうせい》は、岑彭の襲撃をうけて、死守することをあきらめ、主将である任満《じんまん》の首を斬って降伏した。また、もとは隗囂《かいごう》の属将であった王元《おうげん》は、公孫述を頼って将軍となったものの、おのれの戦意のおとろえをさとって、漢軍に降伏した。公孫述を支えてきた将がつぎつぎに離脱している状況を知った劉秀《りゅうしゅう》は、岑彭が武陽県に到った時点で、公孫述に書翰《しょかん》を送ってむだな戦いをやめるように説《と》いた。その書翰を示された左右の重臣は、おそるおそる、

「降伏なさいませ」

と、勧《すす》めた。とたんに烈《はげ》しく顔をゆがめた公孫述は、

「国家の興廃《こうはい》は天命しだいである。天子が降伏することなどあろうか」

と、怒鳴るようにいい、左右を黙らせた。

成都の王宮には沈鬱《ちんうつ》な空気がよどむようになった。この空気を嫌ってひそかに王宮を去る者が続出している。かれらをとどまらせる徳の力が公孫述には稀薄《きはく》である。それを認めたくない公孫述の苦悶《くもん》は烈しさを増した。

呉漢の船団は南安に迫った。

南安の北に魚涪津《ぎょふしん》があり、そこに蜀軍の船が集結している。

「水戦は、はじめてだが、どうなるか」

敵将は魏党《ぎとう》と公孫永《こうそんえい》という二将軍である。

祇登は平然と前方をながめ、

「敵の船団は陸に近すぎます。戦うまえに退路をたしかめているようなものです。圧倒できます」

と、断言した。

岑彭軍に所属していた兵と船人たちは水戦に熟達《じゅくたつ》しており、両軍が接触するや、いきなり蜀軍を撃破した。楼船《ろうせん》で自軍のはつらつさを瞰《み》ていた呉漢は、なんども手を拍《う》ち、髀《もも》をたたいて感嘆した。敵軍を大破したあと呉漢は、将卒のまえで、

「われは征南公の遺徳《いとく》のなかにいる」

と、岑彭をたたえ、おのれをいささかも誇らなかった。

「つぎは、武陽ぞ」

呉漢の号令にははずみがあった。武陽を抜けば、得意の陸戦に突入することができる。武陽はいちど岑彭によって落とされた城である。防備は重厚ではない。

「修築を竣《お》えていません」

この側近の声をきいた公孫述は、女婿《じょせい》の史興《しこう》を呼び、

「呉漢が武陽に迫っている。なんじに五千の兵をさずける。救援にゆけ」

と、命じた。

すでに武陽に到って攻撃を開始していた呉漢は、

「蜀の援軍が南下してきます」

という郵周の報告をうけるや、属将に武陽攻撃をまかせて、みずから軍を率いて上陸し、

「幽《ゆう》州の突撃がどれほどすさまじいものか、蜀兵に知らしめてやろう」

と、豪語して、迎撃の陣を布いた。

この軍は兵力でも史興軍を圧倒していた。急行してきた救援軍は、巨大な鵬翼《ほうよく》にはさまれたように、こなごなにくだけ散った。最初から勝負にならなかったといってよい。全滅して、史興は戦死した。

「史興が死んだのか……」

公孫述は両手で顔を掩《おお》った。その手をおろしたとき、眼前に、杖《つえ》をついた老剣士が立っていた。

「ああ、狄師《てきし》先生……」

そう声をかけられた老剣士はおもむろに坐り、やつれた公孫述をみつめて、

「われが呉漢に親しいことをご存じか」

と、嗄《しわが》れた声でいった。

「ほう、初耳です……」

「古昔《こせき》、一飯《いっぱん》の恩を忘れず、一国の宰相《さいしょう》を救った者がいた。われは一飯どころか、長年にわたって天子から恩をたまわってきた」

祇登の友人であった狄師は、素封《そほう》家の田殿《でんいん》に気にいられて、賓客《ひんかく》としてもてなされていたが、鄴《ぎょう》県の田家が兵乱にまきこまれて潰滅《かいめつ》した際、かれは独《ひと》りのがれて西行し、ながれながれて、蜀にたどりついた。そこで独特の剣術が公孫述に認められて、賓客として遇《ぐう》された。

——田氏を救えなかった。

という心の傷は深かったが、歳月がそれを瘳《いや》してくれた。ところが、この年になってその古傷がうずきはじめた。

——あの呉漢が、漢軍の総大将として、蜀を滅ぼしにきたのか。

田氏を救えなかった自分が、公孫述も救えなければ、おのれの信義がすたる。呉漢のそばには旧友の祇登が帷幄《いあく》の師として安座《あんざ》しているらしいが、

——父の仇《あだ》を独りでは討てなかったあいつが、軍師とは、嗤《わら》わせる。

と、妬心《としん》も烈しくなった。

「それで――」

公孫述は狄師を凝視《ぎょうし》し、息を凝《こ》らした。

「われはこの杖を地図がわりにし、易水《えきすい》ならぬ江水を越えて、呉漢に会ってきましょう」

「先生、かたじけない」

飛び跳ねるように席をおりた公孫述は、狄師の手を執《と》り、涙をながした。戦国時代に易水という川をあとにして秦《しん》の始《し》皇帝を暗殺にいった者を荊軻《けいか》という。ただし荊軻は生きて還《かえ》ってくることはなかった。狄師もおなじ覚悟であろう。

このころ、武陽を陥落させた呉漢は、軍を陸にあげて、北へすすみ、犍為郡と蜀郡の境にさしかかっていた。郡境近くにある県が広都《こうと》である。かつて岑彭軍の先鋒はそこまで達していたが、いままた呉漢軍の先鋒が布陣を開始した。

「城の守りに生彩がありません」

郵周の報告をきいた呉漢は、祇登にまなざしをむけて、これをどう観《み》るか、と無言で問うた。敵軍は弱々しくみせて、罠《わな》をしかけているのではないか。

「そうですな……、広都が破られると、あとは成都を守るしかないのですから、そこの守備が弱いのは奇妙です。が、さきの援軍も兵力が五千であったことを想えば、敵は予想より兵力を減らしたのかもしれません。罠をしかけるゆとりはないと観ます」

「そう観たか。では、右顧左眄《うこさべん》せず、まっすぐ攻めよう」

ここから急速に兵馬をすすめた呉漢は、ためらうことなく広都を攻撃するため陣を布いた。じつは史興の戦死は公孫述だけではなく、成都に残っている兵と吏人《りじん》にも衝撃を与え、かれらを落胆させた。広都を守っている将士も、なかば戦意を失っていたのである。

「よし、ひと呑《の》みにしてやる」

呉漢は広都を睨《にら》んで意気込んだが、予想に反して、その城はたやすく陥落しなかった。呉漢軍が広都に到る直前に、公孫述は援兵を送り込んだ。それだけではなく、城そのものが防禦《ぼうぎょ》にすぐれた造りになっており、呉漢軍の侵入をこばみつづけた。

「われはいそぎすぎたか」

呉漢は祇登に苦笑をむけ、肩の力をぬいた。広都が蜀にとってどれほど重要な城であるか、わかっていたつもりでも、ここまではあっけないほどの快進撃をつづけてきたので、つい広都攻めを軽く視《み》た。

呉漢の顔をみた祇登は、なぜか不安をおぼえた。たしかにここまでいそぎすぎたきらいがある。岑彭もおなじようにいそぎ、快進撃をつづけて、突如、暗殺された。

「先生――」

祇登は況巴に耳うちをされた。

「狄師がきた……」

おどろきをかくさず腰をあげた祇登は、趨《はし》って軍門にむかった。そのほとりに杖をついた老剣士が佇《たたず》んでいた。

「狄師、よく生きていた」

この祇登の声に、狄師は微笑で応えた。

「蜀に棲《す》んでいたのか」

「ながれて、たどりついたのが、この地よ。長い侘住《わびず》まいであったが、漢の大司馬《だいしば》があの呉子顔《ごしがん》であると知って、矢《や》も盾《たて》もたまらず会いたくなった。ほどなく黄泉《こうせん》へ殂《ゆ》く身だ。尊顔を拝してみやげとしたいが、かなうであろうか」

「それは……」

外来の者はいかなる人物であっても、けっして大司馬に会わせてはならぬ、といってきた祇登であるが、狄師に恩を感じていることもあって、

――この友は、特別だ。

という許容《きょよう》がはたらいた。

「わかった。なんじの願いをかなえよう。ただし剣をあずからせてもらい、衣服もあらためさせてもらう」

祇登は況巴に目で指示をした。さきに況巴と狄師を帷幄のなかへ送った祇登は、一考し、角斗と左頭を招いた。

「狄師はわが旧友だが、怪しいそぶりがあれば、すかさず刺殺してかまわぬ」

瞠目《どうもく》したふたりは、

「なぜ、そのようなことをおっしゃるのですか」

と、問うた。

「落ちぶれたようにみせてはいるが、顔も手も、垢《あか》で黒ずんではいない。艶《つや》さえある。もっともいぶかしいのは、目つきだ。その目は旧友と再会したことを喜んでいない。われの懐疑が的《まと》はずれであれば、それにこしたことはない」

祇登にそういわれたふたりは顔を見合わせた。たがいの困惑をみつめあったといったほうがよいであろう。

角斗は剣だけをもち、左頭は戟《げき》ももって祇登に従い、帷幄のなかにはいった。筵《えん》を避けて土の上に坐っている狄師のまえにまわった祇登は、

「まもなく広都は落ちる。すると成都は百日以内に陥落する。なんじは蜀での侘住まいをやめて、大司馬の客になり、故郷へ帰る気はないのか」

と、さぐるようにいった。

「妻子がいる。蜀で生まれ育った妻子に、中原《ちゅうげん》の水は適《あ》わぬ」

狄師の眉宇《びう》にわずかではあるがさびしさがただよった。このとき、帷幄の外で、

「ほう、狄師先生のご来訪か」

と、呉漢の声が揚がった。報《しら》せにきた況巴とともになかにはいった呉漢にたいして、狄師は杖を立てて腰をあげて一礼した。

「いや、いや」

と、手を振って、この場のかたぐるしさを払った呉漢は、着席をうながした。呉漢が坐るのをみた狄師はおもむろに片膝《かたひざ》をついた。それと同時に杖はななめになり、その膝の上に置かれた。直後に杖はふたつに分れた。

「死ねや――」

狄師は跳んだ。かれの軀《からだ》とともに白刃が走った。呉漢はのけぞった。

――あの杖は、剣であったのか。

そう気づいたとき、鬼気とともに白刃がぶつかってきた。

──われはここで死ぬのか……。

呉漢は動けなかった。目のまえが暗くなった。すべてが停止したといってよい。一瞬のことがこれほど長く感じたことはない。

「くっ、くっ」

と、況巴の欷歔《ききょ》がきこえた。

──われは死んではいないのか。

呉漢は朦朧《もうろう》たる意識から脱《ぬ》けた。倒れたままの呉漢は祇登にすがりつくような容《かたち》であった。その祇登の胸に狄師の白刃が深々とはいり、狄師の背は左頭の戟で割られていた。よくみると狄師の脇腹に短剣がつき刺さっていた。況巴の短剣である。呆然《ぼうぜん》と立っていたのは、角斗である。

況巴の異様な涕涙《ているい》にむかって、われの死を悲しむのは早いぞ、と叫ぶまえに、呉漢はひっと呻《うめ》いた。

──われのかわりに祇登が凶刃《きょうじん》を受けたのだ。

天地が裂けたような衝撃をおぼえた。祇登の肩を荒々しくつかんだ呉漢は、すでに息の絶えた狄師を泣きながら蹴《け》り、祇登をかかえようとした。そのとき祇登の唇がすこし動いた。が、目はひらかない。

「沢巴、いるか……」

「はい、ここに——」

沢巴はにじり寄った。

「なんじの父を討ったのは、われだ」

「存じていました」

「それなら、よい……」

祇登はかすかに笑《え》んだようであった。

——祇登が死んだ。

その頭を自分の膝の上に載《の》せた呉漢は、天を仰いで哭《な》き、地を拳《こぶし》でたたきつづけた。

「申しわけありません」

なすすべがなかった角斗は地にひたいをつけてあやまった。呉漢はこたえなかった。怒りで唇がふるえた。とにかくさまざまな感情の沸騰がおさまるまで待った呉漢は、帷幄のなかに飛び込んできた魏祥の青ざめた顔をみて、

「祇登の故郷は蔡陽《さいよう》だ。遺骸をそこまで運び、墓を建てよ」

と、ふるえる声で命じた。

この夕《よる》、呉漢はたれも近づけず、暗い地をみつめたあと、星空を仰ぎみて、涙をな

がしつづけた。

翌日、棺《ひつぎ》に斂《おさ》められた祇登が魏祥の馬車とともに去るのを見送った呉漢は、諸将を集め、

「広都を落とせ」

と、すごみのある声でいった。

呉漢はわれを忘れるほど赫怒《かくど》していた。左右の諫止《かんし》をふりはらって城壁の近くまですすみ、みずから矢を放った。士卒にまで呉漢の怒りがつたわったようで、火のでるような猛攻をおこなって、城内になだれこんだ。

――公孫述は、仇《あだ》だ。

かつて呉漢は仇討ちをくりかえしてゆく愚かさを嗤ったが、ここではその良識をかなぐりすてた。たれになんといわれようと、われは公孫述を殺す。この剣刃《けんじん》をむきだしにしたような感情のまま、成都へむかって突進した。

じつはこれ以前に、劉秀の訓戒《くんかい》がとどけられていた。

「成都には十万余の兵がおり、それらを軽視してはならぬ。ただただ堅く広都に拠《よ》り、敵の来攻を待ち、ともに鋒《ほう》を争ってはならぬ。敵が攻めてこなければ、公《きみ》は営《えい》を転じて敵に迫り、敵兵が疲れているとみれば、すみやかに攻撃すべし」

慎重な戦いかたの指示である。

——しかし、ここは……。

呉漢は劉秀の指図を無視した。憤怒《ふんど》のかたまりとなっている呉漢は、いかなる忠告にも聴く耳をもたなかった。

騎兵と歩兵をあわせて二万余の兵を率いて成都に迫った呉漢は、副将である劉尚《りゅうしょう》を江水の南岸に残して、万一にそなえた。ところがこの処置を知った劉秀は大いにおどろき、すぐに急使を立てて呉漢をいさめた。

呉漢の陣と劉尚の屯営とが二十余里もはなれている。もしも敵が呉漢軍の進退をさまたげ、劉尚軍を攻めれば、呉漢と劉尚は連絡をとりあえないどころか、救助しあえず、どちらかの軍が敗退すれば、けっきょく全軍が敗退することになる。それゆえ呉漢にいそいで広都にもどれ、という指令を劉秀はだしたのである。

こういう急使が千里の道を往復する場合もあれば、伝達が中継される場合もある。とにかく劉秀の戒告がとどくまえに、呉漢は窮地《きゅうち》に立たされていた。公孫述は呉漢の突出をみのがすはずがなく、謝豊《しゃほう》と袁吉《えんきつ》という将に十万余の兵を率いさせて呉漢軍を囲ませ、別働隊を長駆させて劉尚の屯営を襲わせた。

——無謀であったか……。

敗走して堡塁《ほうるい》のなかに飛び込んだ呉漢は、ようやくわれにかえった。とたんに痛惜《つうせき》が胸にきた。祇登が生きていれば、この猪突猛進《ちょとつもうしん》を止めてくれていたであろうに、いまの帷幄のなかにはその影もない。

「すっかり敵軍に囲まれてしまいました」

樊回の不安な声をきいた呉漢は、冷静さをとりもどし、

——ここで死ぬわけにはいかぬ。

と、強い意志をよみがえらせた。ここまできて、自分が死ねば、身を挺《てい》して楯《たて》となってくれた祇登の死が無意味になってしまう。

すぐさま諸将を集合させた呉漢は、

「兵を合わせ、心を一にして、懸命に戦えば、大功を樹《た》てられよう。そうしなければ、全滅する。勝つか負けるかは、この一挙にある」

と、厳重《げんちょう》にいった。

しかしながら呉漢は、三日間、この営所からでなかった。敵軍のようすをうかがっていた。なんとか劉尚軍と戮力《りくりょく》したいと考えた呉漢は、多くの幡旗《はんき》を樹てさせ、煙火《のろし》を上げさせた。そうしておいて、夜間に軍営をひそかにでた。じつは煙火をみた劉尚も軍を動かしていた。この二軍の動きに気づかなかった謝豊らは、翌日、劉尚軍

を潰《つぶ》しにかかった。

――劉尚軍の兵力は一万にすぎぬ。

別働隊にはまかせておけぬと意《おも》った謝豊には勝算があった。ところが、この軍のゆくてにいたのは、劉尚軍だけではなかった。呉漢軍も迎撃の陣を布いていた。

「いつのまに――」

おどろいただけ謝豊の負けであったらしい。三倍以上の兵力を保持しながらも、日没近くには、この軍はくだけ散った。謝豊と袁吉は、ともに戦死した。

苦戦をしのぎきった呉漢は、広都にもどった。劉尚軍を前進させて敵軍の急襲にそなえた呉漢は、劉秀の指図をないがしろにしたおのれを譴責《けんせき》するための書状を送った。

それにたいして劉秀は、

「公が広都にもどったのは、なによりであった。公孫述は劉尚を超《こ》えて公を攻撃することはない。もしも敵が劉尚を攻めれば、公は広都より五十里先の地点まで進出せよ。必ず敵を破るであろう」

と、宥恕《ゆうじょ》すると同時に戦法を明示した。神智《しんち》というしかない。どれほど離れていても、劉秀には戦場がよく視えるのである。

天子の優しさに感激した呉漢は、その戦略にそって軍を進退させ、公孫述の軍と八戦して八勝した。呉漢軍はついに成都に迫った。

城中の公孫述は憂愁《ゆうしゅう》にまみれて、

「どうしたものか」

と、延岑に問うた。沈水の戦いで臧宮に大敗し、成都に逃げかえってきた延岑であるが、したたかさを失っていない。

「男児とは、死中《しちゅう》に生《せい》を求めるべきであり、坐して窮するべきではありません。財《ざい》物《ぶつ》は、また集めればよいのですから、悋《お》しんではなりません」

この進言を容《い》れた公孫述は金帛《きんぱく》をくばって決死の士を募《つの》り、五千余人を得ると、かれらを呉漢軍のうしろへ潜行させ、奇襲をおこなわせた。この奇襲はなかば成功したが、呉漢に致命傷を負わせることはできなかった。不意を衝《つ》かれた呉漢は川に落ち、馬の尾にすがって水から上がった。そういう滑稽《こっけい》な情景があったものの、軍そのものは破綻《はたん》しなかった。

十一月に臧宮軍が南下してきた。

成都を南北から攻めるという最初の攻略図通りになったといってよく、みかたをかえれば、呉漢はいそがずに臧宮の到着を待っていればよかった。

剛毅《ごうき》な臧宮はあえて成都の城下をめぐって呉漢の営所に到ると、酒宴を催した。

——たいした男だ。

感心した呉漢は、臧宮のために心配し、

「追いつめられた敵は、なにをするかわからないので、道をかえて帰ってもらいたい」

と、いった。待ち伏せがあるかもしれない。

しかし臧宮はこの言をききずてにして、同じ道を復《かえ》った。敵兵は臧宮に手をださなかった。城兵が萎縮《いしゅく》しているあかしであろう。

万策が尽きた公孫述は、延岑に臧宮をふせがせ、自身は数万の兵を率いて呉漢を攻めた。

「きたか——」

軍の体力は呉漢軍のほうがまさっており、公孫述麾下《きか》の兵の疲労をみのがさなかった呉漢は、壮士をくりだして間隙《かんげき》を衝かせ、敵陣を切り裂いた。ついにかれらの鋭鋒が、公孫述を刺した。

馬から落ちた公孫述は左右の兵にかつがれて帰城した。細い息で、兵の指麾《しき》を延岑にまかせた公孫述は、その夜に死んだ。

公孫述の死によって、戦乱の世は了《お》わった。

翌朝、延岑は呉漢に降《くだ》った。が、劉秀にさからいつづけたこの妖魅《ようみ》のごとき男を、呉漢は赦《ゆる》さなかった。

公孫述の首を斬らせた呉漢は、それを洛陽《らくよう》に伝送した。

十二月中は蜀にとどまった呉漢は、建武十三年の正月に凱旋《がいせん》して、江水に浮かんだ。南《なん》郡に到って船をおりると、陸路を北上して、南陽郡にはいった。すぐに蔡陽にむかい、魏祥が建てた祇登の墓に詣でた。涙でうるんだ目で墓をみつめた呉漢は、墓前に供薦《きょうせん》とともに小石を置いた。

「あなたのおかげで、われは雲に梯子《はしご》をかけてのぼることができた」

そういいつつ、墓を撫《な》でた呉漢は、立ち去りがたいようで、一時《いっとき》ほど墓にむかって語りつづけた。

蔡陽をあとにした呉漢は、宛《えん》県に到り、そこで父母の墓参をおこなった。劉秀が待つ洛陽に到着したのは四月である。

褒賞をさずけられた呉漢は、二か月まえに盧芳《ろほう》が匈奴《きょうど》に亡命したことを知った。

——天下平定が成った。

劉秀が兄の劉縯《りゅうえん》とともに挙兵してから十四年半が経《た》った。天子にとってその歳月が長いのか短いのか。一瞬、呉漢は闇をみつめるような目つきをした。闇のなかに、土をいじる手がみえたようでもあり、小さな光をみたようでもあった。

(完)

あとがき

後漢王朝創業期の名将である呉漢《ごかん》（あざなは子顔《しがん》）の生年はわかっていない。殁年もわかっていないと、小説を起《た》ちあげる上で、手のうちようもないが、さいわいなことにそれはわかっている。

建武《けんぶ》二十年（西暦四四年）の五月である。臨終における記述は『後漢書《ごかんじょ》』にある。

漢、病篤《やまいあつ》し。車駕《しゃが》、親《みずか》ら臨《のぞ》み、言わんと欲《ほっ》する所を問う。対《こた》えて曰《いわ》く。

「臣は愚かにして知識する所無し。唯《た》だ願わくば陛下《へいか》、慎《つつし》んで赦《ゆる》すこと無からんことのみ」

車駕は天子の乗り物で、一種の隠喩《いんゆ》で、天子そのものを指す。呉漢が重病であるときいた劉秀はみずから見舞ったのである。そこで、

「われにいいたいことはないか」

と、枕頭《ちんとう》で問うた。それにたいして呉漢は、

「むやみにお赦しを与えてはなりません」

と、答えた。

辞書をみると、ゆるす、という漢字は二十数個あり、そのなかで、日本語として使用されているのは、

免《めん》　放《ほう》　肯《こう》　宥《ゆう》　容《よう》　恕《じょ》　許《きょ》　赦《しゃ》　釈《しゃく》　縦《しょう》

などであろう。そのなかの赦は公用語といってよく、罪などをゆるすことに用法が限定されている。官職の上位にいない個人が身内や他人のあやまちをゆるすことには、ぜったいにつかわない。天子が赦を用いる代表的な例は、

「大赦《たいしゃ》」

である。おもに国家や皇室に吉事があった場合、囚人を釈放する特別な処置をふくむ詔令《しょうれい》である。それをやらないと牢獄が満杯《まんぱい》になって、牢獄を増設しつづけなければならない。とにかく、大赦がおこなわれると、死刑囚でも釈放される。

寛大な劉秀は、赦す人、ではあるが、

「それもほどほどになさいませ」

と、呉漢はいい遺《のこ》して逝《い》った。

武人は信賞必罰《しんしょうひつばつ》を信条としているので、行政に関与しなかった呉漢は、その種の厳しさを劉秀に求めたといえないことはない。王朝が創業期をすぎて成熟期にはいってゆく過程で、寛容が益《えき》にならなくなる、という判断を呉漢がしたとも考えられる。呉漢にかぎらず大功を樹てた勲臣の家の子弟は優遇されるが、わが家にはそういうご配慮は無用です、と暗にいったと解することもできる。

実際、呉漢が逝去《せいきょ》したあと、嗣子《しし》の呉成《ごせい》は不肖《ふしょう》の子で、奴隷に殺されるという醜《しゅう》態《たい》をさらした。しかし、それでこの家を断絶させなかったのは、劉秀の温情である。呉成の子とその弟に分封させた。さらに呉漢の弟の呉翕《ごきゅう》を封《ほう》じて侯国をもたせた。また呉漢の兄の呉尉《ごい》は将軍となって遠征にゆき、戦死したので、その子の呉彤《ごとう》も封じた。

その厚遇を知って、墓の下の呉漢は苦笑したであろう。

それはそれとして、劉秀の天下平定にはずいぶん歳月を要したものだ、という印象が強い。しかしながら、中国古代の革命期をふりかえってみれば、たとえば周《しゅう》の武《ぶ》王が殷《いん》王朝を倒したあとも、烈しい反動があり、たやすく天下は鎮《しず》まらなかった。新政権が樹立しても、それから十数年は蕩揺《とうよう》がつづく、というのが歴史的通則《つうそく》なのかもしれない。その蕩揺を、秦《しん》の始《し》皇帝のように、壅塞《ようそく》しすぎると、王朝が顚覆《てんぷく》するような大反動に遭《あ》ってしまう。そのあたりのあやうさとむずかしさを劉秀という英明な皇帝はわかっていたであろう。かれは大変革を強行しなかった。そのため旧弊《きゅうへい》を清算《せいさん》できなかったという批判もあるが、無用の流血を避けた点で、劉秀は人道的であった。

名家に生まれたわけではなく、教養人でもなかった呉漢は、劉秀のけわしい部分、すなわち武をうけもったが、なぜか両者の信頼関係は堅固であった。呉漢は常勝将軍ではなく、失敗をし、敗北もしたが、劉秀から猜忌《さいき》の目をむけられたことはいちどもなかった。呉漢は亡くなるまで大司馬《だいしば》であった。武人として最高位にいつづけた。そのあたりのふしぎさを書くことが本望《ほんもう》であったが、さて、どうであったか。

ところでこの小説は、企画の段階から上梓《じょうし》に到るまで、田辺美奈さんが伴走してくれた。彼女の手になる本は、『奇貨居くべし』と『草原の風』についで三作目となる。彼女との縁に感謝したい。また画家の原田維夫さんと装幀家の菊地信義さんとも、永いおつきあいで、おふたりのぬくもりが反映された本になった。そのうれしさのなかにいる。

二〇一七年九月吉日　　　　宮城谷　昌光

解説

湯川　豊

呉漢という若者は、貧農の家に生まれて、ただ土をたがやし、土をみつめて生きている。たがやすといっても、自家の農地ではない。南陽郡宛《えん》県の彭宏《ほうこう》の家の農地に雇われている身分である。当然ながら、教育を受ける余裕などない。

ただ、黙々と土をみつめつづけている若者に、なぜか心惹かれた男たちがいた。彼らは、尋常でない暗さを感じさせる呉漢に話しかけてくる。彭宏の長男である彭寵《ほうちょう》の学友、潘臨《はんりん》もその一人。呉漢に向かって、たまには天を仰ぐべきだ、といい、「人が念《おも》う力とは、小石を黄金に変えるのです」と謎めいた言葉を告げる。この言葉は、呉漢の心に謎をかけつづけ、長きにわたって彼はその意味を解こうとする。

もう一人、郷里の知人で彭家の農場で働く韓鴻《かんこう》は、同じほどの年頃ながら、呉漢のことが気になって仕方がない。一緒に遠い農地に出稼ぎにいかないか、と誘ったりする。この韓鴻はそれなりの才覚を持っていたのだろう。後に更始帝《こうしてい》の支配下で渉外担当の官吏になり、北部を放浪していた呉漢を安楽県令に任命する。

しかし、それはずっと後の話。とりあえずは潘臨が彭寵に呉漢を注視するようにさそい、彭寵はまた呉漢に惹かれた。呉漢を抜擢して農場長副手とし、さらに潘臨の推挙によって、呉漢は宛県の亭長になった。後漢帝国の少し前、王莽《おうもう》の時代である。亭長とは、警察署長でありながら、さらに行政上の広い仕事を受けもつらしい。教育を受けていない若者が、懸命にその仕事をこなしながら、少しずつ大きな存在になっていくのは、人間としての力が裡にあったからだろう。

もう一つは、やはり呉漢に注目していた者の一人である祗登《きとう》の存在が大きく働いている。学問を身につけているが、没落した名家の一員だった祗登は、若い呉漢に目をつけていたが、亭長呉漢の個人的な先生となって、何かにつけて相談相手となり、大胆にして適切な指示を与えた。

祗登は、出会った時の年齢でいえば呉漢の倍。しかし、この師弟は最後まで二人三脚を組んだように離れずに生き、師は弟子に世界のあり方を示しつづける。不思議といえば不思議、奇蹟的といえば奇蹟的な人間関係のありようである。祗登の立場からすれば、それは呉漢という人間の持つ不思議であり、奇蹟であった。

呉漢自身には見えない、しかしその身の深いところに秘められている力を、祗登が引き出してゆく。その描き方が、この小説の魅力をなす太い柱になっているのである。

他人が力を引き出してゆく呉漢その人は、とくに若い頃は、万事に受け身であるといってよい。他人に学ぶという姿勢がつねにある。たとえば祇登が最初に話しかけてきたときのやりとりをここで思いだしてみよう。

祇登が、人の話は「話半分《はなしはんぶん》にきく、ということを知らなけりゃ、生涯、だまされつづけるぜ」という。呉漢はそれに対して、「こまりました」と応じる。人の話が半分妄《うそ》であるなら、あなたの話も同じことがいえる。つまり、何かを識れば知るほど、真実から遠ざかることになるではないか。だからこまる、というわけだ。

これは呉漢が皮肉をいっているのではない。徹底して他人から学ぶ人であることを自覚していて、ではどう学んだらいいか、と迷っているのだ。そういうひたむきさを呉漢の天稟と見た祇登は、「なるほど、そうだ。なんじは大物になるぜ」と満足するのである。

農場の土をみつめつづけていただけの若い男がそのような天稟を秘めているとしても、それが後漢の始祖劉秀の体制のなかで、何ゆえに軍事の最高位である大司馬《だいしば》にまでなれたのか。

宮城谷昌光氏は、自身にそう問いかけているかに見える。呉漢の成長のなかで、その問いかけはつづいていて、作者の問いかけは物語の流れを通してはっきりと読者にもつながってくる。これほど執筆の動機が明《あか》らさまな長篇は、宮城谷作品でもめずらしいのではないか、と私はまずそこに思いを寄せた。

さらにいうと、宮城谷氏は別のところで、呉漢と劉秀に共通する点を次のように語っている。

《劉秀と同様、呉漢も、自分の目で観ることによって現状を把握し、理想とする正しい世の中にするにはどうしたらよいかを常に考えていたということが、とても重要です。》（中公文庫『歴史を応用する力』第一章「光武帝・劉秀と呉漢」）

作家にとってはきわめてめずらしいことなのだが、二つの歴史小説『草原の風』と『呉漢』で描いた二人の傑出した主人公について講演で語った、その記録の一節である。

私はこれを読んで、呉漢がどのようにしてそういう「自分の目」をつくっていったのか、作家はまた問いかけつづけているのだ、と思った。以下に「解説」として書こうとするのは、そのような問いかけがどのように展開し、深まっていったのかということへの、私なりの読み取りである。

まっすぐに他人に向きあう。そして、何事かを学ぶ。そのように生きる若者は、出世街道を突っ走ったわけではない。有力な人びとが、心惹かれたあげくに、手を差し出して呉漢を拾いあげる。その結果ゆっくりと、階段を一段ずつ登ってゆくというのが、呉漢の経歴である。

農場長副手から亭長に。これは潘臨の推挙による。亭長のとき、祇登の仇討ち事件があって、それに連座するのを恐れた呉漢は、祇登を追うようにして洛陽に逃げる。そして馬商人に知友を得て、自分も馬を扱ったりする。さらに戦乱が洛陽に迫ると、河北の地に移ってゆく。この頃、劉縯《りゅうえん》と劉秀の兄弟が兵を挙げたと耳にするが、「われはそのような権力闘争に、なんの関心」もないと心のなかで呟く。「できるなら、百人ほどの人を使い、かれらとともに稼穡《かしょく》をおこなう農場の主《あるじ》になりたい」というのが呉漢の望みだった。

しかし、呉漢のそのような望みは叶わない。時代が呉漢という人間を必要とするかのように、宛の彭氏の農場で知りあった韓鴻が現われ、呉漢を安楽県令の座につけるのである。時代はめまぐるしく変転し、王莽が死に、更始帝の王朝が始まっていた。韓鴻はその王朝の渉外担当の謁者《えっしゃ》になっていたのだった。

注目すべきは、河北に逃れてきた呉漢の身のまわりに、その人柄を慕って直属の部下ともいうべき人びとが集まっていたことである。呉漢は自分が使う若い人たちに対しても、「学ぶ人」の姿勢をくずすことがなかった。たぐいまれな聞き上手となって、部下たちの信頼を集めたのである。

この長篇小説の上巻後半「安楽県令」の章までは、呉漢が大きくなってゆく過程であると同時に、そういう直属の配下がつくられてゆく過程でもある。視点をすこしずらしてみるならば、彼ら配下の存在があって、はじめて呉漢という人物が成立している、といえるのである。

名を挙げてみよう。

郵解《ゆうかい》　最も早い知りあい。情報収拾能力にたけ、情報担当。その族子・郵周が仕事をつぐ。

魏祥《ぎしょう》　農場で会ったときはまだ少年だった。占いの不思議な能力を身につけている。

角斗《かくと》　ちょっと不良めいたところがあったが、軍事に才を発揮。呉漢の身辺警護にもあたる。

左頭《さとう》　軍事に能力を発揮。千人長にもなる。

樊回《はんかい》　馬の専門家、樊蔵《はんぞう》の末子。事務能力にたけていて、呉漢家の内務を取りしきる。事務局長の役割。

況巴《きょうは》　これも軍事に力を発揮する。

代表的な七人を列挙してみたが、劉秀の将軍となり、一軍をひきいて転戦する呉漢に必要な能力をもつ人材がここにはもれなくいる。

私がとくに興味をいだいたのは、一人は鄧解である。前漢が滅び、王莽をはじめ多数の自称天子もしくは王が立った混乱の時代、戦闘は正確な情報把握こそが必要な重大事になる。呉漢はもとより軍人あがりではなく、事のなりゆきで軍兵をひきいる身になったが、情報の重視を身につけていった。それは師である祇登の教えるところでもあったが、鄧解の存在が呉漢を目覚めさせたという一面がある。

もう一人は、魏祥である。呉漢は、この少年が小石と問答しているのに気づいた。風の流れから吉凶を占う異能の持ち主であることが、しだいに明らかになってゆく。

考えてみれば、劉秀が天子として立った建武元年は西暦二十五年で、古代なのである。軍を進めるにあたって、道にひそむ邪気や呪詛《じゅそ》を払い清めることが必要であったり、遠い西の空（劉秀の出身地）に青い気の柱が立ったりもする。

呉漢自身、連戦の日々の合い間に、「明年、われはどこへ征くか、風に訊《き》いてくれ」

と呟いたりする。

すなわち、魏祥のような超能力の持ち主がいることで、呉漢の日々に古代の空気が漂い流れる。私はこの歴史小説の魅力の一つとして、その空気に身をひたした。

名を挙げた七人の外に、祇登という不思議な師表が立っている。呉漢が安楽県令になってからはよりいっそう、呉漢と祇登は表と裏のように寄り添って、つねに対話を交わしている。対話は、人物の評価から軍事の策略まで、百般に及んで尽きることがない。物語の終りに近く、こんな文章がある。

《呉漢は最初に祇登に会って問答したことを憶《おも》いだした。そのとき祇登に、

「とてもできるはずがないと他人に嗤《わら》われてこそ、ほんとうの志《こころざし》だ」

と、いわれた。そのことばは真正《しんせい》であった。そのことばの上に呉漢独特の歳月がある。ただし、独特な歳月といっても、そこには祇登とのかかわりが大きくあって、むしろ祇登の個性と志に染められたといってよく、じつは自分のなかに祇登が住んでいたのではないか、とさえ呉漢はおもうこともあった。》

そういう関係が、この長篇の核心の一つとしてある。祇登の言葉と、それの呉漢の受け取め方。読者はこの関係に多くのことを学び、知る。先に挙げた手足のごとき七人の配下との人間関係をそれに加えれば、長篇の魅力の半分はそこにこめられている、

と私は実感した。そう実感しながら、祇登という師表も、七人の配下も、もしかしたら『後漢書』などの史書には現われない人びとではないか、とふと思ったりした。そう思ってみても、この歴史小説の深い魅力が変質することはなかったけれども。

　ここまで、私は呉漢という人物の陰の部分について取りあげてきた。陰の部分というい方には、語弊があるかもしれない。この人物の成り立ち、といい換えてもいい。作者は単行本の「あとがき」で、「名家に生まれたわけではなく、教養人でもなかった呉漢」が、劉秀という後漢の創始者の武をうけもち、大司馬という最高位にいつづけた、そのふしぎさを書きたかった、といっている。この作者の問いかけは、小説全体の構成から個々のエピソードにまで、ずっと生きつづけていて、小説の魅力の核心としてあった。

　そして、その魅力が花ひらくように前面に出てきて語られるのは、やはり呉漢が劉秀と出会い、この人こそ時代をつくるのだと見きわめて、ひきいる軍兵とともにその支配下に入ってからである。

　二人の出会いは、鉅鹿《きょろく》郡広阿《こうあ》県の近く、転戦を重ねる劉秀に、耿弇《こうえん》、蓋延《こうえん》など他の四人の将軍と共にねぎらわれたときである。祇登は「おもった通り、大人物だ」といい、呉漢は「劉公の美しさにおどろいた」といった。美しさにおどろく。じつに深みを感じさせる表現である。

しかし、劉秀は最初から呉漢を留保なく評価していたのではない。呉漢が宛の亭長だったとき、誤解によって流された悪い噂が劉秀の耳に届いていた。それが邪魔をした。その邪魔を取り除いたのは、劉秀の最も信頼している軍人・鄧禹《とうう》である。鄧禹の強い勧めで、劉秀は呉漢を大将軍に任命し、建策《けんさく》侯とした。呉漢の戦いぶりも人柄も、劉秀子飼いともいうべき将軍たちの耳目に届いていたということになる。

呉漢の軍兵は、県令という立場もあって必ずしも多くはない。しかし、突騎という特別に強い騎兵集団が軍の中心にあった。呉漢はその軍団を自在に動かしていたのだが、戦いかたを最も多く学んだのは、ほかでもない劉秀からだった。

劉秀は天子として立つ前も、そして天子として立った後も行幸と称して、連戦に明け暮れていた。その戦いぶりを凝視して、呉漢は戦いかたの緩急を学んだ。相手によって、戦いのあり方を変える。劉秀は、打ち倒した敵の多くを赦《ゆる》した。賊の集団は、破って解体すればふつうの民に戻りやすい。しかし、相手が王郎のような詐欺師、偽善家は赦さずに徹底的に叩いた。

「劉秀という人格には、厳しさと優しさが同居している。その根底には、人へのいたわりがある」と、呉漢はみた。

これは、もともと呉漢も劉秀に似ていた、といえる。他人の話によく耳を傾ける。他者から学ぶ。それは祇登が育んできた呉漢の最大の長所であり、言葉を換えていえば「人へのいたわり」になる。呉漢は劉秀と共に、戦闘の場でその姿勢を貫いた。

ずっと後のことになるが、大司馬・呉漢のそのような姿勢について、劉秀の室《いえ》の姻《いん》戚《せき》である将軍・来歙《らいきゅう》がいう。

《「いや、大司馬どのは、土に耳をあてて、土の声をきいていた。あなたは地神に護《まも》られている。（中略）あなたは地神の弟子となり、多くの人に感謝された。わが天子にも、それがおわかりになっている」》

わが天子とは、劉秀のこと。劉秀もまた、若い頃は農事に励み、土をみつめながら生きてきた。それは宮城谷氏の劉秀を書いた傑作『草原の風』に濃密に描かれていた。

来歙の発言をきいて、呉漢は、そうか小石が黄金に変わるとは、そういうことなのか、と思う。「お教え、身に滲《し》みました」と応じた呉漢は、幸福であったに違いない。

しかし、呉漢は、自分を劉秀になぞらえて悦に入っていたわけでは、けっしてない。劉秀のまわりに集まってきたあらゆる武将、あらゆる才人のなかで、非凡な天才はただひとり、劉秀のみ。他はみな平凡な人びとであり、自分もまたその一人にすぎない。そう考えることで、天下が平定された後も、新しい王朝にとって邪魔な存在にならない。呉漢の穏やかで、全体を思いやる広い心が、そのような思いに至らせたのだろう。主《しゅ》の感懐をきいた樊回は、しかし、と考える。

そのように考える主は、やはり天才ではないか。劉秀と呉漢という二人の天才が、肩を組み、脚をそろえて、乱世を鎮《しず》めてゆくのだ、と。

王朝の創始者ではなく、創始の最大の協力者であった呉漢という人間を描き、呉漢とは何であったかを問いかけつづける。古代の大将軍が、すぐ身近に存在しているように不遜ながら感じて、私はもう一度これを読みかえす日のことを思った。

（ゆかわ・ゆたか　文芸評論家）

『呉漢　下巻』二〇一七年十一月、中央公論新社刊

中公文庫

呉漢《ごかん》（下《げ》）

2020年1月25日　初版発行

著　者　宮城谷昌光《みやぎたにまさみつ》

発行者　松田陽三

発行所　中央公論新社
〒100-8152　東京都千代田区大手町1-7-1
電話　販売 03-5299-1730　編集 03-5299-1890
URL http://www.chuko.co.jp/

ＤＴＰ　嵐下英治
印　刷　三晃印刷
製　本　小泉製本

Published by CHUOKORON-SHINSHA, INC.
Printed in Japan　ISBN978-4-12-206806-3 C1193

中公文庫既刊より

各書目の下段の数字はＩＳＢＮコードです。978－4－12が省略してあります。

み-36-1
奇貨居《お》くべし　春風篇
宮城谷昌光
秦の始皇帝の父ともいわれる呂不韋。一商人から宰相にまでのぼりつめた謎多き人物の波瀾に満ちた生涯を描く歴史大作。本巻では呂不韋の少年時代を描く。
203973-5

み-36-4
奇貨居くべし　飛翔篇
宮城谷昌光
いよいよ商人として立つ呂不韋。趙にとらわれた公子を扶け、大国・秦の政治の中枢に食い込むための大きな賭けがいま、始まる！　激動の第四巻。
203989-6

み-36-5
奇貨居くべし　天命篇
宮城谷昌光
商賈の道を捨て、荘襄王とともに理想の国家をつくるため、大国・秦の宰相として奔走する呂不韋だが……。宮城谷文学の精髄、いよいよ全五巻完結！
204000-7

み-36-7
草原の風（上）
宮城谷昌光
三国時代よりさかのぼること二百年。劉邦の子孫にして、勇武の将軍、古代中国の精華・後漢王朝を打ち立てた光武帝・劉秀の若き日々を鮮やかに描く。
205839-2

み-36-8
草原の風（中）
宮城谷昌光
三国時代に比肩する群雄割拠の時代、天下に乱立する英傑と鮮やかな戦いを重ね、天下統一へ地歩を固める劉秀。天性の将軍・光武帝の躍動の日々を描く！
205852-1

み-36-9
草原の風（下）
宮城谷昌光
いよいよ天子として立つ劉秀。その磁力に引き寄せられるように、多くの武将、知将が集結する。光武帝の後漢建国の物語、堂々完結！〈解説〉湯川　豊
205860-6

み-36-10
歴史を応用する力
宮城谷昌光
中国歴史小説の第一人者が、光武帝や、劉邦ら中国史上名高い人物の生涯をたどりつつ、ビジネスや人間関係における考え方のヒントを語る。文庫オリジナル。
206717-2